BASTEI
LÜBBE

Von Thomas H. Cook sind als
Bastei-Lübbe-Taschenbuch lieferbar:

12 030 Die Tote von Atlanta
12 208 Blutspuren
12 272 Tödliche Erinnerung
12 370 Stadt in Flammen
12 442 Die Killer

THOMAS H. COOK

WER DAS DUNKEL ERBLICKT

Thriller

Aus dem Englischen von
Eva Malsch

BASTEI LÜBBE

BASTEI-LÜBBE-TASCHENBUCH
Band 12 963

Titel der amerikanischen Originalausgabe:
The Chatham School Affair

Printed in Germany, Juni 1999
Einbandgestaltung: K.K.K.
Titelfoto: Premium Stock
Satz: Kremerdruck GmbH, Lindlar
Druck und Bindung: Elsnerdruck, Berlin
ISBN 3-404-12963-6

Für Kate Miciak
Sine qua non

Wer das Dunkel erblickt, sieht genug.
Lord Herbert of Cherbury

TEIL I

I

Der Lieblingsspruch meines Vaters entstammte einem Werk von Milton, und er zitierte ihn gern in der Chatham School. An jedem ersten Schultag stand er vor den Jungs und musterte sie streng, die Hände in den Hosentaschen. »Gebt acht, was ihr tut, denn das Böse fällt stets auf den Urheber zurück.« Er ahnte nicht, wie gewaltig er sich täuschte und daß ich's wußte.

Manchmal – besonders an den tristen Wintertagen von New England, wenn der Wind an den Bäumen und Büschen zerrt und der Regen gegen Dächer und Fensterscheiben prasselt – fühle ich mich in die Welt meines Vaters zurückversetzt, in meine Jugend. In dem Dorf, das er liebte, lebe ich immer noch. Ich schaue aus meinem Bürofenster und sehe die Hauptstraße von Chatham so, wie sie damals war – eine Reihe kleiner Läden, eine geisterhafte Parade antiquierter Autos mit Scheinwerfern auf schrägen Kotflügeln.

In meinen Gedanken erwachen die Toten zum Leben und nehmen ihre irdische Gestalt wieder an. Ich beobachte, wie Mrs. Albertson einen Korb voller Venusmuscheln im Kessler's Market abliefert; Mr. Lawrence fährt in seinem selbstgebauten Motorschlitten dahin, vorn die Skier, hinten Raupenketten aus dem Ersten Weltkrieg, alles an der verbeulten Karosserie eines alten Lieferwagens befestigt. Als er vorbeibraust, winkt eine behandschuhte Hand in der zeitlosen Luft.

Wenn ich auf der Schwelle meiner Vergangenheit stehe, fühle ich mich wieder wie ein Fünfzehnjähriger, mit dichtem Haar, ohne einen einzigen Leberfleck. Der Himmel liegt in weiter Ferne, an die Hölle denke ich nicht, und ich spüre sogar eine gewisse Güte im Herzen des Lebens.

Und plötzlich erinnere ich mich wieder an sie, nicht an die Frau, die ich vor so langer Zeit kannte, sondern an das kleine Mädchen, das ein glänzendes Meer betrachtet. An ihrer Seite steht ihr Vater, in einem weißen Leinenanzug, und erzählt ihr, was alle Väter ihren Kindern erzählen: Die Zukunft würde offen vor ihr liegen, eine große Wiese, ein Land, wo es keine finsteren Wälder gibt. Vor meinem geistigen Auge sehe ich sie genauso wie an jenem Tag in ihrem Cottage, höre wieder ihre Stimme, und die Worte gleichen fernen Glocken, drücken die Überzeugung aus, an der sie kurzfristig festhielt. *Nimm dir, was du willst, Henry. Es gibt soviel.*

*

Damals stand die Kongregationalistenkirche am Ostrand von Chatham, makellos weiß bis auf den hohen dunklen Turm. An ihrer südlichen Ecke gab es eine Bushaltestelle, von einem kleinen weißen Pfeiler markiert. Dort stiegen die Leute ein, wenn sie nach Boston reisen und aus irgendwelchen Gründen nicht mit der Bahn fahren wollten.

An jenem Augustmorgen im Jahr 1926 saß ich auf den Kirchenstufen und las ein Buch über Militärgeschichte, die mich damals begeisterte. Nur wenige Meter entfernt hielt der Bus. Ich beobachtete, wie sich die Türen öffneten, hörte in der warmen Spätsommerluft die Metallangeln kreischen. Zuerst stieg eine Frau mit zwei Kindern aus, gefolgt von einem Mann, der eine Pfeife rauchte und eine marineblaue Kapitänsmütze trug. Diesen Seefahrertyp sah man in jenen Tagen sehr oft auf Cape Cod. Danach tauchte niemand aus dem schattigen Innern des Busses auf, und ich nahm an, er würde weiterfahren und nach links biegen, zur benachbarten Stadt Orleans, und eine Staubwolke wie eine alte Federboa hinter sich herziehen. Aber er blieb stehen, und der Motor surrte leise. Ich konnte mir nicht vorstellen, warum er wartete, bis noch eine Gestalt im Hintergrund aufstand, eine Frau, die langsam nach vorn ging, eine schemenhafte Silhouette. Bei der Tür blieb sie stehen, einen Arm erhoben. Die Hand hing in der Luft, als sie nach dem Metallgeländer der Stufen greifen wollte.

Damals wußte ich nicht, warum sie zögerte. Doch in späteren Jahren glaubte ich, in jenem Augenblick müßte sie erkannt haben, wie verschieden unsere Welt von der anderen war, in der sie mit ihrem Vater während der zahlreichen gemeinsamen Reisen gelebt hatte. Soviel hatte sie gesehen – Florenz im Sommerglanz, venezianische Kanäle, Paris von den Sacre Cœur-Stufen aus. Wie konnte sich Chatham damit messen?

Irgend etwas veranlaßte sie schließlich, auszusteigen. Vielleicht die Notwendigkeit, die Tatsache, daß sie nach dem Tod des Vaters keine Wahl hatte. Oder möglicherweise die Hoffnung, es würde ihr gelingen, bei uns zu leben. Das werde ich niemals erfahren. Aus welchem Grund auch immer, sie holte tief Atem, umfaßte das Geländer, stieg die Stufen herab, in die Nachmittagsstille eines winzigen Dorfes am Meer, wo niemals ein berühmter Künstler gewohnt hatte, wo nichts Bedeutsames geschah, abgesehen von plötzlichen Stürmen oder den qualvollen Bewegungen der geologischen Zeit.

Es war mein Vater, der sie begrüßte, der Schuldirektor, ein mittelgroßer Mann. Aber seine machtvolle Ausstrahlung und die autoritäre Haltung ließen ihn größer erscheinen.

Auf einem der vielen Fotos, die ich besitze – für das Chatham School-Jahrbuch 1926 geknipst –, sitzt er in seinem Büro hinter einem wuchtigen Eichenschreibtisch. Die Hände ruhen auf der polierten Platte, die Augen starren direkt in die Kamera. Damals war dies die übliche Pose eines respektablen, tüchtigen Mannes. Und deshalb wirkte er streng, vielleicht sogar ein bißchen hart, trotz seiner Güte. In meiner Erinnerung sehe ich einen heiteren, überschwenglichen, energiegeladenen, freundlichen Menschen, der nur selten in Zorn geriet, seine Gefühle nie verbarg und sich stets bereit zeigte, anderen zu verzeihen.

»Nur das Herz zählt, Henry«, erklärte er mir kurz vor seinem Tod. Dieses Prinzip hatte er im Lauf der Jahre oft ausgesprochen, aber nie befolgt. Niemals ließ er sich von Leidenschaften versklaven. Und jetzt, wo ich selbst ein alter Mann bin, verstehe ich nicht, wie ich ihn in meiner Jugend dermaßen verachten konnte.

Doch ich verachtete ihn. Stumm und mürrisch. Das ließ ich mir nicht anmerken, und so mußte ich den Eindruck eines gehorsamen Sohnes erweckt haben, der vielleicht zur Melancholie neigte, aber ansonsten völlig normal war und nur von den ganz gewöhnlichen Turbulenzen der Pubertät erschüttert wurde. Wenn ich an ihn denke, was sehr oft geschieht, wundere ich mich, weil er so viel über Cicero und Thukydides wußte und sowenig von dem kleinen Jungen, der im Oberstock wohnte.

An jenem Morgen sah er mich auf der Veranda schaukeln und runzelte mißbilligend die Stirn. »Hast du nichts zu tun, Henry?«

Ich zuckte nur die Achseln.

»Dann komm mit mir«, befahl er, eilte die Stufen hinab und ging zu unserem Wagen, einem häßlichen alten Ford, dessen Scheinwerfer wie stumpfe Hörner hervorragten.

Ich folgte ihm und stieg ins Auto. Schweigend saß ich da, während er aus der Zufahrt bog. Mein Gesicht zeigte leichte Verdrossenheit, die einzige Form der Rebellion, die mir gestattet war.

Gemächlich fuhr er durchs Dorf und drosselte das Tempo noch mehr, wenn sich Fußgänger oder Pferde näherten. Als Mrs. Cavenaugh aus Warrens Gemischtwarenladen kam, nickte er ihr zu. Dann hupte er kurz, denn Davey Bryant jagte Hattie Shaw etwas zu aggressiv übers Leuchtturmgelände.

Chatham bestand damals eigentlich nur aus einer einzigen größeren Straße mit ein paar Läden. Da gab's das Mayflower's, eine Art Kaufhaus, Thompsons Herrenmodengeschäft und Mr. Benchleys Apotheke, wo die Gentlemen im Hinterzimmer illegalen Schnaps konsumierten, aber ohne sich zu betrinken. Am anderen Ende der Main Street betrieb Mrs. Jessup eine Pension, und Miss Hilliard leitete eine Schule für »Tanz, Schauspielkunst und Klavier«, die praktisch niemand besuchte. Also verdiente sie ihren Lebensunterhalt, indem sie Kuchen und Pasteten verkaufte und die Häuser reicher Familien hütete, wenn sie den Sommer an der Bucht verbrachten.

Von einem Flugzeug aus betrachtet, mochte Chatham idyllisch wirken. Mir erschien es wie ein Gefängnis. Die Häuser glichen hohen, bedrohlichen Mauern, die Gärten und Höfe den Falten einer Konzertina.

Natürlich empfand mein Vater nichts dergleichen. Kein Mann eignete sich besser zum rustikalen Leben. Manchmal wanderte er völlig grundlos zur Dorfmitte und schwatzte mit den Leuten über das Wetter oder seinen Garten, über irgend etwas, das man in Worte fassen konnte – so als wären diese sinnlosen Gespräche das Schmieröl des Lebens, das *numa*, wie es die Römer nannten, jene Kraft, die uns alle vereint und erhält.

An jenem Augustmorgen lächelte mein Vater unentwegt, während er durchs Dorf fuhr und dann die Straße hinauf, die zur weißen Fassade der Kongregationalistenkirche führte. Deshalb wußte ich, daß er irgendwas vorhatte. Wenn er gute Taten vollbrachte, war er immer am glücklichsten.

»Erinnerst du dich an die Lehrerin aus Afrika, die ich erwähnt habe?« fragte er, als Warrens Laden vorbeiglitt.

Ich nickte lustlos. Eines Abends hatte er kurz von dieser Frau gesprochen.

»Heute morgen kommt sie hier an, mit dem Boston-Bus. Du mußt sie höflich begrüßen.«

Ein paar Minuten später erreichten wir die Bushaltestelle. Mein Vater postierte sich neben dem weißen Pfeiler, und ich setzte mich auf die unterste Kirchenstufe und zog das Buch aus der Gesäßtasche meiner Hose.

Im Staubwirbel der Thermopylen versunken, hörte ich nach einer halben Stunde endlich den Bus dröhnen. Stur blieb ich sitzen, obwohl ich wußte, daß mein Vater erwartete, ich würde zu ihm eilen und die neue Lehrerin begrüßen. Das hatte ich natürlich nicht vor.

Und so weiß ich nicht, wie er auf Miss Channings Anblick reagierte, denn ich konnte sein Gesicht nicht sehen. Aber ich weiß, wie schön sie war, wie ihr heller Hals über dem weinroten Kragen schimmerte. Und ich glaube, mein Vater hielt den Atem an, als sie aus dem grauen Innern des Busses auftauchte. Plötzlich wurde ihr Gesicht vom strahlenden Sommerlicht übergossen, und er mußte in ihren Augen dieselbe geheimnisvolle Tiefe entdeckt haben wie ich.

2

Jedesmal, wenn ich mich an Miss Channings Ankunft in Chatham erinnere, wenn ich mir vorstelle, wie jung und hoffnungsvoll sie aussah, möchte ich die Hand heben und das Unmögliche fordern. Aufgrund unserer Bildung und Erfahrung wissen wir alle, daß es unmöglich ist. Ich möchte rufen: »Bitte, Zeit, bleib stehen!«

Natürlich will ich sie nicht für immer erstarren lassen, die junge Frau, die damals in einem malerischen New-England-Dorf eintraf. Ich wünsche mir nur, ich könnte den Lauf der Zeit lange genug unterbrechen, um auf die schlichte Wahrheit hinzuweisen, die das Leben alle alten Menschen gelehrt hat: Da unsere Leidenschaften nicht ewig währen, ist es unsere wichtigste Aufgabe, sie zu überstehen. Und vielleicht noch etwas: Ich würde Miss Channing gern erklären, wie dünn und schwankend das Seil ist, auf dem wir durchs Leben wandeln. Oft führt ein kleiner Fehltritt zum fatalen Absturz.

Andererseits denke ich: *Nein, die Dinge mußten so geschehen, wie sie kamen.* Und mit diesem Gedanken dreht sich das Rad der Zeit weiter. Ich beobachte, wie sie die Hand meines Vaters schüttelt und sofort wieder losläßt. Ihr Gesicht wandte sich nach links, und sie mußte mich sehen, als ich endlich von der Kirchenstufe aufstand und über den gepflegten Rasen zu ihr stapfte.

»Das ist mein Sohn Henry«, verkündete mein Vater.

»Hi«, sagte ich und gab ihr die Hand, die sie lächelnd ergriff.

»Hallo, Henry.«

Ganz deutlich entsinne ich mich, wie sie bei unserer ersten Begegnung aussah – das Haar züchtig unter dem Hut versteckt, die makellose zarte Haut, das Gesicht so schön wie auf gewissen Frauenporträts, weniger sinnlich als fein gezeichnet. Vor allem erinnere ich mich an ihre hellblauen, wachsamen, mandelförmigen Augen.

»Dieses Jahr geht Henry in die zweite Klasse der Oberschule«, erklärte mein Vater. »Also wird er zu Ihren Schülern gehören.«

Ehe sie antworten konnte, kam der Fahrer hinter dem Bus hervor, zwei Lederkoffer in den Händen. Er stellte sie auf den Boden, dann stieg er ein, und mein Vater bedeutete mir, das Gepäck aufzuheben. Das tat ich, und danach stand ich wie das fünfte Rad am Wagen da, während er Miss Channing seine ungeteilte Aufmerksamkeit schenkte.

»Heute müssen Sie mit uns essen, bevor wir Sie in Ihr neues Heim bringen.« Sie gingen zum Auto, und ich trottete hinterher. Bleischwer hingen die beiden Koffer an meinen Händen.

Damals wohnten wir in der Myrtle Street nahe der Chatham School, in einem weißen Gebäude mit kleiner Veranda, das den meisten anderen Häusern im Dorf glich. Während der Fahrt zeigte mein Vater auf die verschiedenen Läden, wo Miss Channing einkaufen konnte.

Interessiert schaute sie sich um, als würde sie ein Museum oder eine Galerie besuchen, und beachtete jede Einzelheit – die gestreifte Markise des Mayflower's, den sechseckigen Musikpavillon beim Rathaus, die jungen Männer, die vor der Kegelbahn Zigaretten rauchten. Das zwanglose Benehmen und die lockere Moral dieser Burschen veranlaßten meinen Vater zu einem grimmigen Blick in die Zukunft.

In der Dorfmitte erhob sich ein Hügel, der an der rechten Seite zu den Küstenklippen hin anstieg. Dort stand der alte Leuchtturm, die Grundfesten mit zwei großen, weißgetünchten Ankern geschmückt.

»Früher gab's drei Leuchttürme in Chatham«, erzählte mein Vater. »Einer wurde nach Eastham gebracht, der zweite im Sturm von 1923 zerstört.«

Mit großen Augen musterte sie den Leuchtturm. »Ein einziger ist doch viel grandioser«, meinte sie, drehte sich zum Rücksitz um und schaute mich an. »Findest du nicht auch, Henry?«

Darauf wußte ich nichts zu antworten, völlig verblüfft, weil sie sich die Mühe machte und mir eine Frage stellte. Aber ihre Bemerkung schien meinem Vater zu gefallen. »Ja, das stimmt. Ein zweiter Leuchtturm würde die Wirkung des ersten beeinträchtigen.«

Lächelnd sah sie mich an, bevor sie sich wieder nach vorn wandte.

Unser Haus stand am Ende der Myrtle Street, und auf dem Weg dorthin kamen wir an der Chatham School vorbei, einem großen Ziegelgebäude mit Zementstufen und Doppeltüren. Im Erdgeschoß lagen die Klassenzimmer, im ersten Stock der Schlafsaal, der Speise- und der Aufenthaltsraum.

»Hier werden Sie unterrichten«, sagte mein Vater und

fuhr etwas langsamer. »Wir haben bereits ein Klassenzimmer für Sie eingerichtet, in einem separaten Häuschen am Ende des Innenhofs.«

Im Rückspiegel sah ich, wie sie die Schule betrachtete, die Augen völlig unbewegt, als würde sie in eine Kristallkugel starren und ihre Zukunft erforschen.

Ein paar Sekunden später hielten wir vor unserem Haus. Mein Vater öffnete ihr die Beifahrertür und führte sie zur Veranda hinauf, wo meine Mutter wartete. »Willkommen in Chatham!« begrüßte sie Miss Channing.

Sie war einige Jahre jünger als mein Vater, aber längst nicht so agil und lebhaft, mit einem unscheinbaren, runden Gesicht und nervösen kleinen Augen. In Chatham hatte man sie einfach nur »die Musiklehrerin« genannt und für eine alte Jungfer gehalten. Dann zog mein Vater ins Dorf, mit einunddreißig Jahren immer noch Junggeselle und bestrebt, einen Hausstand zu gründen, damit er die Lehrer, die er für seine neue Schule engagiert hatte, und potentielle Wohltäter einladen konnte. Offenbar entsprach meine Mutter seinen Vorstellungen von einer Ehefrau. Nach nur sechs Wochen machte er ihr einen Heiratsantrag, den sie ohne Zögern annahm. Völlig überrumpelt, hatte sie sein Ansinnen zunächst als Witz betrachtet, was sie den Damen in ihrem Nähkränzchen immer wieder gern erzählte.

An diesem Tag, fast zwanzig Jahre später, neigte sie nicht mehr zu scherzhaften Gedanken. Ihre füllige Gestalt bewegte sich so langsam, daß ich oft die Geduld verlor und vorausrannte, wenn wir irgendwohin gingen. In späteren Jahren mußte sie manchmal mühsam nach Atem ringen, während sie die Verandatreppe hinaufstieg. Oben angelangt, klammerte sie sich mit einer Hand am hölzernen Stützpfeiler fest, preßte die andere auf ihre Brust und legte den Kopf in den Nacken. Ihr Haar färbte sich allmählich weiß, ihre Sehkraft ließ nach. Oft saß sie allein im Wohnzimmer oder krümmte sich auf ihrem Bett zusammen, konnte nicht mehr lesen und kaum noch Radio hören. Trotzdem zeigte sie bis zum Ende heftige Emotionen, genährt von jenem Zorn, den die Chatham-School-Affäre ausgelöst hatte.

Mehrere Jahre nach dem schrecklichen Skandal starb meine Mutter. Inzwischen hatte sich sehr viel in unserem Leben geändert. Das große Haus an der Myrtle Street war nur mehr eine Erinnerung, und mein Vater lebte von seiner bescheidenen Pension. Längst hatte die Chatham School ihre Pforten geschlossen. Versperrte Türen und mit Brettern vernagelte Fenster kündeten von einer fernen Vergangenheit. Auf den Sportplätzen wucherte Unkraut, und der einstige gute Ruf hatte sich in ein dunkles, trauriges Erbe verwandelt.

*

An jenem Tag kochte meine Mutter ein Fischgericht mit Muscheln, Kartoffeln und viel Butter, eine Cape-Cod-Spezialität. Wir setzten uns an den Tisch, und Sarah Doyle, ein junges Dienstmädchen, das mein Vater vor einem Jahr aus Boston mitgebracht hatte, füllte den duftenden Eintopf in große Porzellanschüsseln.

Bei der Mahlzeit erläuterte mein Vater die Philosophie der Chatham School. Diesen Vortrag hatte meine Mutter oft genug gehört, aber Miss Channing war sichtlich interessiert. »Warum nur Jungs?« fragte sie.

»Weil Mädchen die Atmosphäre der Schule verändern würden«, erwiderte mein Vater.

»In welcher Weise?«

»Die Jungs würden die Mitschülerinnen beobachten. Und das könnte die Mädchen veranlassen, sich zu produzieren und albern zu benehmen.«

Nachdenklich runzelte sie die Stirn. »Wären die Mädchen oder die Jungs dran schuld, Mr. Griswald?«

»Es läge einzig und allein an den gemischten Klassen, Miss Channing«, erklärte mein Vater, erstaunt über diese Frage, die er offensichtlich etwas zu kühn fand. »Irgendwie wäre die Atmosphäre – emotionaler.«

Damit wollte er das Thema abschließen. Auch ich dachte, mehr gäbe es nicht darüber zu sagen. Deshalb erschien mir Miss Channings nächste herausfordernde Frage wie ein Kriegsruf. »Und wie ist die Atmosphäre ohne Mädchen?«

»Ernsthaft und diszipliniert.«

»Für eine solche Atmosphäre möchten Sie an der Chatham School sorgen?«

»Allerdings«, bestätigte er in entschiedenem Ton.

Da ließ sie das Thema fallen, aber während ich ihr gegenübersaß, spürte ich, daß explosive Gedanken durch ihren Kopf schossen.

Nach der Mahlzeit gingen die drei Erwachsenen in den Salon, wo sie Tee tranken. Ich blieb im Speisezimmer und beobachtete, wie Sarah das Geschirr abräumte. Mein Vater hatte die Glastür geschlossen, und durch die Scheibe sah ich Miss Channing beim Fenster sitzen und mit ihm reden.

»Was halten Sie von unserer neuen Lehrerin?« fragte ich, als Sarah sich über meine Schulter beugte und eine Schüssel ergriff. Da sie nicht antwortete, drehte ich mich zu ihr um und bemerkte, daß sie Miss Channing anstarrte, die ihre Hände im Schoß faltete, das Gesicht von ihrem Joan-Crawford-Hut überschattet.

Schließlich entgegnete Sarah fast ehrfürchtig: »Was für eine feine Dame! Solche Leute gibt's normalerweise nur in Büchern.«

Ich schaute wieder zu Miss Channing hinüber, die gerade an ihrer Tasse nippte. Ihre blauen Augen spähten über den Rand hinweg, während sie meinem Vater zuhörte, hellwach und abschätzend. Und ihr Gehirn schien das Informationsmaterial zu ordnen, diese Einzelheiten zuzulassen, jene auszusortieren, wobei ihr Urteil seltsam endgültig wirkte. Ein Gericht, das keine Berufung gestattete …

*

Eine Stunde später las ich in meinem Zimmer die neueste Ausgabe von *Grady's Illustrated Magazine for Boys*, als mein Vater mich nach unten rief. »Jetzt müssen wir Miss Channing heimbringen.«

Ich folgte ihm zum Auto, in dem sie bereits Platz genommen hatte.

»Allzuweit ist es nicht«, erklärte er und setzte sich

ans Steuer. »Vielleicht kommen wir hin, bevor's zu regnen anfängt.«

Aber während wir zum Cottage fuhren, öffneten die dunklen Wolken ohne Vorwarnung ihre Schleusen. Am Dorfrand bog mein Vater nach rechts auf die Küstenstraße, und wir passierten die großen Ferienhäuser, dann die Baracken und Fischerhütten mit den ungepflegten Vorgärten, wo sich Hummerfallen und graue Netze stapelten.

Wegen des strömenden Regens mußte mein Vater langsamer fahren, und der alte Ford polterte dahin, immer wieder von wilden Böen attackiert. Rhythmisch quietschten die Scheibenwischer, die wirkungslos über das Glas glitten. Miss Channing betrachtete die Landschaft von Cape Cod, die kleinen, abgerundeten, spärlich mit Gebüsch und Zwergeichen bewachsenen Hügel. Gnadenlos peitschte der Wind das Seegras, das aus den Dünen sproß.

»Das Cape ist hübsch, nicht wahr, Miss Channing?« fragte mein Vater freundlich und erhielt eine verwirrende Antwort.

Ohne sich vom Fenster an der Beifahrerseite abzuwenden, erwiderte sie: »Es sieht gequält aus.« Plötzlich klang ihre Stimme gepreßt, als stammten die Worte aus einem dunklen Teil ihrer Seele.

»Gequält?« Er schaute sie kurz an. »Wie meinen Sie das?«

»Das Cape erinnert mich an die Florida Keys – und an den Namen, den ihnen die Spanier gaben.«

»Was für ein Name war das?«

»Los Martires. Weil sie so gepeinigt wurden, vom Wind und vom Meer.«

»Verzeihen Sie meine Ignoranz. Was bedeutet ›los Martires‹?«

»Märtyrer.« Ihre Augen verengten sich, schienen nicht mehr die Landschaft zu erblicken, sondern den geschundenen, blutigen Körper eines gefolterten Heiligen.

»In diesem Licht habe ich das Cape noch nie gesehen.« Zu meiner Überraschung spähte er in den Rückspiegel. »Du etwa, Henry?«

Durch das Fenster zu meiner Rechten musterte ich die Landschaft und fand sie nicht mehr leblos. Statt dessen glaubte ich ein leidendes, von Windstößen und hohen Wellen geknechtetes Geschöpf zu beobachten. »Bis jetzt nicht.«

*

Etwa eine Meile hinter dem Dorf bogen wir in eine Waldstraße, die früher mit Austernschalen bestreut gewesen war. Mehrere Generationen von Hufen und Füßen und Wagenrädern hatten sie zu feinem Staub zermahlen.

Da der Wald bis an die Straße heranreichte, hörte ich, wie die Zweige den Ford streiften. »Hier draußen ist es ziemlich einsam«, meinte mein Vater.

Schweigend fuhren wir weiter, bis zu einer Abzweigung nach rechts, und folgten ihr. Diese Sackgasse endete vor einem weißen Cottage. »Da sind wir«, verkündete mein Vater. »Das Milford Cottage.« Verglichen mit unserem Haus an der Myrtle Street, war es winzig. Von hohen, dichten Bäumen umgeben, wirkte es um so kleiner und schien sich angstvoll unter einer grünen Faust zu ducken. Dahinter lag ein stilles, dunkles Gewässer, die trüben Tiefen unerforscht – ein Loch im Herzen des Lebens.

Miss Channing beugte sich vor, spähte durch die Regenschleier und betrachtete das Cottage, wie eine Malerin, die eine Farb- und Lichtkomposition ersann und überlegte, wo sie die Staffelei aufstellen würde. Diese Miene sollte ich in den nächsten Jahren noch oft beobachten, ernsthaft und neugierig, ein Gesicht, das mittels seiner eigenen seltsamen Schwerkraft alles anzuziehen schien.

»Sicher, das Häuschen ist sehr schlicht eingerichtet«, bemerkte mein Vater, »aber recht hübsch, und ich hoffe, Sie finden's wenigstens gemütlich.«

»Daran zweifle ich nicht. Wer hat hier gelebt?«

»Eigentlich war das Cottage nie bewohnt. Mr. Milford baute es als Flitterwochenhäuschen für seine Braut.«

»Aber sie sind nicht eingezogen?«

Offenbar widerstrebte es meinem Vater, diese Frage zu beantworten. Doch er fühlte sich dazu verpflichtet. »Während sie hierherfuhren, kamen sie bei einem Autounfall ums Leben – auf dem Rückweg aus Boston.«

Miss Channings Gesicht nahm plötzlich einen sonderbaren, lebhaften Ausdruck an. Vielleicht dachte sie sich eine Geschichte aus. Die Ankunft eines jungen Paares, die niemals stattfand, eine glückliche Nacht, die es nie verbrachte, den Morgen danach, der den beiden nicht gehörte ...

»Natürlich dürfen Sie keinen Luxus erwarten«, fügte mein Vater hastig hinzu, wie immer entschlossen, unangenehmen Dingen auszuweichen. »Aber man kann hier leben.« Sekundenlang ruhte sein Blick auf Miss Channing, bevor er abrupt wegschaute, fast schuldbewußt – wie ein Mann, der ein verbotenes Buch gelesen hatte und dabei ertappt worden war. »Nun, dann wollen wir mal hineingehen.« Er öffnete die Autotür und stieg in den Regen hinaus. »Beeil dich, Henry!« befahl er und bedeutete mir, das Gepäck der Lehrerin zum Cottage zu tragen.

Als ich ihnen folgte, standen sie bereits vor der Tür, und mein Vater kämpfte mit dem Schlüssel. Strähniges, nasses Haar hing ihm in die Stirn. Krampfhaft drehte er den Schlüssel nach rechts, dann nach links und seufzte verlegen. Wahrscheinlich hatte er das Gefühl, seine Autorität würde in Frage gestellt. »In dieser Meeresluft verrostet alles«, hörte ich ihn murmeln. Er zerrte wieder am Schlüssel, und diesmal schwang die Tür auf. »Hier draußen gibt's keinen elektrischen Strom«, erklärte er und betrat das dunkle Häuschen. »Aber der Kamin wurde für den Winter hergerichtet, und da stehen einige Kerosinlampen. Also haben Sie genug Licht.« Er ging zum Fenster, zog die Vorhänge auseinander und blickte in die graue Dämmerung. »Wie ich's in meinem Brief erklärt habe …« Unsicher wandte er sich zu Miss Channing. »Ich nehme an, Sie sind an – mangelnden Komfort gewöhnt?«

»O ja«, bestätigte sie.

»Bevor wir gehen, sollten Sie sich umsehen. Hoffentlich haben wir nichts vergessen.« Er zündete eine Lampe an, gelber Schein erhellte die frischgetünchten Wände, die neuen Spitzengardinen, den sorgsam geschrubbten schlichten Bretterboden, einen steinernen Kamin, von Asche befreit. »In der Küche finden Sie Schweineschmalz, Mehl, Zucker, alle lebensnotwendigen Vorräte.« Dann zeigte er auf die offene Schlafzimmertür. »Und im Schrank liegt Bettwäsche.«

Miss Channing inspizierte die eiserne Bettstatt, die säuberlich gestapelten Laken auf der Matratze, die gefaltete Steppdecke am Fuß-, das Kissen am Kopfende.

»Jetzt müssen Sie sich erst mal eingewöhnen, Miss Channing. Aber ich glaube, Sie werden sich in Ihrem neuen Heim bald sehr glücklich fühlen.«

Was er mit diesen Worten meinte, wußte ich – Zufriedenheit, ein Leben voller vorhersehbarer Ereignisse und begrenzter Möglichkeiten, beengt und ohne Inspiration. Ein blasser Ersatz für die tiefere, beharrliche Sehnsucht, die ihn von Zeit zu Zeit befiel …

Aber was Miss Channing unter Glück verstand, konnte ich nicht ergründen. Ich spürte nur, daß sie von einer merkwürdigen Energie erfüllt war, einer fast greifbaren Dynamik, einem bedingungslosen Engagement. Welches Glück ihr das spätere Leben auch bringen mochte, es würde hohen Ansprüchen genügen müssen.

»Hoffentlich gefällt's Ihnen bei uns«, sagte mein Vater nach einer kleinen Pause. »Ein schönes Dorf.«

»Ja, sicher.« Verglich sie Chatham mit Rom oder Wien oder mit anderen Städten, die sie besucht hatte?

Mit breiten Boulevards und weitläufigen Plätzen, über die sie gewandert war? Mit einer größeren Welt, die sie kannte, von der ich nur träumte?

»Jetzt sollten wir gehen«, meinte mein Vater und zeigte auf die beiden Koffer in meinen Händen. »Stell das Gepäck ab, Henry.«

Ich gehorchte und folgte ihm zur Tür.

»Also, dann – gute Nacht, Miss Channing«, verabschiedete er sich.

»Gute Nacht, Mr. Griswald. Und vielen Dank für alles.«

Sekunden später saßen wir wieder im Auto, und mein Vater fuhr im Rückwärtsgang zur Plymouth Road. Durch Regenströme, die über die Windschutzscheibe rannen, sah ich Miss Channing auf der Schwelle des Cottages stehen.

Während sie uns nachwinkte, schien ihr Gesicht von innen her zu leuchten, so still und schön, daß ich mich später lieber an jenen ersten Abend erinnerte als an die letzte Begegnung – an kurzes, verfilztes Haar, glanzlose Haut, feuchte Luft, von Todesgeruch erfüllt.

3

Vaters Bild hängt an der holzgetäfelten Wand gegenüber von meinem Schreibtisch, über einem inzwischen nicht mehr benutzten Marmorkamin. Zu beiden Seiten stehen Regale mit juristischen Fachbüchern. Er trägt einen dreiteiligen schwarzen Anzug, die Weste ordentlich zugeknöpft, ein formeller Stil, den man auf vielen Porträts aus jener Zeit findet.

Aber trotz der förmlichen Kleidung posiert er weder hinter seinem Schreibtisch noch vor einer Bücherwand. Er steht an einem Fenster mit dunkelroten, von goldenen Schnüren zusammengehaltenen Vorhängen. Draußen scheint die Sommersonne. Nichts an der Landschaft gleicht Cape Cod oder Chatham. Statt dessen betrachtet er eine seltsame, scheinbar grenzenlose Ebene, wo Elefantengras und Eisenholzbäume wachsen. Am Horizont schimmert ein blauer See. Die Aufmerksamkeit meines Vaters gilt irgendeinem Punkt in dieser exotischen Ferne, vielleicht dem anderen Ufer. In seinem Gesicht zeigt sich melancholische Sehnsucht.

Es ist das tragische Schicksal der Güte, daß ihr romantische Anziehungskraft fehlt. Deshalb sah ich in meinem Vater niemals einen Mann, der auch nur die geringste Verführungskunst beherrschte. Und doch kannte er die Liebe – wenn er auch keine Frau liebte, sondern eine Schule. Die Chatham School war seine große Leidenschaft. Als ihr Gründer und Direktor, der gute Geist, der die Schüler leitete und die Lehrkräfte beriet, führte er ein ausgefülltes Leben.

Immer wieder habe ich das Porträt betrachtet, meinen Vater studiert und mich auf das Geheimnis konzentriert, das es verbirgt. Und ich empfinde unweigerlich einen vagen Frust und Unbehagen, wenn ich mich von seinem Gesicht abwende und die Signatur der Künstlerin betrachte, der Name in winzigen Buchstaben – Elizabeth Rockbridge Channing.

Das Porträt wurde in den letzten Tagen jenes Schuljahrs gemalt. Mein Vater stand am Fenster seines Büros und schaute hinaus, während Miss Channing, nur wenige Meter entfernt, an ihrer Staffelei arbeitete, in einem grauen Kittel voller Farbflecken. Wie eine dichte, zerzauste Wolke fiel ihr das Haar auf die Schultern.

Damals, im April, sah sie nicht mehr so aus wie bei ihrer Ankunft im letzten August. Der rosige Glanz ihrer Jugend war verschwunden, sie wirkte bedrückt und verhärmt. Wenn ich sie allein in ihrem Klassenzimmer sitzen oder die Küstenstraße hinabwandern sah, erinnerte mich nichts mehr an die junge Frau, die erst vor wenigen Monaten in der Tür des Milford Cottages gestanden und unserem Auto nachgewinkt hatte.

Was sie tat, nachdem mein Vater und ich an jenem Abend weggefahren waren und sie allein im Cottage zurückgelassen hatten, weiß ich nicht. Vermutlich öffnete sie die beiden Koffer, packte ihre Sachen aus, legte den neuen Hut ins schmale obere Schrankfach, hängte ihre Kleider an die Holzstange, verstaute ihre Wäsche in den Schubladen am Boden.

Als ich das Cottage am nächsten Tag wiedersah, hatte sie einen Nagel gefunden und das Porträt ihres Vaters an einer Wand angebracht. Ein paar Jahre zuvor war es im Hof der Uffizien entstanden. Florentiner Sonnenschein beleuchtet einen stilvoll gekleideten Mann, in weißen Hosen und marineblauem Jackett, mit Strohhut, die Hand am Silberknauf eines polierten Spazierstocks.

Offensichtlich hatten die willkürlich plazierten

Kerosinlampen zu düstere Schatten in Miss Channings neuem Heim geworfen, denn sie stellte sie anders auf, so daß ein gleichmäßiger gelber Lichtschein in alle Ecken und Winkel drang.

Eins weiß ich mit Sicherheit – gegen Mitternacht, als es endlich zu regnen aufhörte, schlenderte sie zum Rand des Teichs, schaute über das Wasser hinweg und bemerkte eine schwache Bewegung auf der ansonsten stillen Fläche. Die Wolken teilten sich, ein Mondstrahl fiel herab, auf den weißen Bug eines Ruderboots, das gleich wieder in der Finsternis verschwand. Darin saß eine schemenhafte Gestalt in einem schwarzen Poncho, den sie später beschrieb. Nur eins sah sie ganz deutlich – eine große Männerhand, die ein Ruder umklammerte.

Dies alles weiß ich, denn fast ein Jahr später erzählte sie davon, an einem schwülen Sommertag. Aufgeregt reckte die Menschenmenge ihre Hälse, um sie besser zu sehen, murmelte von Tod und Selbstmord und Mord, und die Blicke folgten ihr in makabrer Faszination, als sie durch den Saal ging und den Zeugenstand betrat.

*

Im späteren Leben, als ich nach Chatham zurückgekehrt war und meine Anwaltspraxis eröffnet hatte, mußte ich nur aus dem Fenster schauen, um den Namen des Mannes zu lesen, der Miss Channing an jenem Juninachmittag im Jahr 1927 ins Kreuzverhör genommen hatte. Inzwischen hatte sein Sohn, Albert Parsons jr., die Kanzlei übernommen, ein Anwalt, der sich auf

Fälle wie Körperverletzung oder geschäftliche Streitigkeiten spezialisierte – nicht auf die Strafverfolgung. Dies war die ruhmreiche Domäne seines Vaters gewesen.

Das Schild des Juniors baumelt über demselben schmalen Rasen wie seinerzeit der Name des Seniors.

Und ich mußte das Schild des älteren Parsons gesehen haben, als mein Vater und ich mit Miss Channing zu unserem Haus in der Myrtle Street fuhren – ich auf dem Rücksitz, zwischen zwei Koffern eingeklemmt, so jung und unerfahren. Damals wußte ich noch nichts von den eisernen Gesetzen des Lebens, und wären sie mir präsentiert worden, hätte ich sie nicht befolgt. Und ich konnte auch nicht ahnen, wie oft ich in späteren Jahren Mr. Parsons Schild betrachten und in Gedanken seine Donnerstimme hören würde: *Sie waren es, Miss Channing, Sie allein tragen die Schuld an diesem Tod.*

In jener Zeit war Albert Parsons Staatsanwalt, ein kleiner, untersetzter Mann mit Drahtbrille. Manchmal sah ich ihn auf dem hölzernen Gehsteig zu seinem Büro gehen, seine Bruyèrepfeife rauchen und den grauen Filzhut lüften, wenn er Passanten traf. Er wirkte sehr selbstsicher, ein Mann, der seinen eigenen Fähigkeiten vertraute und erwartete, sein Leben in einer Welt voller eindeutiger Gesetze zu beenden, in einem Paradies namens Chatham.

Im Alter saß er oft auf der Holzbank vor dem Rathaus, warf den Tauben, die sich vor seinen Füßen versammelten, Kuchenstückchen zu und beobachtete sie mit seltsam leeren Augen. Einige Jahre früher, am

Anfang seines Ruhestands, hatte er in seinem Hinterhof einen Arbeitsraum eingerichtet, mit Bücherregalen aus Metall, einem hölzernen Schreibtisch, einer Messinglampe und einer alten, schwarzen Schreibmaschine. Dort verfaßte er seine Berichte über die Chatham-School-Affäre, in der festen Überzeugung, daß er ihr dunkles Geheimnis enthüllt hatte.

Wie oft mußte ich an ihn denken, während die Zeit dahinging … Er war so stolz gewesen, weil er die Hintergründe der Todesfälle enträtselt hatte. Hocherhobenen Hauptes wanderte er über die Dorfstraße, ein Hüter von Moral und Ordnung, nachdem er Chatham von der verbrecherischen Miss Channing befreit hatte.

*

An einem sonnigen Samstag, dem letzten vor dem Schulanfang, sah ich Miss Channing wieder. Meine Mutter erklärte mir an jenem Morgen, mein Vater sei bereits nach Osterville gefahren, habe aber die Anweisung hinterlassen, ich soll im Milford Cottage nachsehen, ob Miss Channing irgend etwas brauche.

Da das Cottage über eine Meile von der Dorfmitte entfernt lag, dauerte es fast eine halbe Stunde, bis ich mein Ziel erreichte. Gegen zehn kam ich an, klopfte an die Tür und wartete. Als sich nichts rührte, klopfte ich wieder, diesmal etwas lauter. Immer noch keine Antwort, und so klopfte ich ein drittes Mal.

Und dann sah ich sie aus dem Wald schlendern, nicht mehr förmlich gekleidet wie zuvor, sondern in einem hellblauen Sommerkleid mit weitem, schwingendem

Rock. Wild zerzaust fiel ihr das schwarze Haar auf die Schultern.

Zunächst bemerkte sie mich nicht, wanderte am Rand der Lichtung an Bäumen und Büschen vorbei, den Blick zu Boden gerichtet, als folgte sie einer Spur. Vielleicht war jemand zum Cottage gegangen und kurz stehengeblieben, um dann in die schützende Tiefe des Waldes zurückzukehren. Sie hielt inne, pflückte ein Blatt und hob es ins Sonnenlicht, drehte es langsam hin und her und betrachtete es mit kindlicher Ehrfurcht.

Als sie den Blick von ihrem Blatt abwandte, sah sie mich und schien zu staunen, weil ich sie in jenem Zustand weiblicher Ungezwungenheit ertappt hatte, die ich seit jenem Augenblick bewunderte.

»Guten Morgen, Miss Channing!« rief ich.

Lächelnd kam sie zu mir, und der Saum ihres Rocks streifte das taufeuchte Gras.

»Ich wollte Sie nicht erschrecken!« beteuerte ich, und das schien sie zu amüsieren.

»Mich erschrecken? Du hast mich nicht erschreckt, Henry. Warum glaubst du so was?«

Unsicher zuckte ich die Achseln, und weil sie mich so durchdringend musterte, sprudelte ich hastig hervor: »Mein Vater hat mich hergeschickt, und ich soll nachsehen, ob Sie irgendwas brauchen. Vielleicht muß was repariert werden. Das Dach, meine ich. Wenn's irgendwo leckt …«

»Nein, alles ist in Ordnung.« Sie schaute mich immer noch an, als wollte sie sich meine Züge einprägen, die Konturen meines Kinns, die Farbe meiner Augen.

Irgendwie hatte ich das unangenehme Gefühl, sie würde meine Haut abschälen, Schicht um Schicht, und entblößen, was darunter lag – das Knochengestell, die Adern, meinen sorgsam versteckten Zorn. Meine Hand spielte mit dem Kragenknopf. »Nun, brauchen Sie was?« fragte ich, und konnte es kaum erwarten, die Flucht zu ergreifen. »Ich meine, bis zum Montag, wenn die Schule anfängt?«

»Nein, ich glaube nicht.«

»Gut, dann sehen wir uns in der Schule.« Ich nickte ihr zu und ging davon, möglichst langsam, denn Miss Channing sollte nicht den Eindruck gewinnen, ich würde davonlaufen.

Als ich die Hälfte des kurzen Wegs zurückgelegt hatte, der zur Straße führte, rief sie nach mir. »Gehst du ins Dorf, Henry?«

Ich drehte mich um. »Ja.«

»Macht's dir was aus, wenn ich mitkomme? Ich habe Chatham noch gar nicht richtig gesehen.«

Sollte ich mich mit einer Lehrerin außerhalb des Klassenzimmers blicken lassen? Das war mir furchtbar peinlich. »Aber es ist über eine Meile, Miss Channing«, erwiderte ich und hoffte vergeblich, sie zu entmutigen.

»Oh, ich bin an lange Spaziergänge gewöhnt.«

Offensichtlich mußte ich mich in mein Schicksal fügen. »Okay«, murmelte ich und zuckte resignierend die Schultern.

Mit schnellen Schritten holte sie mich ein.

Nachdem ich das Buch ihres Vaters über die gemeinsamen exotischen Reisen gelesen hatte, fand ich es sonderbar, daß sie an jenem Morgen mit mir ins Dorf gegangen war. Sie kannte fast die ganze Welt, und Chatham mußte ihr ziemlich provinziell erschienen sein.

Und doch wirkte ihre Neugier echt, das Bedürfnis unsere schmalen Gassen und kleinen Läden zu erforschen, obwohl sie durch neapolitanische Straßen und über Madrider Plätze gewandert war und den grausigen Geschichten ihres Vaters von Torquemadas Inquisition und den Visionen Juanan des Wahnsinnigen gelauscht hatte.

Vielleicht würden spätere Väter ihre Kinder zum Ufer des Black Pond führen und im selben unheilvollen Ton die Ereignisse schildern, die sich hier abgespielt hatten.

4

Ich frage mich oft, ob ich bei jenem ersten Spaziergang mit Miss Channing den Abgrund ihrer Seele hätte bemerken müssen, auf den Mr. Parsons später so unerbittlich hinwies. Immer wieder versuche ich zu erkennen, was er beim ersten Verhör angeblich entdeckt hatte, das »unheimliche Element«, wie er es in seinen Memoiren nannte, die Überzeugung, sie habe sich der »schwarzen Magie« verschrieben.

An jenem Morgen paßte sie sich meinen Schritten an. Ihr Haar flatterte im Wind, und unser Gespräch beschränkte sich auf die Flora ringsum. Interessiert erkundigte sie sich nach den Namen der Bäume und Blumen am Straßenrand. Die meisten waren ganz gewöhnliche Pflanzen wie Strandhafer und Wilde Möhren.

»In Afrika haben Sie sicher eine andere Vegetation gesehen«, meinte ich.

»O ja. Aber Afrika sieht nicht so aus, wie's sich die Leute vorstellen. Wir fanden keinen Dschungel, nur ein flaches Grasland, durch das ein Strom floß, und überall rannten Tiere herum.« Lächelnd fügte sie hinzu: »Wie ein riesiger Zoo.«

»Hat's Ihnen da gefallen?«

»Ich denke schon. Aber ich blieb nicht lange dort, nur ein paar Monate nach dem Tod meines Vaters. Ich wohnte bei meinem Onkel und seiner Familie.« Plötzlich blieb sie stehen und spähte in den Wald. »So muß es dort gewesen sein, als die ersten Entdecker ankamen.«

Auf diesen eigenartigen Kommentar ging ich nicht ein. »Warum haben Sie Afrika verlassen?«

Sie wandte sich wieder zu mir. »Weil ich einen Job brauchte. Mein Onkel ging mit deinem Vater zur Schule, und er schrieb ihm, weil er hoffte, Mr. Griswald könnte mir Arbeit verschaffen. Und da bot mir dein Vater die Stellung an der Chatham School an.«

»Was unterrichten Sie?«

»Kunst.«

»Bis jetzt hatten wir keinen Kunstlehrer.« Sie wollte antworten. Doch dann schaute sie nach unten und entdeckte den weißen Staub, der sich auf ihren Schuhen gesammelt hatte. »Dieses Zeug kommt von den Austernschalen«, erklärte ich.

»Austernschalen?« wiederholte sie und warf mir einen Blick zu.

»Damit wurde früher die Straße bestreut.«

Schweigend nickte sie und ging weiter, plötzlich in ihre eigenen Gedanken versunken. Zum erstenmal wies mich ihr Verhalten auf das sonderbare Leben hin, das sie vor ihrer Ankunft in Chatham geführt und das sie sehr stark geprägt hatte.

»Mit solchen Schalen wurde Hypatia getötet.« Als sie die Frage in meinen Augen las, fuhr sie fort: »Die letzte heidnische Astronomin.« Nachdenklich betrachtete sie die weiße Straße. »Sie wurde von einem Christenmob ermordet, mit Austernschalen zu Tode gekratzt.«

Wie mir ihr Gesicht verriet, sah sie das Gemetzel vor sich – die höhnische Menge, Hypatia am Boden, Fleischstücke, die in die Luft flogen.

»Danach blieb nichts von ihr übrig. Kein Gesicht. Kein Körper. Sie wurde förmlich zerfetzt.«

In jenem Augenblick hätte ich den Abgrund ihrer Seele wahrnehmen müssen. Sie hatte in vielen Welten gelebt, die nun in ihr weiterlebten, sonderbar und kaleidoskopisch, und vor ihrem geistigen Auge spielten sich unentwegt irgendwelche Szenen ab. Dazu gehörten sehr schöne – der Mont Saint Michel, wie ein riesiges Schiff, in dichtem Nebel gestrandet. Und andere zeigten Tod und Verrat – den Hafen, wo die letzten müden Teilnehmer des Kinderkreuzzugs auf die wartenden Schiffe taumelten und dann in der Wüste arabischer Sklaverei verschwanden.

Aber damals konnte ich nur verstehen, was Miss Channing gerade berichtet hatte. Und so schnitt ich eine Grimasse, heuchelte ein Entsetzen, das ich nicht empfand, aber irgend etwas an ihrer Geschichte faszinierte mich. »Warum wissen Sie soviel über Hypatia?«

»Mein Vater hat mir von ihr erzählt.«

Danach schwiegen wir, hörten nur das Geräusch unserer Schritte in den pulverisierten Austernschalen, das Rascheln des Windes in den Zweigen.

*

Als wir den Dorfrand erreichten, blieb Miss Channing stehen, und ihr Blick folgte der sanft gewundenen Straße, die aus der Mitte von Chatham zum Leuchtturm auf der Klippe führte. »Das sieht sehr – amerikanisch aus.«

Was für eine eigenartige Bemerkung … Ich glaube, in jenem Moment wußte ich, daß sich mein Leben verändert hatte. Diese Erkenntnis behielt ich natürlich für mich und beobachtete nur, wie sie auf der Schwelle unseres Dorfes stand.

Sie betrachtete die Main Street, die von Kongregationalistenkirche und der Bushaltestelle zum Gerichtsgebäude führte. Dort würde später der Prozeß stattfinden, begleitet vom Geschrei der Menschenmenge auf der Straße – *Mörderin! Mörderin!* Hätte sie genau hingesehen und sich auf Einzelheiten konzentriert, wäre ihr vielleicht die Holzbank aufgefallen, wo Mr. Parsons Jahre später sitzen und an seine Memoiren denken sollte, in der Gewißheit, er hätte die schwarze Tiefe eines Herzens restlos ausgelotet.

*

Am Dorfrand verließ ich Miss Channing, ging den Hügel hinauf, der sich zur Klippe erstreckte, bog in die Myrtle Street und kam bei der Chatham School vorbei.

Inzwischen waren einige Jungs eingetroffen, und ich sah, wie sie ihre Koffer über den Betonweg zum Eingang schleppten. Von dort würden sie das Gepäck zum Schlafsaal hinauftragen, um ihre Sachen in den alten Feldkisten an den Fußenden der Betten zu verstauen.

In meinem Gedächtnis sind viele Gesichter verblaßt. Aber ich erinnere mich deutlich an Ben Calder, der später eine große Fabrik betreiben sollte, und Ted Spencer, der an der New Yorker Börse Karriere machte, an Larry Bishop, der die Militärakademie in Westpoint besuchte und starb, als er mit seinen Männern in Okinawa an Land ging.

Die meisten stammten aus guten Familien, mehr oder weniger brave Jungs, und die Eltern schickten sie in die Chatham School, damit ihnen die letzten Reste kindlicher Wildheit ausgetrieben wurden. Gewissenhaft und strebsam folgten sie den vorgezeichneten Wegen, ergriffen akzeptable Berufe, gründeten ihre eigenen Firmen oder übernahmen die Betriebe, die sie von ihren Vätern erbten. Keiner sehnte sich nach einem romantischen Leben. Und sie besaßen auch keine besonderen Talente – vielleicht abgesehen von jener seltsamen Gabe, die uns befähigt, ein ganzes Leben mit diesen oder jenen Dingen zu verbringen, obwohl sie uns nur mäßig interessieren. Wenn sie die Chatham School verließen, taten sie, was man von ihnen erwartete, heirateten, bekamen Kinder und ernährten ihre Familien. Ich fand diese Jungs langweilig und geistlos, während mein Vater ihr Pflichtgefühl bewunderte.

Als er gegen fünf Uhr nachmittags aus Osterville zurückkehrte, schaukelte ich auf der Veranda. Er stieg die Treppe hinauf und musterte mein Bein, das träge über dem Holzbrett hing – eine Körperhaltung, die ihm gründlich mißfiel.

»Also gab's im Milford Cottage nicht viel zu tun?« fragte er skeptisch.

»Gar nichts.«

»Leckt das Dach nicht?«

»Nein.«

»Hast du Miss Channing danach gefragt?«

»Ja. Ich sagte ihr, du würdest dir deshalb Sorgen machen, und sie versicherte, alles sei in Ordnung.«

Immer noch nicht überzeugt, starrte er mich an. »Hast du gar nichts für sie getan?«

»Ich führte sie ins Dorf. Mehr wollte sie nicht von mir.«

Nachdenklich nickte er. »Steig ins Auto, Henry. Ich will nachsehen, ob sie alles hat, was sie braucht.«

Wäre ich an jenem Nachmittag nicht mit meinem Vater zum Milford Cottage gefahren, hätte ich vielleicht nie gesehen, was Miss Channing später in jenem Porträt einfangen sollte, seinen Blick, der zwischen dunkelroten Vorhängen zu einem exotischen blauen See hinauswanderte. Diese Aussicht verlockte seine Sinne. Aber er widerstand der Versuchung.

Als wir vor dem Cottage hielten, sah es leer und verlassen aus. Die Tür war verschlossen, hinter den Fenstern brannte keine Lampe, obwohl die Sonne bereits unterging.

»Vielleicht ist sie noch im Dorf«, meinte ich.

»Das wäre möglich«, sagte mein Vater und schaute zum Cottage hinüber. Vielleicht überlegte er, ob er anklopfen oder einfach nach Chatham zurückfahren sollte, im Bewußtsein, daß er sein Bestes getan hatte.

Und dann öffnete sich die Tür. Miss Channing kam heraus, schlenderte über das grüne Gras, und mein Vater beobachtete ihre nackten Füße.

Sekundenlang hielt er den Atem an, ehe er aus dem Ford stieg. »Ich habe leider nicht viel Zeit«, erklärte er hastig und erweckte den Anschein, er hätte überaus wichtige Dinge zu erledigen. Während sie lautlos zu ihm ging, fügte er hinzu: »Aber ich wollte nachsehen, ob alles in Ordnung ist.« Ich saß im Wagen und sah trotz der staubigen Windschutzscheibe, daß Miss Channing ihr Haar gewaschen hatte. Feucht und glänzend hing es in der Abendluft. »Natürlich möchte ich Sie nicht stören.«

Drei Schritte von meinem Vater entfernt, blieb sie stehen. »Heute morgen haben Sie Henry zu mir geschickt. Das war sehr freundlich von Ihnen, Mr. Griswald, und ich bin Ihnen dankbar, obwohl es wirklich nichts für ihn zu tun gab.«

»Ja, das hat er mir erzählt.« Mein Vater zog ein großes Kuvert aus der Tasche seines Jacketts. »Das wollte ich Ihnen geben. Unser Stundenplan. Daraus können Sie entnehmen, wann Ihr Unterricht stattfindet, wann Sie Mittagspause haben und so weiter. Bringen Sie ihn am

Montagmorgen mit. Ich hätte den Plan natürlich mit der Post geschickt, so wie den anderen Lehrern«, fuhr er fort, während sie den Umschlag ergriff. »Aber da Sie in Afrika waren …«

Nun entstand ein langes Schweigen, und ich erwartete, er würde sich verabschieden und ins Auto steigen. Statt dessen bereitete er mir eine Überraschung. »Möchten Sie irgendwann eine Familie gründen, Miss Channing?«

Offenbar hatte sie noch nie so eine banale Frage gehört und kein einziges Mal den Lebensstil erwogen, der sich damit verband. »Das weiß ich nicht«, erwiderte sie leise.

»Eine Familie hat ihre Vorteile«, sagte er mehr zu sich selbst, und sie starrte ihn an, ebenso verwirrt wie ich.

Plötzlich wirkte er sehr verlegen, wie ein Mann, der unwillkürlich ein trauriges Geheimnis verraten hatte. »Ich fahre jetzt mit Henry nach Hause«, erklärte er und flüchtete sich in seine Schuldirektorpose. »Gute Nacht, Miss Channing.«

»Gute Nacht«, entgegnete sie, immer noch verwirrt, und beobachtete, wie er in den Ford stieg.

Ein paar Minuten später erreichten wir die Myrtle Street. Meine Mutter hatte einen Schmorbraten gekocht. Während der Mahlzeit erschien mir mein Vater so wie immer, aß manierlich, betupfte seine Mundwinkel fast nach jedem Bissen mit der weißen Serviette.

Aber danach zog er sich nicht in den Salon zurück, so wie es seiner Gewohnheit entsprach, sondern ging zur Schule, weil er sich »um ein paar Einzelheiten« kümmern wollte, ehe der Unterricht am Montagmorgen begann.

Meine Mutter stellte keine Fragen. Und ich auch nicht. Als ich auf den Verandastufen saß, sah ich meinen Vater allein im Glockenturm des Schulgebäudes stehen und über das Dorf hinwegblicken. Der Abend dämmerte, tiefe Stille sank auf Chatham herab.

Von seinem Aussichtspunkt aus konnte mein Vater die Dächer betrachten, den Lichtstrahl des Leuchtturms, der langsam über das dunkle Meer glitt, über Chatham – bis zum schlammigen Wasser des Black Pond.

Sicher dachte er an Miss Channing, ihre mandelförmigen Augen, das nasse, glänzende Haar, die nackten Füße im kühlen Gras. Vielleicht schloß er sekundenlang die Augen, während er in dieser Vision schwelgte. Dann hob er die Lider wieder, konzentrierte sich auf die Schule, für die er sein Leben lang gearbeitet hatte, auf die hellen Fenster seines Hauses in der Myrtle Street. Ohne Bitterkeit akzeptierte er den gewählten Lebensweg und seine Pflichten.

Und doch mußte er in jenem Moment die bebende Ekstase geahnt haben, die er niemals verspüren würde.

5

Ich verwahre nur ein einziges Foto, um mich zu erinnern, was ich war, was ich tat, was danach geschah. Aus dem Blickwinkel des Dachs gegenüber dem Gerichtsgebäude aufgenommen, körnig und dilettantisch, mit Holzpfählen und Stromleitungen durchzogen, zeigt es doch deutlich genug die Menschenmenge auf den breiten Eingangsstufen.

Nicht das Gedränge weckte mein Interesse, sondern ein Plakat, das jemand hochhielt. »Hängt Sie!« stand darauf, in großen, schwarzen Buchstaben.

Im Lauf der Jahre mußte ich immer wieder an diese Forderung denken, und sie regt mich nach wie vor zu Spekulationen an. Insbesondere, weil bei Miss Channings Ankunft in der Chatham School niemand voraussah, welch heftige Emotionen sie entfachen oder daß sich ihr Aufenthalt von der Dienstzeit anderer Lehrer unterscheiden würde ...

An jenem ersten Schultag stand ich mit den anderen Jungs vor der Schule, und wir hörten die übliche Eröffnungsrede meines Vaters. Miss Channing bog in die Myrtle Street, keine Bücher oder Papiere unter dem Arm, keine vollgestopfte Aktentasche in der Hand. Ansonsten hatte sie ihr Bestes getan, um sich anzupassen.

Sie trug ein schlichtes weißes Kleid mit Faltenrock und flache schwarze Schuhe mit großen Silberknöpfen. Auch ihre Frisur war verändert, das Haar zu einem straffen Nackenknoten geschlungen, in dem eine verzierte Silberspange steckte. Ich konnte mir beinahe vorstellen, wie sie vor den Spiegel in ihrem Schlafzimmer getreten war und ihre neue Identität begutachtet hatte, die ihr – angesichts ihrer extravaganten Vergangenheit – ziemlich langweilig erscheinen mußte.

»Guten Morgen, Miss Channing«, sagte ich.

Sie lächelte mir zu, dann wanderte sie über den Rasen, zu der Stelle, wo sich die Lehrer versammelt hatten. Einige begrüßten sie, und Mr. Corbett, der Mathematiklehrer, ging sogar soweit, seinen alten Filzhut abzunehmen.

Später würden sie den Dorfbewohnern erzählen, sie habe nie richtig dazugehört, sich von Anfang an abgesondert, den Jungs grausige Geschichten über die Reisen mit ihrem Vater erzählt und in den jungen Gemütern dunkle, blutige Landschaften erzeugt. Manche behaupteten sogar, sie besitze übernatürliche Kräfte – so als hätten sie schon immer gewußt, daß Miss Channing die Hauptfigur in einer »shakespeareschen Orgie von Gewalt und Tod« darstellen würde, wie sich Professor Peyton etwas übertrieben ausdrückte.

»Sobald ich sie anschaute, sah ich die Schwierigkeiten voraus«, hörte ich Mrs. Cooper, meine Geschichtslehrerin, eines Nachmittags in Warrens Laden sagen. Aber ich glaube, daß sie nichts dergleichen gesehen hatte.

Was Miss Channing zweifellos vom übrigen Lehrkörper der Chatham School unterschied, war ihre jugendliche Schönheit. Und als meine Mitschüler sie an jenem Morgen beobachteten, übertraf ihr Interesse ganz eindeutig die Neugier, die eine neue Lehrkraft normalerweise erregt.

»Wer ist denn das?« Jamie Phelps stieß Winston Bates mit dem Ellbogen an.

Sofort nutzte ich die Gelegenheit, um das Insiderwissen zu demonstrieren, über das ich als Sohn des

Direktors verfügte. »Die neue Lehrerin«, verkündete ich in autoritärem Ton. »Sie kommt aus Afrika.«

»Da hat sie wahrscheinlich dieses Armband her«, meinte Jamie und zeigte auf die bunten Holzperlen, die ihr Handgelenk umgaben. Die sollte Mr. Parsons später am Ufer des Black Pond finden – auseinandergerissen, im Schlamm verstreut.

Wie immer am ersten Schultag stand mein Vater vor dem Eingang, die Lehrer und das Verwaltungspersonal zu seiner Linken, die Jungs zu seiner Rechten. Alle trugen die Chatham-School-Uniform – weiße Hemden, schwarze Hosen oder Röcke, graue Krawatten, schwarze Hosenträger. Später, im Herbst, würden dunkelgraue Jacketts hinzukommen.

»Darf ich um Ihre Aufmerksamkeit bitten?« begann mein Vater. »Zunächst möchte ich Sie alle herzlich begrüßen. Die meisten sind mit der Routine vertraut und kennen einander. Aber in diesem Jahr haben wir eine neue Lehrerin, die ich Ihnen vorstellen möchte.« Er winkte Miss Channing zu sich auf die Stufen.

Anmutig trat sie neben ihn, schaute erst ihre Kollegen und Kolleginnen an, dann die Jungs.

»Das ist Miss Channing«, fuhr er fort. »Vor kurzem kam sie aus Afrika zu uns, und sie wird Kunst unterrichten.«

Höflicher Applaus erklang. Dann gesellte sie sich wieder zu den anderen Lehrern und lauschte der Ansprache meines Vaters, der die notwendigen administrativen Details aufzählte und die Jungs an die Schulregeln erinnerte – keine Betrügereien, keine Plagiate, keine

Gotteslästerungen, keine Zigaretten und kein Alkohol, »niemals und nirgends, aus keinem Anlaß«.

Was mußte Miss Channing gedacht haben, während sie hörte, wie wir uns benehmen sollten? Aufgrund dieser Regeln mußten wir nach Bescheidenheit und Ehrlichkeit streben, an unserem gemeinsamen Glauben festhalten, jede Form von Rücksichtslosigkeit und Verrat und Selbstsucht meiden. Welch ein Unterschied zu den visionären Studienmethoden ihres Vaters – und wie tief verwurzelt waren diese Gesetze im schlichten, geistlosen, berechenbaren dörflichen Leben, das er sie verachten gelernt hatte ...

Als mein Vater seine Rede beendete – die Jungs traten bereits rastlos von einem Fuß auf den anderen und tuschelten ungeduldig –, klatschte er in die Hände und sprach die abschließenden Worte aus, deren tragische Ironie er nicht ahnen konnte. »Und nun beginnt ein weiteres ruhmreiches Jahr in der Chatham School! Willkommen!«

*

Etwa eine Stunde später betrat ich Miss Channings Klassenzimmer. Früher hatte man den Raum als Abstellkammer für Schulmöbel und diverse Utensilien benutzt, jetzt diente er anderen Zwecken. Er war nicht mit dem Schulgebäude verbunden, sondern befand sich in einem Häuschen am Ende des Innenhofs, ausgestattet mit drei langen Tischen, die Miss Channings kleinerem Schreibtisch gegenüberstanden. Neben einem Metallschrank, auf den jemand in großen weißen Buchstaben

»Geräte für den Kunstunterricht« geschrieben hatte, hing ein halbes Dutzend grauer Schürzen an hölzernen Wandhaken. Und in einer Ecke stapelten sich ein paar Holzpodeste für Skulpturen, die fast bis zur Decke hinaufreichten. Porträts von George Washington und Abraham Lincoln sowie ein gerahmtes Foto des derzeitigen Präsidenten, Calvin Coolidge, sorgten für die künstlerische Aura.

Nur fünf Jungs besuchten die Klasse. Aber wir hatten uns im ganzen Raum verteilt. Ralph Sherman und Miles Clayton okkupierten den hinteren Tisch, Biff Conners und Jack Slaughter den mittleren, und mir überließen sie den vorderen.

Als wir eingetreten waren, hatte Miss Channing nicht gelächelt und uns auch nicht begrüßt. Vor ihr stand ein Podest. Mit sanften Fingern knetete sie an einem Tonklumpen und blickte kaum auf, während wir uns setzten. Dann sah sie uns der Reihe nach an, ohne besondere Notiz von mir zu nehmen. »Ich habe noch nie Kunst unterrichtet«, begann sie. »Und ich erhielt auch keinen Kunstunterricht.«

Langsam und graziös glitten ihre Hände über den feuchten Ton.

»Nach dem Tod meines Vaters lebte ich bei meinem Onkel und seiner Familie in Afrika. Er leitete eine Mission in der Nähe eines Dorfes, wo die Eingeborenen in Holzhütten wohnten. Darin kochten sie ihr Essen, und der Rauch konnte nur durch ein kleines Loch im Dach abziehen. Wenn sie morgens aus ihren Hütten kamen, wehten Rauchschleier hinter ihnen.« Sie schaute uns wieder an, und ich las staunende Freude in ihren Augen, so als hätte sie mittels der Geschichte, die sie erzählte, einen Weg gefunden, um uns zu erreichen. »Wie Flügel, die sich im Licht auflösten … Dort lernte ich malen«, fuhr sie fort und knetete den Tonklumpen etwas schneller, mit knappen, abgehackten Gesten. »In Afrika.« Plötzlich hielt sie inne, von einem besonderen Gedanken animiert. »Und dort lernte ich, daß man die Sinne vertauschen muß, um Maler oder Bildhauer zu werden. Man sollte mit den Fingerspitzen *sehen* und mit den Augen *fühlen*.«

*

An diesem Tag sah ich sie erst viel später wieder. Die letzte Unterrichtsstunde war längst beendet, und ich erledigte die Pflichten, die mir mein Vater auferlegt hatte.

In der Chatham School wurden akademische und körperliche Tätigkeiten kombiniert und jedem Jungen bestimmte Aufgaben zugeteilt. Einige machten die Klassenzimmer und den Schlafsaal sauber, andere wuschen das Bettzeug, ein paar arbeiteten im Garten, stutzten die Büsche, mähten den Rasen und hielten die Sportplätze in Ordnung.

An jenem Nachmittag mußte ich die Bücher, die auf den Bibliothekstischen lagen, in die Regale zurückstellen, nach der Dezimalklassifikation geordnet, die Mrs. Cartwright eingeführt hatte. Danach wischte ich die Holzkanten mit dem alten Staubwedel ab, den meine Mutter der Chatham School gespendet hatte. Sie selber verwendete einen neuen von Mayflower's.

Gegen vier Uhr war ich fertig, Mrs. Cartwright inspizierte die leeren Tische und strich mit dem Finger über ein Regal. »Sehr gut, Henry.« Mit diesem Lob wurde ich entlassen.

Ich erinnere mich noch an das Gefühl der Erleichterung, das mich jedesmal erfaßte, wenn ich die Treppe hinabrannte und durch die breite Doppeltür in die frische Luft hinausstürmte. Warum die Atmosphäre der Chatham School so schwer auf meiner Seele lastete und wieso ich mich so gern von dieser Bürde befreite, weiß ich nicht, denn die Schule war keineswegs ein Gefängnis und mein Vater kein Tyrann. Und doch schienen sich in meiner ungestümen Jugend die Tage wie Ketten um meine Füße zu legen. Jede scharfe Kritik brannte wie ein Peitschenhieb, und nachts hatte ich manchmal das Gefühl, mein ganzes Leben würde unter einer dicken Decke aus kleinlichen Zwängen und veralteten Gesetzen ersticken.

Miss Channings Unterricht hatte die angestaubte Atmosphäre etwas gemildert, und ich freute mich auf die nächste Kunststunde, was Mr. Crawford mit seinen Latein- oder Mrs. Dillard mit ihren Geschichtslektionen niemals schafften. In Miss Channings Lehrmethode entdeckte ich eine natürliche Frische, unbehindert von Traditionen, etwas Junges, so wie ich jung war, etwas Freies, so wie ich mich eines Tages zu befreien hoffte.

Als ich die Schule verließ und überlegte, ob ich durchs Dorf wandern und vielleicht heimlich eine Zigarette vor der Bowling-Bahn rauchen sollte, entdeckte ich Miss Channing, die auf einer der Holzbänke nahe den Klippen saß. Normalerweise wär's mir nicht eingefallen, außerhalb der Schule die Gesellschaft einer Lehrerin zu suchen. Aber ich sah eigentlich keine Lehrerin in ihr, eher eine Kameradin. Wir beide waren in der Chatham School gestrandet und gleichermaßen entschlossen, irgendwie zu fliehen – koste es, was es wolle.

Offensichtlich staunte sie nicht, während ich an ihr vorbeiging und mich am Geländer über dem Klippenrand festhielt. Ich blieb stehen, kehrte ihr den Rücken und starrte aufs Meer.

»Hallo, Henry!« rief sie.

»Oh – Miss Channing!« antwortete ich und drehte mich um. »Ich habe Sie gar nicht gesehen …«

»Eine wunderbare Aussicht, nicht wahr?«

»Ja.« Ich schaute wieder übers Geländer. Auf den Wellen glitt kein einziges Schiff dahin, aber ein paar Leute schlenderten den Strand entlang oder lagen unter gestreiften Sonnenschirmen.

»Das erinnert mich an den Lido«, hörte ich Miss Channing hinter mir sagen.

»Lido?«

»Ein Strand in der Nähe von Venedig. Dort standen immer gestreifte Sonnenschirme. Und die Türen der Umkleidekabinen waren mit den gleichen Streifen bemalt. Gelb. Hellgelb.« Sie schüttelte den Kopf. »Eigentlich erinnert mich diese Szenerie hier gar nicht an den Lido«, gestand sie mit etwas leiserer Stimme. »Ich habe nur gerade daran gedacht, als du heraufgekommen bist.«

»Warum?« Eine intelligentere Frage fiel mir nicht ein.

»Weil mein Vater am Lido starb. Nur deshalb denke ich daran.«

Im späteren Leben vergessen wir, wie großartig es ist, wenn man bei einem Gespräch mit erwachsenen Leuten zum erstenmal nicht wie ein Kind behandelt wird. Eine heiße Freude stieg in mir auf, das Gefühl, ich würde einen Teil meiner frühen Jugend abstreifen und wegwerfen, und darunter käme der Mann zum Vorschein, der seine ersten unsicheren Atemzüge wagte.

»Tut mir leid«, erwiderte ich und benutzte die Phrase, die ich in ähnlichen Situationen oft gehört hatte.

Ihre Miene änderte sich nicht. »Da muß dir nichts leid tun. Er hatte ein schönes Leben.«

Offensichtlich liebte sie ihn immer noch, und ich überlegte, wie es sein mochte, mit einem Vater zusammenzuleben, den man bewunderte. »Was hat er gemacht?«

»Er war Reiseschriftsteller.«

»Und Sie sind mit ihm auf Reisen gegangen?«

»Seit meinem neunten Lebensjahr. Damals starb meine Mutter. Und danach waren wir ständig unterwegs.«

Als hätte mein Vater plötzlich meine Gestalt angenommen, stellte ich eine Frage, die er jetzt aussprechen würde. »Und die Schule?«

»Mein Vater brachte mir alles bei«, erklärte Miss Channing, stand auf und trat ans Geländer. Seite an Seite blickten wir zum Strand hinab. »Nach seiner Ansicht sollte jeder Mensch seinen eigenen Regeln folgen.« Nach einer kurzen Pause zitierte sie zwei Zeilen, die ich später im Buch ihres Vaters las. »›Ein Künstler müßte nur seiner Leidenschaft gehorchen. Und alles andere ist eine Schlinge um seinen Hals.‹«

Wenn ich mich jetzt an ihre ruhige Stimme erinnere, verspüre ich die grausige, böse Ahnung, die diese Zeilen enthielten. Vor meinem geistigen Auge sehe ich ein altes Auto über eine grasbewachsene Uferböschung hinabstürzen. Am Wasserrand dreht sich eine Gestalt um, die Augen weit aufgerissen, voller Entsetzen, verständnislos. Und danach erklingt das Echo eines Schreis, das niemals verhallt.

6

In den Jahren nach Miss Channings Gerichtsprozeß sammelte mein Vater Material, das die Chatham-School-Affäre betraf und das er mir vermachte. Bis jetzt war ich unfähig, diese Unterlagen wegzuwerfen. Von anderen Dingen trennte ich mich – von den Stricknadeln meiner Mutter, dem Federkiel meines Vaters, und ich brachte viele Bücher in die Dorfbibliothek.

Aber diese Sammlung verwahre ich immer noch, in der unteren Ecke meines Bücherschrankes im Büro, hinter einer Stehlampe versteckt. Im Vergleich zu den Ereignissen, die darin erörtert werden, ist es ein kleines Archiv. Wahnsinn und Selbstmord und Mord, die eine verlorene Welt hinterließen … Und doch gibt es Zeiten, wo ich mit seltsamer Nostalgie an die Papiere denke, denn in ihnen liegt der Moment, der meine Jugend geprägt hat.

Die Mappe enthält nur das Chatham-School-Jahrbuch 1927, ein paar Zeitungsausschnitte und Fotos, sogar eins von Sarah Doyle, wenn auch unabsichtlich. Auf diesem Bild läuft sie den schmalen Weg hinter der Schule entlang, den Rücken zur Kamera gewandt. Schneeflocken rieseln herab und bleiben an ihrem langen, dunklen Cape hängen, während die Jungs im Hof – das eigentliche Objekt der Aufnahme – einander mit Schneebällen bewerfen. Auf den Eingangsstufen der Schule steht mein Vater, die Arme vor der Brust verschränkt. Spöttisch und mißbilligend schaut er ihnen zu.

Diesen wenigen Dokumenten fügte er drei Bücher bei. Zwei hängen mit den Ereignissen am Black Pond zusammen, eins hat kaum etwas damit zu tun.

Zu den beiden ersteren gehörten Mr. Parsons Memoiren, ein Werk, das er in kürzester Zeit verfaßte und bald nach dem Prozeß auf eigene Kosten veröffentlichte. Als Buch läßt es viel zu wünschen übrig. Eigentlich ist es nur eine Sammlung von Zitaten aus den Gerichtsprotokollen, mit unbeholfenen Verbindungstexten aus Mr. Parsons Feder.

Um so detaillierter ist das zweite Werk, »Die Todsünde« von Wilfred M. Peyton, einem Professor für Ethik am Oberlin College. Im Grunde handelte es sich um einen knapp hundert Seiten langen Essay, 1928 von einer kleinen religiösen Zeitung veröffentlicht.

Nicht nur Professor Peytons moralisierender Ton mißfällt mir, sondern sein entschlossenes Bestreben, Miss Channing als die wahre Schuldige an den »Black-

Pond-Morden« hinzustellen. So nennt er jene Ereignisse immer wieder, wie beschwörende Formeln eines Zauberers. Wenn er Miss Channing geißelt, spürt man den Zorn eines alttestamentarischen Propheten. »Ihr Vater nannte sie ›Libby‹«, schrieb er in einer typischen Passage, »und dieser Kosename entstammte ihrer Jugend. Später war sie als Elizabeth bekannt. Unter diesem kalten, förmlichen Namen muß man sie in die Reihe ähnlicher Frauen stellen wie Dalila, Salome und Jezabel ...«

Professor Peyton war der einzige der drei Autoren, den mein Vater haßte – so sehr, daß er ärgerliche Randbemerkungen in das Buch schrieb, belanglose Angaben korrigierte (z. B. die Schulbibliothek habe dreitausend Bücher umfaßt, nicht nur die zweitausend, die Peyton erwähnte). Manchmal bestritt er eine Interpretation, und er versuchte immer wieder, die Autorität des Schriftstellers zu untergraben.

Warum mein Vater das Buch des Verfassers verabscheute, ist offensichtlich. Es attackierte nicht nur Miss Channing, sondern auch die Chatham School, »eine disziplinlose, gemütliche Zufluchtsstätte für reiche, zügellose Jungen«. Am Ende seiner Abhandlung zog Peyton sogar den Schluß: »Die ungeheuerlichen Ereignisse, die sich am 26. Mai 1927 auf der ansonsten ruhigen Oberfläche des Black Pond abspielten, sind symptomatisch für den moralischen Relativismus und die Verachtung für etablierte Behörden in der Erziehungstheorie während der letzten beiden Jahre. Dafür ist die Chatham School nur das widerwärtigste Beispiel.«

Natürlich überraschte es mich nicht, daß mein Vater

diese Zeilen mit schwarzer Tinte unterstrichen und darunter seinen herzzerreißenden Schrei gekritzelt hat: »Nein! Nein! Nein!«

Aber trotz all ihrer pompösen Moral und dem Kummer, den sie meinem Vater bereitete, war die »Todsünde« letzten Endes ein Buch, das man vergessen konnte. Nachdem ich es gelesen hatte, verspürte ich nie wieder den Wunsch, danach zu greifen.

Für den dritten Band in der Sammlung meines Vaters gilt das nicht. Immer wieder las ich dieses Werk, suchte eine Erklärung für die Vorfälle am Black Pond, Mittel und Wege, wie man sie hätte verhindern und unsere Herzen ein wenig beruhigen können.

Das Buch trägt den Titel »Blick aus dem Fenster«, und die erste Seite zeigt ein Foto des Autors, Jonathan Channing, eines großen, ernsthaften Mannes von Ende Vierzig, der im Hof des Louvre steht und in die Kamera starrt.

»Wenn du willst, kannst du's behalten«, sagte Miss Channing, als sie mir das Buch lieh.

An jenem späten Freitagnachmittag ging die erste Woche des neuen Schuljahrs zu Ende. Mein Vater schickte mich in Miss Channings Klassenzimmer, mit einem Karton voller Kunstbücher, die er in einem Bostoner Laden gefunden hatte. In seiner impulsiven Art wollte er Miss Channings Meinung hören, bevor er die Bücher am Montagmorgen in Mrs. Cartwrights Bibliothek brachte.

Miss Channing räumte gerade ihre Utensilien in den Schrank.

»Das sind ein paar Kunstbücher«, erklärte ich. »Mein Vater läßt Sie bitten, mal reinzuschauen.«

»Zeig sie mir!« Sie schloß den Schrank, ging zu ihrem Schreibtisch, und ich legte die Bücher darauf. Dann sah ich zu, wie sie langsam darin blätterte und innehielt, um die Bilder zu betrachten. Hin und wieder nannte sie den Namen der Galerie, wo dieses oder jenes Gemälde jetzt hing. »Das ist in Florenz.« Oder: »Und dieses habe ich in La Galeria gesehen.« Sie drehte das Buch zu mir herum. »Davor hatte ich immer Angst. Was meinst du, Henry?«

Ich betrachtete das Gemälde, ein kleines Mädchen mit strähnigem, blonden Haar, das vor einem riesigen Baum kauerte. An beiden Seiten ragten knorrige Zweige in die Leinwand, und daran hingen die surrealen Bilder schwebender Köpfe und Körperteile, in unappetitlichem Grün oder blutigem Rot. Wie gelähmt vor Entsetzen starrte das Kind den Baum an.

»Hast du dich schon mal so gefühlt wie dieses Mädchen?« fragte Miss Channing leise, den Blick auf die beklemmende, chaotische Illustration gerichtet.

Ich schüttelte den Kopf. »Nein, ich glaube nicht, Miss Channing.« Damals stimmte es. Jetzt könnte ich's nicht mehr behaupten.

Dann blätterte sie weiter, bis sie ein Foto vom Hof des Louvre entdeckte. »Hier ließ sich mein Vater einmal fotografieren. Das Bild wurde für sein Buch benutzt.«

»Sein Buch?«

»Ja, er war doch Reiseschriftsteller, und er schrieb viele Artikel, aber nur ein einziges Buch.«

»Das würde ich gerne einmal lesen«, sagte ich aus reiner Höflichkeit.

Doch sie hielt mein Interesse für echt, öffnete die Schublade ihres Schreibtisches und nahm ein Buch heraus, das sie mir in die Hände drückte. »Hier. Du siehst sein Foto auf der Rückseite.«

Ich drehte das Buch um und musterte die Aufnahme eines hochgewachsenen, schlanken Mannes in dunkler Hose und weißem Dinnerjackett. Er sah sehr attraktiv aus, auf verwegene Weise. Nach der damaligen Mode war sein Haar glatt nach hinten gekämmt, aber über dem rechten Auge fiel eine schwarze Locke in die Stirn.

»Als dieses Foto entstand, war ich zehn Jahre alt«, sagte Miss Channing. »Kurz davor hatten wir Rouen besucht. Mein Vater interessierte sich für die Kathedrale.«

»War er religiös?«

»Kein bißchen«, erwiderte sie, und ihr Lächeln faszinierte mich. Ich wollte das Buch zurückgeben, aber sie schlug vor: »Wenn du willst, kannst du's mitnehmen.«

Eigentlich wollte ich das Buch ihres Vaters nicht lesen, aber ich wußte nicht, wie ich das Angebot ablehnen sollte.

Wie sich herausstellte, las ich es noch am selben Nachmittag. Ich saß allein auf der Klippe, während meine Mitschüler Football spielten oder sich vor dem Quilty's-Eissalon trafen.

In früheren Jahren hatte ich versucht, mich den anderen Jungs anzuschließen, mit ihnen zu spielen, an albernen Streichen teilzunehmen und Spitznamen für die Lehrer zu erfinden. Doch das funktionierte nicht, weil ich stets der Sohn des Direktors blieb. Wegen dieser Position konnten sie mich nicht als ihresgleichen akzeptieren, und in meiner Gegenwart wagten sie auch nicht, meinen Vater »alten Grizzlywald« zu nennen.

Ich wurde zwar nicht geächtet, entwickelte mich aber zu einem Einzelgänger, der oft auf der Veranda oder am Rand eines Sportplatzes saß und las, ein »kleiner Gelehrter«, wie mein Vater mich manchmal bezeichnete. Allerdings klang das nicht wie ein Kompliment.

Hin und wieder, wenn ich überlege, was für ein einsamer, isolierter Junge ich damals war, halte ich mich für ein Opfer der Chatham-School-Affäre. Auch mein Leben wurde vom Verbrechen am Black Pond zutiefst verwundet.

Und dann – um mich auf die tatsächlichen Ereignisse hinzuweisen – führt mich meine Erinnerung zu einem kleinen Mädchen an einem stürmischen Strand zurück. Sie läuft gegen den Wind, ein alter Papierdrachen flattert hinter ihr her. Schließlich steigt er empor, und sie beobachtetet ihn freudlos, die Augen von jenem Kummer erfüllt, der niemals entschwinden wird. Wenn ich sie so vor mir sehe, erinnere ich mich sofort an die wahren Opfer des Black Pond. Und ich erkenne das Grauen, dem ich entronnen bin, das ganze Ausmaß eines Verlustes, der niemals meiner war.

*

Ich erfuhr sehr viel über Miss Channing, während ich das Buch ihres Vaters las. Und auch über ihn selbst. Der Sohn einer privilegierten Familie in Massachusetts hatte das Harvard College besucht und nach dem Studienabschluß in Boston als Journalist gearbeitet. Mit dreiundzwanzig heiratete er Julia Mason Rockbridge, ebenfalls aus einer distinguierten New-England-Familie. Die beiden zogen in die Marlborough Street in der Nähe des Boston Common. 1904 bekamen sie eine Tochter, Elizabeth Rockbridge Channing. Mr. Channing hatte immer noch seine Stellung beim *Boston Globe*, und Julia übernahm die damals üblichen gesellschaftlichen Funktionen einer Ehefrau aus gehobenen Kreisen. Und dann, im Herbst 1908, erkrankte sie. Wochenlang siechte sie dahin. Im Januar 1909 starb sie, und die vierjährige Elizabeth blieb in der Obhut ihres Vaters zurück.

Das Buch »Blick aus dem Fenster« schildert die Reisen, die Miss Channing mit ihrem Vater unternahm. In dieser Zeit hatten sie keinen festen Wohnsitz, pflegten kaum Kontakte mit anderen Leuten. Den Zweck dieses wurzellosen Lebens verrät Mr. Channing am Anfang seines Werks.

»Nach dem Tod meiner Frau ertrug ich es nicht mehr, in Boston zu wohnen. Ich wanderte durch unser Haus an der Marlborough Street, betrachtete die zahlreichen luxuriösen Dinge, die sie im Lauf der Jahre erworben hatte, die Samtvorhänge, die Tiffany-Lampe und andere Sachen, die auf ihre Art elegant waren, so wie Julia, die mir jedoch nichts mehr bedeuteten. Und so beschloß ich, die Welt zu erforschen und meiner Tochter Libby ferne Länder zu zeigen. Was mich dazu veranlaßte, habe ich nie verhehlt, und ich will es auch jetzt nicht verschweigen. Ich wollte meine Tochter so erziehen, wie ich es für richtig hielt. Und was strebte ich damit an? Sie sollte ein freies Leben führen, ohne den hinderlichen Einfluß irgendeiner Stadt oder Nation, ohne die Zwänge irgendwelcher Sitten, Ideologien oder Blutsbande.«

Trotz dieses grandiosen Ziels ist »Blick aus dem Fenster« im Grunde ein normales Reisebuch, das aber nicht nur Sehenswürdigkeiten und historische Hintergründe erörtert, sondern auch in allen Einzelheiten über das Leben von Vater und Tochter berichtet.

Es war eindeutig ein Vagabundenleben und verfolgte keinen anderen Zweck als Mr. Channings Wunsch, der Tochter seine einzigartige Lebensauffassung nahezubringen. Um sie entsprechend zu beeindrucken, führte er sie gnadenlos zu bizarren, tragischen Schauplätzen.

Während ich an jenem Nachmittag auf der Klippe seine philosophischen Ansichten las, entfernte ich mich immer weiter von meiner bisherigen Welt, die mein Vater und die Chatham School geprägt hatten. Und plötzlich glaubte ich sogar, in eine neue Galaxis einzudringen, wo es – laut Mr. Channing – »keine Regeln außer der Regel des Lebens« gab, wo ein Mensch ungehindert seinen Leidenschaften frönen durfte.

In dieser Welt verkehrten sich alle Werte, die man mir jahrelang eingetrichtert hatte, ins Gegenteil. Die Selbstkontrolle wurde eine Form der Sklaverei, Gelübde und Verträge unterdrückten den Geist, Moralgesetze waren ebensowenig absolut wie flüchtige Launen. Sogar das Böse erhielt in dieser Welt eine sonderbare, ernsthafte Würde.

»In Sorrent mieteten wir ein Boot«, schrieb Mr. Channing, »stiegen am Marina Grande ein und fuhren zur Ostküste von Capri. Die Insel wirkte festlich und einladend, und Libby freute sich über die vielen verschiedenen Düfte. Im verschlungenen Labyrinth der Straßen rannte sie immer wieder spielerisch vor mir her. Die tropische Üppigkeit der Insel schien sie zu begeistern, besonders die reichhaltige Vegetation. Unentwegt pflückte sie Blätter und Blüten von den Büschen und Blumen, die am Wegrand wuchsen.

Aber ich hatte sie nicht nur nach Capri geführt, um ihr einen vergnüglichen Nachmittag zu bieten, auch nicht wegen der malerischen Häuser und des mannigfaltigen Pflanzenlebens. Nein, mir schwebte etwas anderes vor, und ich sah es – wenn auch nur undeutlich – in den schmalen Gassen der Stadt.

Über eine Stunde lang stiegen wir bergauf, in flimmernder Sommerhitze, vorbei an spektakulären, blühenden Hecken. Überall hing Blumenduft in der Luft. Auf den Gewächsen dösten kleine Eidechsen, oder sie glitten wie dünne grüne Bänder über unseren Weg. Es war eine beschwerliche Wanderung, aber über uns erhob sich die verlockende große Ruine der Villa Giovi. Von Plutarch beschrieben und von Sueton verunglimpft, zog sie mich mit der gleichen mysteriösen Macht an, der Odysseus erlag, als er in der Bucht von Neapel den Sirenenruf vernahm. Denn so wie die antike Welt jener mythischen Seefahrer war auch der Ort, den ich an jenem Tag aufsuchte, blutig und pervers gewesen.

Trotzdem strahlten die verwilderten Gärten, die der Kaiser entworfen hatte, Schönheit und die Atmosphäre einer grenzenlosen Freiheit aus. Hier hatte er menschliche Körper in lebende Skulpturen verwandelt und sich hemmungslos an ihren wollüstigen Posen delektiert. In diesen Gärten stellte Tiberius die physische Sinnlichkeit über die spirituelle Öde, brach alle bekannten Tabus, paarte Jungen mit Jungen, Mädchen mit Mädchen, warf seine eigene faltenreiche Gestalt über die glatten jungen Leiber. So grausig und unnatürlich das alles auch erscheinen mag, es blieb das dramatischste Streben der heidnischen Welt nach hemmungslosem Genuß.

Und so wanderte ich mit Libby durch die immer noch grandiosen Ruinen, saß mit ihr vor dem infamen Salto di Tiberio und erklärte ihr, wie das Leben verlaufen, welche Höhen es erreichen müßte, welche Leidenschaften es umarmen sollte. Und ich hoffte, sie würde einmal so leben, als säße sie auf dem Flügel eines Vogels. Denn nahe dem Wahnsinn lebt's sich am besten.«

Abendliche Schatten fielen über die Klippe, den verlassenen Strand, die ganze kleine Welt von Chatham, als ich das Buch zu Ende gelesen hatte. Ich klemmte es unter meinen Arm und ging nach Hause. Unterwegs sah ich Danny Sheen über einen der Sportplätze laufen, und Charlie Patterson schleppte einen zerkratzten Koffer die Eingangsstufen der Chatham School hinauf. Im Oberstock brannten die Lampen, und ich wußte, daß die Jungs in der Bibliothek studierten oder sich im Aufenthaltsraum unterhielten. Der Gong würde sie bald zum Dinner rufen. An jedem Freitagabend aß mein Vater mit ihnen. Nach der Mahlzeit stand er auf, läutete seine kleine Glocke und entließ sie mit irgendeinem Zitat, das ihnen – wie er hoffte – in künftigen Jahren nützen würde.

Während ich daran dachte, floß die Myrtle Street wie ein lustloser, schlammiger, träger Strom vor mir her. Da wurde mir bewußt, daß ich immer nur das Leben, das mir die Chatham School aufzwang, gekannt und nie geahnt hatte, ein anderes könnte mir offenstehen. Nach dem Schulabschluß würde ich an einem College studieren, meinen Lebensunterhalt verdienen, eine Familie gründen. Ich würde tun, was mein Vater getan hatte und sein Vater vor ihm. Davon würden sich nur mein Geburts- und mein Todesdatum unterscheiden. Ansonsten würde ich so leben, wie sie gelebt hatten, so sterben, wie sie gestorben waren, die armseligen Freuden genießen, die entlang dieses ausgetretenen Weges warteten.

Aber an jenem Abend schien mir das nicht mehr selbstverständlich. Die Rastlosigkeit, die mich zeitweise befiel, meine Mißstimmungen, die Abneigung gegen die Platitüden meines Vaters, meine vage Unzufriedenheit – dies alles nahm plötzlich Gestalt an. Zum erstenmal erkannte ich, wenigstens ansatzweise, was ich mir wirklich vom Leben wünschte.

Ganz einfach – ich wollte frei sein, nur mir selbst verantwortlich, irgendein Ziel ansteuern. Damals wußte ich noch nicht, wie ich meine Freiheit erlangen sollte oder was ich damit anfangen würde. Nur eins wußte ich – ich hatte herausgefunden, was ich ersehnte, und diese Entdeckung hob eine beklemmende Decke von meinem Kopf, öffnete eine Tür. Wohin ich gehen würde, ahnte ich noch nicht einmal. Jedenfalls mußte ich eine andere Richtung einschlagen als mein Vater und meine Mitschüler.

Atemlos rannte ich die Myrtle Street hinab, von neuen Ideen beflügelt. Mittlerweile brach die Dunkelheit herein, aber ich hatte das Gefühl, ein neuer Morgen würde heraufdämmern. Ich stürmte in mein Zimmer, warf mich aufs Bett und las Mr. Channings Buch noch einmal, Wort für Wort. Und einen bestimmten Satz prägte ich mir für alle Zeiten ein: »Am Rande des Wahnsinns lebt's sich am besten.«

Eine wilde Freude erfaßte mich, während ich die Zeile in meiner Dachkammer las, immer wieder. Alles, was ich je empfunden hatte, schienen diese Worte zu beleuchten. Und jetzt glaube ich immer noch, daß kein Dunkel von einer helleren Flamme erzeugt werden kann.

TEIL II

7

Im Alter und im Halbruhestand erreichte ich eine Lebensphase, wo ich erwartete, nicht mehr an sie zu denken. Nur wenig hatte mich in den letzten Jahren an sie erinnert, abgesehen vom flüchtigen Blick auf eine alte Frau, die schwerfällig über ihre Veranda ging, wenn ich vorbeifuhr, oder langsam im Schaukelstuhl schwankte.

Und so war Miss Channing endlich in weite Ferne gerückt. Falls ich mich ihrer überhaupt entsann, erschien sie mir wie eine ausgebleichte, gepreßte Blume in einem vergilbten Buch. Dann kehrte sie plötzlich auf unvermuteten Wegen zurück, während sich mein eigenes Leben dem Ende zuneigte.

An jenem Morgen war ich zeitig in meinem Büro angekommen und die Dorfstraße noch leer gewesen. Vom Meer wehten Nebelschwaden heran, kräuselten sich um die Ecke des Dalmatian's Cafés und glitten unter die Bänke vor dem Rathaus. Ich saß an meinem Schreibtisch, befaßte mich mit den paar Fällen, die man mir immer noch übertrug, und als ich den Kopf hob, sah ich einen alten Mann in der Tür stehen.

»Guten Morgen, Henry«, grüßte Clement Boggs.

Wie üblich trug er ein Flanellhemd, eine ausgebeulte Hose und einen uralten Hut, fast bis zu den Ohren herabgezogen. Mein Leben lang hatte ich ihn gekannt, aber nicht besonders gut. Er war ein Rowdy gewesen, der vor der Bowlingbahn geraucht und vor dem mich mein Vater stets gewarnt hatte, ein rauhbeiniger Junge aus der Unterschicht. Später riß er sich zusammen und machte sogar ein Vermögen. Ich hatte mehrmals für ihn gearbeitet und hauptsächlich die Stillegungen seiner Unternehmen durchgeführt. Seit einigen Jahren trennte er sich sukzessive von den Firmen.

Stöhnend setzte er sich auf einen der Stühle vor meinem Schreibtisch. »Ich will ein Grundstück loswerden, das ich vor langer Zeit gekauft habe. Draußen an der Plymouth Road.« Er zögerte, als würden allein schon seine Worte das Grauen der Dinge enthalten, die dort geschehen waren. »Am Black Pond. Das alte Milford Cottage.«

Und so wurde ich abrupt in jenen schrecklichen Juni zurückgezerrt, glaubte, wieder Mr. Parsons' Stimme zu hören. *Du hast das Milford Cottage oft besucht, nicht wahr, Henry?* Stets hatte ich die gleiche schlichte, ehrliche Antwort gegeben. *Ja. Sir.*

»Bist du okay, Henry?« fragte Clement, musterte mich aufmerksam, und ich nickte. Das schien ihn nicht zu überzeugen, aber er fuhr fort: »Also, ich möchte dieses Stück Land rings um den Black Pond verkaufen.« Langsam lehnte er sich zurück, ließ mich nicht aus den Augen und malte sich zweifellos die Bilder in meiner Phantasie aus – wirbelndes Wasser, ein Gesicht, das aus grünen Tiefen zu mir heraufschwebte. »Der Interessent will wissen, ob er die Erlaubnis kriegen würde, das Gebiet in Parzellen zu unterteilen und zu bebauen. Vielleicht könntest du dich bei der Stadtverwaltung danach erkundigen.«

Clement saß nicht einmal zwei Meter von mir entfernt, aber seine Stimme drang wie aus weiter Ferne heran. Hingegen schien sich Mr. Parsons so nahe zu mir zu beugen, daß ich fast seinen Atem im Gesicht spürte. *Wann warst du das letzte Mal am Black Pond?* Meine beiläufige, emotionslose Antwort lautete: *Am 26. Mai 1927 ... Das muß ein Sonntag gewesen sein, nicht wahr? ... Ja.*

»Natürlich müßtest du mal rausfahren«, fügte Clement hinzu und schaute mich unverwandt an, den Kopf schief gelegt.

Dachte auch er an den Tag, wo ich in den Zeugenstand getreten war? Hörte er Mr. Parsons' Fragen durch den Gerichtssaal hallen? *Was geschah an jenem Sonntag auf dem Black Pond?*

Clements Augen verengten sich, und ich ahnte, daß er meine Erregung spürte, obwohl ich sie zu verbergen suchte. »Wahrscheinlich warst du schon lange nicht mehr da draußen.«

»Seit Jahren nicht mehr.«

»Da sieht's immer noch genauso aus.«

»Genauso?«

Meine Frage schien ihn zu verwirren. »So wie in alten Zeiten.«

Beharrlich schwieg ich. Doch ich war meinen Erinnerungen hilflos ausgeliefert, wurde in die Zeit zurückversetzt, die er meinte. Ich sah ein altes Auto durch die Finsternis fahren, zwei gelbe Scheinwerfer fingen mich ein, als es stehenblieb, und die Gestalt hinter dem Lenkrad wisperte: *Steig ein!*

»Gib mir Bescheid, wenn du was rausgefunden hast«, bat Clement und stand auf. »Ich meine, wegen dieser Unterlagen.«

»Ja, ich werde mich sofort drum kümmern.«

An der Tür drehte er sich noch einmal um. »Allzulange mußt du nicht da draußen bleiben.« Wollte er mir die Seelenlast erleichtern? »Schau dich nur um und überleg dir, was die Stadtverwaltung von so einem Bauvorhaben halten würde.«

Ich nickte.

Nun wußte er offenbar nicht, was er sagen oder ob er's *mir* sagen sollte. Schließlich erklärte er: »Da wäre noch was, Henry. Das Geld – ich meine, den Verkaufserlös soll eine bestimmte Person erhalten.« Nach einer kurzen Pause nannte er den Namen. »Alice Craddock.«

Sie tauchte vor meinem geistigen Auge auf, eine dicke, erschlaffte alte Frau, grauhaarig und ungepflegt, nicht ganz richtig im Kopf. Auf dem Schulhof war sie die Zielscheibe grausamer Spottverse gewesen.

»Alice Craddock,
Eingesperrt im Paddock,
Wo ist denn deine Mama?«

»Irgendwie wär's doch gerecht, wenn sie kriegen würde, was immer das Land einbringt«, seufzte Clement. »Ich bin ein alter Mann, ich brauch's nicht mehr. Und der armen Alice geht's angeblich sehr schlecht.«

In mittleren Jahren war sie immer dicker geworden, hatte sich mit Kartoffelchips und Schokolade vollgestopft. Mit blicklosen, trüben Augen starrte sie vor sich hin, wenn sie die Straße entlangging. Die Jungs rannten lachend hinter ihr her und verhöhnten sie. Bis Mr. Wallace die Bande verscheucht hatte. *Laßt sie in Ruhe! Sie hat genug gelitten.*

»Damals hat sie was bekommen«, bemerkte Clement. »Aber davon ist nicht viel übriggeblieben.«

»Nein, nicht viel.«

Er zuckte die Achseln. »Nun, vielleicht kann ich ihr ein bißchen helfen.«

Dann verließ er mein Büro. Ich trat ans Fenster und beobachtete, wie er zu dem staubigen alten Lieferwagen schlurfte, der am anderen Straßenrand parkte. Und plötzlich erschien ein Bild in meiner Phantasie. Von seinen Kumpanen umringt, stand er vor dem Gerichtsgebäude, als Miss Channing herausgeführt wurde, und ich hörte das gräßliche Wort aus seinem Mund. *Hure!*

*

Ich hatte nicht erwartet, das Milford Cottage jemals wiederzusehen, die alte Verlockung zu spüren, die einstigen Leidenschaften. Aber nachdem Clements klappriger Lieferwagen davongepoltert war, trieb mich irgendeine magische Kraft da hinaus. Es war keine schöne Jugenderinnerung. Vielmehr fühlte ich mich gezwungen zu betrachten, was ich getan hatte, die Gestalten in ihrer Verstümmelung – ein Verbrecher, der an den Tatort zurückkehrte.

Eine Stunde später fuhr ich zum Milford Cottage. Es war immer noch zeitig am Morgen, die Main Street menschenleer. Nur im Dalmatian's Café saßen ein paar Leute und frühstückten. Seit Miss Channings Prozeß hatte sich das Dorf kaum verändert. Aber damals war eine dichte Menschenmenge vor dem Gerichtsgebäude oder dem Quilty's herumgelungert, um von Mord und Betrug zu reden.

Ich folgte der Straße, die zur Küste führte. Zu beiden Seiten lagen Sümpfe. Hin und wieder sah ich Möwen am Himmel kreisen. Eine Krähe flog über eine ferne Baumreihe.

Eine Meile vom Dorfrand entfernt, bog ich in die Plymouth Road, so wie mein Vater, als wir Miss Channing zum Cottage gebracht hatten – sie auf dem Beifahrersitz, ich hinten mit ihren beiden Koffern. Ebenso wie an jenem Tag bedrängte mich der dichte Wald, grüne Zweige schlugen gegen mein Auto.

Hinter der letzten Biegung tauchte das Milford Cottage auf und erschien mir kleiner denn je. Doch die Zeit hatte nicht nur diese Veränderung bewirkt. Das Häuschen war völlig verfallen, das geteerte Dach verbogen, die Tür hing schief an rostigen Angeln. Im Garten wucherten Unkraut und Dornengestrüpp.

Offenbar konnte sich das Cottage nur mehr mühsam gegen das zeitlose Wasser des Black Pond behaupten. Ich starrte es an und dachte an die Geschichte seiner Einsamkeit. Nie wieder würde eine junge Frau darin wohnen, die Kerosinlampen anders arrangieren oder eine Wand mit dem Porträt ihres Vaters schmücken. Dem Prozeßprotokoll zufolge, von Mr. Parsons so ausführlich zitiert, wußte ich, was in den kleinen Räumen gesagt und empfunden worden war.

Aber es hatte auch andere Stimmen und Gefühle gegeben – Dinge, die dem Staatsanwalt trotz aller Mühe verborgen geblieben waren. Als berührten Miss Channings Lippen mein Ohr, hörte ich sie klagen: *Ich ertrage es nicht mehr.* Und ich fragte: *Wie kann ich Ihnen helfen?*

Eine Zeitlang betrachtete ich die Tür, mit deren Schlüssel mein Vater an jenem ersten Nachmittag gekämpft hatte, im Regen, von einer schweigenden Miss Channing beobachtet. Dann stieß ich gegen das morsche Holz.

Knarrend schwang die Tür auf und enthüllte die Leere im Cottage. Ich trat ein, sah welke Blätter am Boden, den alten Kamin, mit grauer Asche gefüllt. *Das muß ich loswerden …* Wieder drang Miss Channings Stimme zu mir. Abrupt schloß ich die Augen, wehrte mich gegen die Vision. Doch da stand sie, schaute entschlossen ins Feuer und fütterte die lodernden Flammen mit den Briefen.

Als ich die Lider hob, war das Cottage leer wie zuvor, nichts zu sehen, nichts zu hören – nur das Drama in meiner Erinnerung.

Ich spähte ins Schlafzimmer, wo ein kleines hölzernes Regal neben ihrem Bett gestanden hatte, mit den Lieblingswerken ihres Vaters, in Pergament gebunden: Byron,

Shelley, Keats. Von einem plötzlichen Windstoß erfaßt, klirrten die Reste der staubigen Fensterscheiben. Ein kahler Zweig streifte das Glas, ein knochiger Finger, der mich nach draußen winkte. Schweigend nickte ich, wie jemand, der sich willig irgendwohin führen läßt, ging durch die Hintertür hinaus und wanderte zum Wasserrand.

Da wuchs immer noch die große Weide, die Miss Channing mehrmals gemalt hatte. Lange braune Ranken hingen in den Teich. Wie oft mochte sie in den ersten Wochen unter diesem Baum gestanden und sich an die Gedichte erinnert haben, die ihr der Vater – manchmal an den Orten der Entstehung – vorgelesen hatte … Oden an Nachtigallen und griechische Vasen, Lusthäuser und kristallklare Meere, schöne Frauen, die durch stille Nächte wandelten … Doch das Regal neben dem Bett hatte auch andere Werke enthalten – Mesmers Spekulationen, die Visionen der Madame Blavatsky, de Sades grausame Ergüsse.

Das alles verwahrte sie in ihrem Geist, dachte ich, während ich am Ufer stand, wo sie gestanden hatte und die stille Fläche des Black Pond betrachte. Dann schaute ich über den Teich hinweg und hörte eine kalte, klanglose Stimme, die eine grimmige Frage stellte. *Sollen sie sterben?*

*

Dort hatte sie ihn zum erstenmal gesehen. Das glaube ich zumindest. Natürlich sah sie ihn mit den Lehrern reden oder in einem Klassenzimmer verschwinden. Aber ich bezweifle, daß sie ihn vorher richtig *wahr-*

nahm, gegenüber den anderen abgrenzte und ihn aufmerksamer beobachtete.

Mitte Oktober, als Miss Channings erster Monat an der Chatham School zu Ende ging, stand sie hinter einem Bildhauerpodest, wie sooft. Aber diesmal lag kein Lehmklumpen darauf. Wir sollten uns nur einen vorstellen und ihn in unserer Phantasie formen.

»Wenn ihr an eure Muskeln denkt, spürt ihr deren Macht. Ihr müßt fühlen, was im Innern der Figur steckt, die ihr gestaltet.« Um ihre Worte zu veranschaulichen, nahm sie ein großes Buch vom Schreibtisch und schlug eine Seite auf. »Dies ist ein Bild von Rodins ›Balzac‹«, erklärte sie, ging an den Tischen vorbei und zeigte uns das Foto. »Hier seht ihr Balzacs Körper in einem langen, wehenden Umhang.« Die Jungs drehten sich auf ihren Stühlen um und behielten sie im Auge. »Aber wenn man den Umhang öffnet, würde man das hier sehen.« Sie blätterte weiter, und wir musterten einen monströsen, fetten, nackten Balzac. Ein dicker Bauch hing hinab. »Unter dem Cape verbirgt sich diese Figur. Erst *nachdem* Rodin sie geschaffen hatte, fügte er den Umhang hinzu. Aber dies ist Balzacs wahre Gestalt.«

Sie klappte das Buch zu. Eine Zeitlang schaute sie uns schweigend an, dann hob sie die Hände und krümmte die Finger. »Ihr müßt euch ausmalen, was *unter* der Haut eurer Tonfiguren liegt. Spürt, wie sich die Muskeln dehnen und strecken.« Die Hände näherten sich ihren Wangen. »Sogar die kleinsten Muskeln sind wichtig, zum Beispiel die winzigen, die eure Augen öffnen und schließen.«

In stummem Entsetzen starrten wir sie an, schokkiert über den nackten Mann, den sie uns gezeigt hatte, aber auch voller Ehrfurcht.

»Denkt daran, wenn ihr morgen an euren Skulpturen zu arbeiten beginnt.« In diesem Augenblick läutete die Schulglocke und verkündete das Ende der Kunststunde.

An diesem Tag war es ihr letzter Unterricht gewesen, und ich fand, sie hätte bereits in ihrem ersten Monat an der Chatham School ihre Fähigkeiten bewiesen. Auch mein Vater hatte eines Abends beim Dinner erwähnt, Miss Channing sei »ihrer Aufgabe zweifellos gewachsen« und wohl »zur Lehrerin geboren«.

Ich wartete an jenem Nachmittag neben der Tür des Klassenzimmers, während die anderen Jungs hinausrannten. Als ich mich umdrehte, sah ich Miss Channing allein hinter dem Podest stehen. Dieser Moment erschien mir geeignet, um an sie heranzutreten.

Langsam ging ich zu ihr. »Miss Channing ...«

»Ja, Henry?« Sie blickte auf, und ich zog das Buch ihres Vaters aus meiner Tasche, um es zurückzugeben.

»Wirklich, das ist großartig. Ich hab's ein paarmal gelesen und sogar einzelne Teile abgeschrieben. Und ich glaube, Ihr Vater hat recht, wenn er meint, man müsse stets ›auf der Wanderschaft‹ sein.«

Sie nahm das Buch nicht entgegen, und ich war mir sicher, daß sie das Leben fühlte, das ich ersehnte. O ja, sie mußte wissen, wie gern ich über die Mauern der Chatham School klettern und in die Freiheit laufen würde, zum Rand des Wahnsinns. Sekundenlang schien sie mich abzuschätzen und sich zu fragen, ob ich willensstark genug sei, um mir meine Wünsche zu erfüllen – um alle Skrupel zu überwinden. Nur wenn man dazu fähig war, konnte man die absolute Freiheit erlangen.

»Es ist nicht einfach, so zu leben wie mein Vater«, erwiderte sie, und ihre blauen Augen musterten mich eindringlich. »Dazu sind nur wenige Menschen fähig.«

»Aber – ich will nicht so leben wie *mein* Vater«, stammelte ich, »so ein Narr will ich nicht sein ...«

Dieses gnadenlose Urteil erschreckte sie kein bißchen. »Und wie willst du sein, Henry?«

»Offen für alles. Für neue Dinge.«

Sie beobachtete mich wieder. Und ich merkte, daß sie mich so sah, wie mich niemand je zuvor gesehen hatte – nicht den Jungen, sondern den Mann, zu dem ich mich entwickeln würde. »Ich finde deine Zeichnungen sehr gut.«

»Tatsächlich?«

»Darin zeigst du viel Gefühl.«

Ich wußte, wie bizarr meine Zeichnungen waren, von geisterhafter Schwärze überschattet. Aber ich hätte nie gedacht, daß sich damit »ein Gefühl« verband, daß sie irgend etwas ausdrückten, was in den Tiefen meiner Seele schlummerte. Ich zuckte die Achseln. »Hier gibt's nicht viel zu zeichnen. Nur das Meer, den Leuchtturm und solche Dinge.«

»Trotzdem hast du noch etwas anderes hinzugefügt, Henry. Nimm doch einen Skizzenblock mit, wenn du spazierengehst. Das tat ich damals in Afrika. Wenn ich meinen Skizzenblock bei mir trug, sah ich die Welt mit neuen Augen.« Sie wartete auf eine Antwort, und da mir keine einfiel, fuhr sie fort: »Sobald du wieder was gezeichnet hast, solltest du's mir zeigen.«

Nie zuvor hatte mir eine Lehrkraft Komplimente gemacht. Niemand deutete an, ich würde irgendwelche Talente besitzen, abgesehen von meiner Neigung zur Melancholie und Einsamkeit. Die anderen Lehrer enttäuschte ich unentwegt und wurde nur geduldet, weil ich der Sohn des Direktors war, ein Junge mit begrenzten Zukunftsaussichten und geringen Ambitionen, »ein anständiger Bursche«, wie mein Vater mich einmal herablassend bezeichnet hatte. Das bedeutete, daß ich nichts war und nie was sein würde.

»Also gut, Miss Channing«, stimmte ich zu und freute mich, weil sie etwas in mir sah, das dem restlichen Lehrkörper verborgen blieb.

Lächelnd nickte sie mir zu und ging wieder an ihre Arbeit.

Draußen im Hof erfrischte mich ein tiefer Atemzug. Die Herbstluft war kühl, aber Miss Channings Lob erwärmte mich, und so spürte ich die Ahnung des Winters nicht.

*

Ein paar Stunden später begann der letzte Unterricht dieses Tages. Ich schaute aus dem Fenster des Klassenzimmers, betrachtete die Bilder an den Wänden – Shakespeare, Wordsworth, Keats. Ziellos wanderte mein Blick von einem Gesicht zum anderen, als ich den Gehstock des Lehrers pochen hörte, sanft und rhythmisch, wie ferne, gedämpfte Trommelschläge.

War er attraktiv, der Mann, der Sekunden später eintrat – wie immer in einem Jackett voller Kreideflecken und einer Cordhose?

Ja, vermutlich. Auf seine besondere Art.

Und doch fand ich es nicht erstaunlich, daß sich die Dorfbewohner später fragten, wie in einem verstümmelten Körper so heiße Leidenschaften toben konnten.

Er war groß und schlank, und seine Körperhaltung erweckte stets den Eindruck, da würde irgend etwas nicht ganz stimmen. Manchmal erinnerte er mich an einen schiefen Turm mit brüchigen Grundmauern. Obwohl er aufrecht an der Wand des Klassenzimmers stand, wenn er mit uns sprach, schien seine Gestalt eine andere Pose anzustreben. Die linke Schulter hing etwas tiefer herab als die rechte, der Kopf neigte sich ein wenig nach links. Manchmal glich er einer Büste mit klassisch geformten, aber beschädigten Zügen – das Produkt einer unsicheren Hand.

Trotzdem fanden die meisten Leute sein Gesicht besonders interessant, den schwarzen Bart mit den grauen Strähnen, die dunklen, tiefliegenden Augen. Und ganz besonders die gezackte weiße Narbe auf der linken Wange, die sich vom unteren Lid nach unten zog und im Gestrüpp der Barthaare verschwand… Er hieß Leland Reed.

An einem Sommernachmittag sah ich ihn zum erstenmal. Immer wieder erinnere ich mich daran. Ich lungerte auf unserer Veranda herum, und ein Mann ging langsam die Straße herab. Sanft schwangen die Schultern hin und her wie ein Boot auf ruhiger See. Vor dem niedrigen Metallgatter, das unser Haus von der Straße trennte, blieb er stehen. »Guten Tag. Ich suche Mr. Arthur Griswald.«

»Das ist mein Vater«, erklärte ich.

Statt das Gatter zu öffnen, schaute er mich prüfend an, als könnte er mit einem kurzen Blick meine Vergangenheit und meine Zukunft erfassen, wie ich aufgewachsen war, wie ich mich entwickeln würde.

»Er ist im Haus«, sagte ich, von diesen forschenden Augen verunsichert.

»Danke«, antwortete Mr. Reed.

Sekunden später hörte ich meinen Vater rufen: »Ah, Mr. Reed!« Er führte ihn in den Salon, und bald war er so in sein Gespräch mit dem Besucher vertieft, daß er mich nicht in der Tür stehen sah. Neugierig lauschte ich, ein kleiner Junge, den die Welt erwachsener Männer faszinierte.

Wie sich herausstellte, stammte Mr. Reed aus Boston. Drei Jahre lang hatte er an der Boston-Latin-School unterrichtet, dann sei er der Großstadt müde geworden, berichtete er. Im Verlauf des Gesprächs fügte er weitere Angaben hinzu, in energischem, tiefem Ton, der aber irgendwie distanziert wirkte. Später erkannte ich eine gewisse Ähnlichkeit zwischen seinem Gesicht und seiner Stimme, die stark und entschieden klang, aber unheilbar verwundet.

»Seltsam, daß ein Mann wie Sie nicht in Boston leben will«, bemerkte mein Vater. »Ich fand diese Stadt immer sehr reizvoll.«

Darauf gab Mr. Reed keine Antwort.

»Darf ich nach Ihrem Alter fragen?«

»Achtundzwanzig.« Offensichtlich hatte Vater ihn für älter gehalten, vielleicht wegen der grauen Strähnen im Bart oder – noch wahrscheinlicher – wegen Mr. Reeds selbstbewußter Haltung und seines müdes Blicks.

»Achtundzwanzig«, wiederholte mein Vater. »Und Sie sind ledig?«

»Ja.«

An jenem Nachmittag unterhielten sie sich über eine Stunde lang. Ein paarmal schlich ich an der offenen Salontür vorbei und hörte zu. Aber wie ich später erkannte, wies nur eine einzige Information auf Mr. Reeds wahres Wesen hin. Gegen Ende des Gesprächs lag die Pfeife meines Vaters erkaltet im Aschenbecher, und Mr. Reed saß ihm immer noch gegenüber, beide Füße fest auf den Boden gestemmt.

»Haben Sie Reisen unternommen?« fragte mein Vater.

»Nicht oft.«

»Und wo waren Sie, wenn ich fragen darf?«

»In Frankreich.«

Das schien meinem Vater zu gefallen. »Frankreich! Ein schönes Land! Und welche Gegend haben Sie besucht?«

»Nur ein ländliches Gebiet«, lautete die knappe Antwort, und mein Vater mußte ihn mit einer weiteren Frage aus der Reserve locken.

»Hatten Sie dort geschäftlich zu tun?«

Mr. Reed schüttelte den Kopf und berührte sein rechtes Knie, das leicht zu zittern begann.

»Also haben Sie in Frankreich Urlaub gemacht?« erkundigte sich mein Vater leichthin.

»Nein.« Plötzlich zog sich eine kohlschwarze Braue nach oben und sank wieder hinab. »Der Krieg ...«

Nun klang seine Stimme gepreßt, seine Augen glitten zum Fenster. Offenbar hatte die beiläufige Frage meines Vaters einen wunden Punkt getroffen und etwas enthüllt, was Mr. Reed vor Jahren gesehen haben mußte. Schlammige Erde, von einer Granatenexplosion aufgewühlt, emporgeschleuderte Soldaten, die herabstürzten, sein eigener Körper, in einer Rauchwolke umhergewirbelt, surreale Flammenzungen voller Fleischstücke ...

»Oh«, sagte mein Vater leise und musterte den Gehstock. »Das wußte ich nicht.«

Mr. Reed schaute ihn wieder an, aber er schwieg.

»In Ihrem Brief erwähnten Sie nicht, daß Sie ein Veteran sind. Darauf weisen die meisten Männer hin, wenn sie sich um eine Stellung bewerben.«

Mr. Reed zuckte die Schultern. »Irgendwie fällt mir das schwer.«

Geistesabwesend griff mein Vater nach seiner Pfeife, ohne sie anzuzünden. »Und welches Fach möchten Sie an der Chatham School unterrichten?«

An Mr. Reeds Antwort erinnere ich mich nicht, aber ich weiß, daß sie meinen Vater zufriedenstellte. Ein paar Minuten später verließ der Besucher das Haus. Vermutlich kehrte er zur Bushaltestelle zurück und fuhr nach Boston.

Erst nach zwei Monaten sah ich ihn wieder, und dann nur für einen kurzen Moment, einen Mann, der den Korridor der Chatham School hinabging, in einer Hand ein Buch, in der anderen den Stock, dessen rhythmisches Pochen ihn ankündigte – wie ein Leitmotiv.

*

Sieben Jahre später, an jenem Herbstnachmittag, hörte ich wieder das Pochen, gefolgt vom üblichen warnenden Geflüster. »Pst, Mr. Reed kommt.«

Aber diesmal ging er nicht zu seinem Schreibtisch. Statt dessen blieb er bei der Tür stehen, eine Schulter an den Rahmen gedrückt, in der gewohnten schiefen Haltung. »So schöne Tage werden wir kaum noch erleben«, meinte er und wies mit dem Kinn zum Fenster, zum warmen Sonnenschein. »Heute sollten wir den Unterricht im Hof abhalten.«

Mit diesen Worten wandte er sich ab und führte uns in den kleinen Innenhof. Dort lehnte er sich an den Stamm der hohen Eiche und bedeutete uns, am Boden Platz zu nehmen und einen Halbkreis zu bilden. Dann öffnete er das Buch, das er mitgebracht hatte. »Heute werden wir uns mit Lord Byron befassen.« Seine Stimme, eine sonderbare Mischung aus Sanftmut und Härte, erschien mir fast greifbar, wie ungehobeltes weiches Holz. »Diesem Dichter müßt ihr besondere Aufmerksamkeit schenken, denn sein Leben glich der Poesie, die er schrieb.«

Er begann mit der Biographie des Dichters, konzentrierte sich auf dessen Reisen und Abenteuer – eine wilde Vagabundenexistenz, die Mr. Reed zweifellos bewunderte. »Was den meisten Menschen genügt, konnte

Byron nicht befriedigen. Das Leben, das wir führen, würde ihn unerträglich langweilen.«

Während der nächsten Stunde erfuhren wir, Byron sei in einer Stadt namens Aberdeen aufgewachsen. In seiner frühen Jugend erkrankte er an Kinderlähmung, die sein rechtes Bein und den Fuß verstümmelte. Deshalb hatte er bis zum Ende seiner Tage hinken müssen. »Wie ich«, fügte Mr. Reed mit einem schwachen Lächeln hinzu und zeigte auf seinen Stock. »Doch von diesem Gebrechen ließ er sich nicht behindern, und es übte keinen Einfluß auf seine Lebensweise aus.«

Byron hatte, wie Mr. Reed es nannte, »einen abenteuerlustigen Charakter« besessen. Auf seinem Schloß feierte er wilde Feste und trank Burgunder aus einem Totenschädel. »Stets setzte er seine Ideen in die Wirklichkeit um. Nichts stand ihm jemals im Weg.«

Zum Abschluß der Schulstunde schlug Mr. Reed das Buch auf. »Hört jetzt gut zu ...« Er blätterte in den Seiten, bis er das gesuchte Gedicht gefunden hatte. Dann schenkte er uns ein sonderbares Lächeln, das ihn große Mühe zu kosten schien. »Solchen Werken muß man *lauschen*. Immerhin stand am Anfang aller Poesie das gesprochene Wort.«

Mit leiser Stimme, fast flüsternd las er die Zeilen vor, die er für uns ausgewählt hatte. Und so wirkte das Gedicht wie eine intime Botschaft, ausgesandt von einem Mann, dessen eigenartige Trauer mit Mr. Reeds Gefühlen harmonierte.

»Jedes Gefühl wurde erschüttert;
Der Stolz, den eine Welt nicht beugen konnte,
Neigt sich vor dir – von dir verlassen,
Sogar meine Seele verläßt mich jetzt;

Doch es ist vorbei – alle Worte sind müßig –
Noch eitler die Worte aus meinem Mund;
Aber wir können die Gedanken nicht bezähmen,
Ihren Weg nicht ohne Willenskraft erzwingen.«

Am Ende des Vortrags erstarb seine Stimme, doch sein Blick verweilte noch eine Zeitlang auf den Zeilen. Müde senkte er den Kopf, als würde ihn das Gewicht seiner Gedanken belasten, die auch er nicht bezähmen konnte. »Ich glaube, gewisse Schulstunden sollte man mit einem Gedicht beenden«, sagte er schließlich und beobachtete uns, hoffte vielleicht auf eine Antwort. Aber wir schwiegen, und er schloß das Buch. »Also gut, jetzt könnt ihr gehen.«

Hastig sprangen wir auf, klemmten unsere Bücher unter die Arme und eilten davon. Einige Jungs kehrten ins Gebäude zurück, andere rannten zu den Sportplätzen. Nur Mr. Reed blieb stehen, an den Baum gelehnt, Byrons Gedichtband in der Hand. Beinahe fürchtete ich, er würde zusammenbrechen. Doch dann stärkte er sich mit einem tiefen, belebenden Atemzug, straffte die Schultern und durchquerte den Hof. »Gute Nacht, Henry«, sagte er und ging an mir vorbei.

»Gute Nacht, Mr. Reed.« Ich drückte meine Bücher an die Brust und wandte mich nach rechts. Direkt vor mir lag Miss Channings Klassenzimmer, und sie stand an einem der drei großen Fenster. Ihr Blick folgte Mr. Reed, nachdenklich und abschätzend, nahm das Hinken wahr, den dünnen Stock, vielleicht sogar die gezackte weiße Narbe. Nie wieder hatte ich eine Frau einen Mann so betrachten sehen – als wäre er gar kein Mensch, sondern ein Gemälde, das sie wegen seiner kühnen Komposition bewunderte. Zugunsten einer zerklüfteten Labilität war die übliche Symmetrie aufgegeben worden, und nun paßte sich Miss Channings Schönheitssinn diesen neuen Eindrücken an, um einen Platz für verstümmelte Gestalten zu finden.

8

Ich stand unter der Weide, schaute über das Wasser hinweg und konnte die Umrisse des Hauses kaum erkennen, das Mr. Reed vor so vielen Jahren bewohnt hatte. Und so entfernte ich mich von dem großen Baum und folgte einem schmalen Weg, den Jäger und Schwimmer und Wanderer im Lauf der Zeit ausgetreten hatten.

Hier war Miss Channing entlanggegangen, um Mr. Reed zu besuchen – an einem Samstag, zwei Wochen später. Während ich dieselbe Richtung einschlug, hörte ich Mr. Parsons' Fragen: *Also wußtest du von Anfang an, daß sie sich trafen? ... Ja*, antwortete ich. *Und was hast du davon gehalten, Henry? ... Damals fand ich's nicht schlimm ... Und jetzt? ... Jetzt schon.*

Dichter Wald hatte Miss Channing an jenem Abend

überschattet. Vielleicht sah sie eine einsame weiße Möwe zum Teich herabfliegen. Zweifellos hörte sie die welken Blätter unter ihren Füßen rascheln, vielleicht auch das Vogelgezwitscher und die scharrenden Füße einer Feldmaus oder ein leises Plätschern, als ein Frosch ins Wasser sprang. Denn genau das hörte ich auch an jenem Morgen, während ich ihrem Weg folgte, mit den langsamen Schritten eines alten Mannes.

Ein paar Tage zuvor war das Dinner in Mr. Reeds Haus vereinbart worden. Mein Vater hatte Miss Channing erklärt, es sei zu kalt und sie dürfe nicht mehr zu Fuß von ihrem Cottage zur Chatham School gehen. Und dann teilte er ihr mit, am Black Pond wohne ein Lehrer, der sie morgens mit seinem Auto abholen und abends heimbringen könne.

Gegen Ende Oktober beobachtete ich, wie er sie zu seiner verbeulten Limousine mit den schlammbespritzten Rädern führte. Das rostige Trittbrett hing schief herab, und die zerkratzten Fensterscheiben erweckten den Eindruck, sie hätten nur mühsam einem Sandsturm standgehalten.

Worüber sie auf jener ersten Fahrt sprachen, hätte man nie erfahren, wäre Mr. Parsons nicht so eifrig bestrebt gewesen, ihnen jedes einzelne Wort zu entlocken. Und er verlangte so detaillierte Enthüllungen, daß ich die Stimmen immer noch wispern hörte, als ich am Black Pond entlangging.

Ich wohne am anderen Ufer. Wahrscheinlich können Sie mein Haus von Ihrem Cottage aus sehen.

Ja.

Vielleicht haben Sie mich schon einmal beobachtet, wenn ich gerudert bin.

Fahren Sie auch nachts mit Ihrem Boot hinaus?

Manchmal.

Dann habe ich Sie einmal gesehen, an meinem ersten Abend. Ich wanderte zum Ufer, und der Himmel war bewölkt. Aber ich glaube, ich konnte den Bug eines Boots ausmachen – und Ihre Hand. Warum rudern Sie nachts?

Weil ich die Einsamkeit suche.

Leben Sie nicht allein?

Nein, ich habe eine Frau und eine Tochter. Und Sie? Sind Sie allein?

Ja.

Fürchten Sie sich nicht – in dieser abgeschiedenen Gegend?

Nein.

Die meisten Leute hätten Angst.

Dann sollen sie eben woanders wohnen.

Als ich den Stimmen aus der Vergangenheit lauschte, wurde mir bewußt, wie sehr ihn diese Bemerkung überrascht haben mußte. So einer Frau war er sicher noch nie begegnet.

Ich habe Ihren Unterricht beobachtet, Miss Channing. Offensichtlich haben Sie das Interesse der Jungs geweckt.

Das hoffe ich.

Sie hören Ihnen sehr aufmerksam zu.

Neulich sah ich Sie auch mit Ihrer Klasse. Sie haben den Jungs im Hof was vorgelesen.

Ach ja, vor zwei Wochen. Ich wollte das schöne Wetter nutzen, bevor der Winter anfängt.

Ein Gedicht von Byron …

Also haben Sie's erkannt.

O ja. Mein Vater las sehr viel Byron. Auch Shelley und Keats.

Und dann schilderte sie ihren Besuch im vollgeräumten römischen Apartment, wo Keats gestorben war. Seine Bücher lagen immer noch dort, außerdem einige Manuskripte.

Wie sehr sie Mr. Reed faszinierte, verrieten seine nächsten Worte.

Ich weiß, es kommt etwas plötzlich, Miss Channing. Aber würden Sie morgen abend mit meiner Familie und mir essen?

Sehr gern, Mr. Reed.

Gegen sechs?

Einverstanden.

Soll ich Sie abholen?

Nein, ich gehe gern zu Fuß. Und Ihr Haus liegt ja gleich auf der anderen Seite des Teichs.

*

Von Mr. Reeds Haus war nur eine Ruine übriggeblieben, halb verborgen im Unkraut, und so übersah ich sie beinahe, als ich den Black Pond entlangwanderte. Auf dem Dach häuften sich Zweige und welkes Laub, zerbrochene Hummerfallen bedeckten den Boden.

Das Haus erweckte den Eindruck, es wäre abrupt verlassen und dann dem Verfall preisgegeben worden. Laut knarrten die morschen Stufen, als ich hinaufstieg und das wacklige Geländer umklammerte. Dann stand ich schweigend auf der Veranda, spähte durch ein Fenster, dachte an die schrecklichen Worte, die in diesen Räumen erklungen waren. Und ich fragte mich, ob irgend etwas davon weiterlebte, wie giftiger Schimmel, der an einer Mauer wuchs. Eine schwache Stimme durchdrang die Luft. *Mama. Mama.*

Schließlich ging ich in den Hinterhof, wo ich eine Vision erblickte – ein kleines Mädchen in einem weißen Boot, am Ufer vertäut. Spielerisch zog das Kind an den Rudern, das blonde Haar von einem dünnen roten Band aus der Stirn gehalten. Und hinter mir ertönte eine zweite körperlose Stimme. *Mary. Mary.*

Als ich mich umdrehte, sah ich Mrs. Reed in der Haustür stehen, über der nun lange Ranken hingen. Längst war die Farbe abgeblättert, das Haus im Lauf der Jahre schwarz geworden. Die Frau schien durch mich hindurchzuschauen, und ich hatte das Gefühl, *ich* wäre der Geist und sie selbst zu neuem Leben erwacht. Dann verengten sich ihre Augen, und sie strich eine kupferrote Haarsträhne aus dem Gesicht, rief wieder nach ihrer Tochter. Kraftlos hallten die Worte von der gleichgültigen Wasserfläche wider. *Komm herein, Mary.*

Ein kalter Schauer rann mir über den Rücken. Dann stürmte Mary an ihrer Mutter vorbei ins Haus, lachte fröhlich, löste sich in einem schattenhaften Raum auf, und ihr Gelächter verebbte in der Ferne, als würde sie immer weiterlaufen, durch einen endlosen Tunnel.

Wie einen arktischen Windstoß empfand ich das

Grauen der Vergangenheit. Waren mir Mrs. Reed und ihre Tochter erschienen, um mich in ihre Welt zurückzuzerren? Oder hatte ich sie in meine Gegenwart geholt, obwohl ich es nicht wollte?

Beklommen ging ich wieder zur Vorderfront und blickte hinein. Die Tür war aus den Angeln gefallen, kahle Wände starrten mich an, der Kamin zerbröckelte. Nur ein paar Holzkisten stapelten sich am Boden. Die Küche lag im Hintergrund des Hauses, still und leer. Durch ein Fenster drang ein staubiger Lichtstrahl herein. Vier rostige Vertiefungen zeigten mir den einstigen Standort des schweren Eisenherds, wo Mrs. Reed für ihre Familie gekocht hatte.

Wie ich aufgrund der Zeugenaussagen wußte, hatte Mrs. Reed an jenem Abend eine besondere Mahlzeit für Miss Channing vorbereitet – Kohl mit gekochtem Schinken, scharf gewürzte gefüllte Eier und Rhabarberkuchen. Nach dem Essen spielte Mary Reed im Wohnzimmer.

Die Reeds und Miss Channing hatten Kaffee getrunken, und beinahe konnte ich das geisterhafte Aroma riechen, als würde es immer noch durch die verlassene Küche und die unbewohnten Räume wehen, bis zur morschen Veranda heraus, wo ich zwischen welken Blättern stand.

Während des Dinners hatte Mr. Reed das Gespräch immer wieder auf Miss Channings Reisen gelenkt. Und so beschrieb sie ihre Eindrücke, vom Vesuv, der sich drohend über den Ruinen Pompejis erhob, bis zum winzigen dänischen Dorf, wo Christian Andersen so glücklich gewesen war.

»Wie interessant«, bemerkte Mr. Reed. »Ich glaube, die Jungs hören Ihnen sehr gern zu.«

Und Mrs. Reed? Schweigend lauschte sie und beobachtete ihren Mann, der Miss Channing nicht aus den Augen ließ. Von Zeit zu Zeit lächelte sie höflich und nickte. Vielleicht begann sie schon zu ahnen, daß etwas Unerwartetes in ihr Leben getreten war, eine hübsch gekleidete Frau, die von Büchern und berühmten Sehenswürdigkeiten erzählte – von Dingen, die Mrs. Reed nicht kannte und bisher für unwichtig gehalten hatte.

Wieder hallte Mr. Parsons' Stimme durch die Waldluft. *Wie gut kannten Sie Abigail Reed?* Ihr Gesicht tauchte vor mir auf, schwebte großäugig in grünen Tiefen. *Nicht sehr gut.*

Gegen zehn Uhr war das Dinner beendet worden. Inzwischen hatte Mary das Haus verlassen, um die Nacht zu erforschen. Miss Channing stand auf der Veranda und dankte den Reeds liebenswürdig für die Einladung. Dann stieg sie die Stufen hinab und folgte dem schmalen Uferweg. Aus der Ferne hörte sie Mr. Reed nach seiner Tochter rufen. Aber seine Frau versicherte, er müsse sich nicht sorgen, Mary würde in der Nähe des Schuppens spielen.

*

Nie hätte ich erwartet, den Schuppen immer noch vorzufinden. Aber als ich die knarrende Treppe hinabstieg, entdeckte ich ihn zur Linken. Im Gegensatz zum Haus war er erstaunlich gut erhalten, ein ungestrichener Holzschuppen, hoch und schmal, mit einem Wellblechdach. Er stand inmitten einiger Rottannen, etwa hundert Schritte entfernt. Jetzt war der Weg, der hinüberführte, von Unkraut überwuchert, Tannennadeln bedeckten das Dach. Doch der gräßliche Verfall, der das Reed-Haus und das Milford Cottage verrotten ließ, schien ihm nichts anzuhaben.

Widerstrebend ging ich darauf zu, denn ich kannte das Grauen dieses Orts, das Geräusch kleiner Finger, die an der Tür kratzten, den Klageruf zwischen den dicken Planken. *Daddy. Daddy.*

Teerpappe verdeckte einen Teil der fensterlosen Wände, schwarzer Gummi umrandete die Tür, so daß sie sich fest schließen ließ. Wegen des hohen Dachs wirkte der Schuppen geräumig, trotz der kleinen Grundfläche. Fast drei Meter ragten die Bretter empor. Um sie am Boden zu verankern, bohrten sich große rostige Haken wie verkrümmte rote Finger ins festgestampfte Erdreich.

Während der Verhandlung hatte Mr. Parsons den Schuppen oft als »Schlachthaus« bezeichnet – allerdings zu Unrecht. Diese Holzkonstruktion war eines jener zahlreichen, auf Cape Cod gebräuchlichen Nebengebäude gewesen, wo man damals große Fleischstücke geräuchert oder gepökelt oder kleingeschnitten hatte. An den Rändern des etwas erhöhten Bodens verliefen Rinnen, damit das Blut abfließen und in die Erde sickern konnte. Mr. Reed und seine Frau hatten den Schuppen nur selten benutzt, obwohl er zum Grundstück gehörte. Aber Mary war oft hierhergekommen, um zu spielen, und dabei beobachtet worden.

Diese Tatsache führte Captain Lawrence P. Hamilton von der Massachusetts State Police zu der großen grauen Tür. Zuvor hatte er Mr. Reeds Haus, den kleinen Keller mit den Erdwänden und den dunklen Dachboden durchstöbert und eine verbeulte Schachtel gefunden. Darin lagen ein Messer, ein zusammengerollter Strick und eine alte Fibel mit einer sonderbaren Widmung.

Doch der Captain suchte nicht nach solchen Dingen, als er das erste Mal zum Reed-Haus kam. Seine Sorge galt einem ernsteren Problem. Inzwischen hatte man Mrs. Reed gefunden, aber Mary wurde immer noch vermißt.

9

Kurz vor zehn Uhr morgens kehrte ich zu meinem Auto zurück, setzte mich ans Steuer und fuhr nach Chatham. Wie ein dunkler, unauslöschlicher Fleck grub sich die Atmosphäre der verlassenen Stätten – des Milford Cottage, des Reed-Hauses, des Schuppens, den Captain Hamilton an jenem schwülen Maitag so beklommen aufgesucht hatte – in meine Erinnerung. Ich entsann mich der Ereignisse, die dem schrecklichen Nachmittag gefolgt waren, manche sofort, andere in späteren Jahren.

Und ich dachte an meinen Vater. Verzweifelt hatte er an seinem Schreibtisch gesessen und sich bemüht, einen bereits verlorenen Traum wenigstens teilweise zu retten. Meine Mutter starrte ihn verbittert an, gefangen in ihrer eigenen Desillusionierung. Allmählich sah ich eine junge Welt altern. Die Zöglinge der Chatham School waren erwachsen und immer älter geworden, so wie ich. Doch ich konnte viel weniger vorweisen als meine einstigen Mitschüler, keine Ehefrau, keine Kinder – ein Mann, nur infolge einer einzigen, in der Jugend begangenen Tat bekannt.

Und dann sah ich inmitten der Toten und Bejahrten das Mädchengesicht Sarah Doyles.

*

Am ersten Novembersamstag, etwa eine Woche nach Miss Channings Dinner bei den Reeds, saß ich auf der Klippe und blickte zum Strand hinab. Mehrere Leute schlenderten die Küste entlang, andere saßen unter den gestreiften Sonnenschirmen. Natürlich schwamm niemand, denn die Badesaison war vorbei. Aber weit draußen glitt ein weißes Segel dahin, und ich wünschte, ich wäre an Bord und könnte das grenzenlose Blau durchpflügen.

Sarah kam an jenem Morgen zu mir, in einem langen blauen Rock und einer roten Bluse. Um ihre Schultern lag ein geblümtes Tuch, lose am Hals verknotet. Das lange schwarze Haar hing wild zerzaust herab, so als hätte man sie an den Füßen hochgehoben und geschüttelt.

Trotzdem war sie ein hübsches Mädchen, in meinem Alter. Ich beobachtete sie oft, wenn sie mein Zimmer saubermachte und die Treppe heraufsprang – aber vor allem, wenn sie auf der Veranda schaukelte, die Arme erschlafft, die Augen halb geschlossen und träge, in träumerischen Gefühlen versunken.

Damals gab es kaum gemischte Schulklassen, und was immer ich für Sarah empfinden mochte, mußte geheim bleiben. Im Gegensatz zu anderen schweren Sünden ist die Wollust manchmal mit Liebe verbunden, was meine strenge Mutter zweifellos mißbilligen würde. Und so hatte ich mir bis zu jenem Tag nur verborgene Gedanken und verstohlene Blicke gestattet. Nachts dachte ich an Sarah, am hellichten Tag verwandelte sie sich in ein Dienstmädchen zurück.

»Hallo«, begrüßte sie mich. Ihr singender irischer Tonfall erschien mir exotisch und erregend wie noch nie.

»Hi, Sarah«, erwiderte ich und nickte ihr zu.

Strahlend lächelte sie mich an, schien aber nicht zu wissen, was sie nun tun sollte. »Darf ich mich zu dir setzen?«

»Ja, sicher«, sagte ich und zeigte lässig auf die Bank, als wäre mir ihre Nähe ebenso gleichgültig wie der Lampenpfosten weiter unten am Klippenweg.

Sie nahm neben mir Platz und schaute aufs Meer, ebenso wie ich. Sorgsam verhehlte ich, daß ich nur noch an ihre milchweiße Haut denken konnte, das pechschwarze Haar, das lockende Mysterium ihres Körpers.

Von ihrer Vergangenheit wußte ich nicht viel. Doch ich hatte daheim einige Gesprächsfetzen gehört und erfahren, nach dem frühen Tod ihrer Mutter sei sie in Limerick aufgewachsen, einem trostlosen Küstendorf. Zwei ihrer drei Brüder waren im Ersten Weltkrieg gefallen. Und der dritte, ein unsteter Bursche, verschwand in den tristen Slums von East London. Vor fünf Jahren war ihr Vater an Tuberkulose gestorben und hatte ihr gerade genug Geld für die Überfahrt nach Amerika hinterlassen.

Grimmig schilderte mein Vater diese schreckliche Reise. Im feuchtkalten Schiffsbauch fühlte sich Sarah den lüsternen Blicken der Männer wehrlos ausgeliefert. Bis zur Ankunft in Boston hatte sie sich nur von altbackenem Brot und getrocknetem Rindfleisch ernährt.

Danach war sie auf die Gnade der irischen Einwandererhilfe angewiesen, die sie verköstigte und kleidete, bevor sie eine Stellung als Dienstmädchen in einem großen Bostoner Haus fand. Dort hatte sie vor drei Jahren meinen Vater getroffen und ihm erklärt, wie sehr sie sich nach dem ländlichen Leben an der Küste zurücksehne. Mein Vater, niemals taub für herzzerreißende Geständnisse, regelte alle Formalitäten mit ihrem Arbeitgeber und bot ihr einen Job in unserem Haus an. Bereitwillig hatte sie seinen Vorschlag akzeptiert. Und seither erfüllte sie eifrig ihre Pflichten.

Aber als ich sie an jenem Morgen, fast zwei Jahre später, aufmerksam musterte, schien sie ihren Entschluß zu bereuen. In ihren Augen lag düstere Melancholie, und sie wirkte plötzlich unzufrieden.

»Irgendwas bedrückt dich«, begann ich ohne Umschweife, getrieben von meiner eigenen inneren Unrast.

Entrüstet starrte sie mich an, als hätte ich ihr den Diebstahl unseres Tafelsilbers vorgeworfen. »Warum sagst du das?« fragte sie in scharfem Ton. Statt zu antworten, warf ich ihr einen bedeutsamen Blick zu. Da wandte sie sich ab und preßte eine Hand auf ihre Wange. »Ich beklage mich nicht. Dazu habe ich keinen Grund. Niemand soll mich für einen Jammerlappen halten.«

Mit meinen eigenen Problemen beschäftigt, verspürte ich kein Mitgefühl, und so schwieg ich.

Das schien sie zu ärgern. »Eins kann ich dir jedenfalls versichern – es tut mir nicht leid, daß ich nach Chatham gekommen bin. Und dein Vater darf nicht glauben, ich wäre undankbar. Aber ich bin nicht nach Amerika ausgewandert, um als Dienstmädchen zu arbeiten. Ich will nicht nur kochen und putzen ...« Heftig schüttelte sie den Kopf. »Manchmal komme ich mir wie eine Gefangene vor.«

In ihrem Gesicht las ich die unbändige Sehnsucht, aus dem banalen, glanzlosen Leben zu fliehen, das ihr bestimmt war. Dieser Wunsch erfüllte auch mein Herz – machtvoller denn je, seit ich Mr. Channings Buch gelesen hatte.

Während ich Sarahs Erregung und Unruhe beobachtete, erschien sie mir plötzlich wie eine Verbündete. Wir beide vereint – zwei Außenseiter in einem winzigen Land, dessen Grenzen und Gesetze uns erschreckten und zu vernichten drohten ... Grimmig stand uns mein Vater im Weg, studierte seine alten Bücher, verkündete ihre verknöcherten Maximen. In meinen Ohren dröhnte seine mahnende Stimme: *Tu dies, tu jenes, so und nicht anders mußt du sein.* Nie zuvor hatte ich alles, wofür er eintrat, so abgrundtief verachtet.

»Vielleicht solltest du einfach verschwinden, Sarah.

Steig in den Zug und fahr nach Boston.« Noch während ich sprach, malte ich mir aus, ich selbst würde diesen Rat befolgen. Hals über Kopf sah ich mich fliehen. Hinter mir die Welt einstürzen mit all ihren grauen, zerbröckelnden Mauern, vor mir lag der unendliche Himmel, mein Leben – so grenzenlos wie das Universum.

»Du solltest tun, was du tun mußt, Sarah«, fügte ich beschwörend hinzu. Und um meinen Mut zu demonstrieren, erbot ich mich: »Wenn ich dir irgendwie helfen kann, sag's mir.«

Ihre Antwort überraschte mich, denn sie hatte nichts mit einer hastigen Flucht und nächtlichen Zügen nach Boston zu tun. Eindringlich schaute sie mich an. »Du erinnerst dich doch an Miss Channing, die Lehrerin, die im Spätsommer bei uns zu Besuch war und Kunst unterrichtet?«

»Klar, ich gehe in ihre Klasse.«

»So eine feine Dame – wie sie redet und sich bewegt … Und sie ist sehr klug, nicht wahr?«

»O ja.«

Sarah zögerte, und es widerstrebte ihr sichtlich, das Anliegen auszusprechen, das sie vielleicht auf die Klippe geführt hatte. Dann überwand sie ihre Hemmungen. »Glaubst du, so eine feine Dame wie Miss Channing würde mir Lesen und Schreiben beibringen?«

*

Am Sonntag gingen wir die Myrtle Street hinab. Sarah trug einen Korb mit frischgebackenen Biskuits für Miss Channing. Auf der Klippe bogen wir nach links, in den riesigen Schatten des Leuchtturms, und folgten der gewundenen Straße, die durchs Dorf führte.

»Und wenn sie nein sagt?« fragte Sarah. »Wenn sie mich nicht unterrichten will?«

»Sie wird sicher nicht nein sagen«, erwiderte ich, obwohl ein Teil von mir wünschte, Miss Channing würde ihr die Bitte verweigern. Dann müßte Sarah auf meinen viel kühneren Vorschlag eingehen und jene Flucht ergreifen, von der auch ich träumte.

»Und wenn sie's nicht will?«

»Dann finden wir einen anderen Ausweg«, versprach ich, und in meiner Stimme schwang eine ungewohnte kalte Entschlossenheit mit.

Das schien sie zu beruhigen. Strahlend lächelte sie und umfaßte mit ihrer freien Hand meinen Arm.

Aber sobald wir die Plymouth Road erreichten, stieg neue Angst in ihr auf. Ihre Schritte verlangsamten sich. Vorsichtig glitten ihre Füße über den weichen Austernschalenstaub, als wäre er ein kostbarer Teppich, den sie nicht mit ihrer Spur verunstalten wollte. »Sehe ich gut aus?« fragte sie kurz vor Miss Channings Cottage.

Sie hatte sich für eine weibliche Version der Chatham-School-Uniform entschieden – einen langen, dunklen Rock und eine blütenweiße Bluse mit schwarzer Halsschleife. An ihrer Brust steckte eine kleine Gemme, das einzige Erbstück ihrer Mutter. Dieser förmliche Stil mißfiel mir, denn ich hätte sie lieber so gesehen wie Ramona in »Die Zigeunerbande« – schulterfrei, mit großen Ohrringen, ein tödliches Glitzern in den Augen, ein Messer zwischen den Zähnen, während sie um das lodernde Lagerfeuer tanzte. In dieser Vision, die zu meinen pubertären Phantasien zählte, sah ich die Frau von einem uralten Schatten verdunkelt – am sinnlichsten und begehrenswertesten erscheint sie, wenn sie mörderische Gelüste zeigt.

*

Vor dem Milford Cottage angekommen, inspizierte Sarah ihren Rock und runzelte die Stirn. »Oh, der Saum ist ganz staubig!« Sie bückte sich und versuchte, ihn abzuwischen. Das gab sie bald auf. »Dieses Zeug klebt dran fest wie Kleister.« Doch davon ließ sie sich nicht beirren. Entschlossen hob sie den Kopf und umklammerte meinen Arm. »Nun bin ich bereit.«

Wir stiegen die Verandastufen hinauf. Ohne Zögern klopfte sie an die Tür, lächelte nervös, und wir warteten. Als sich nichts rührte, schaute sie mich fragend an.

»Versuch's noch mal. So früh am Morgen ist sie sicher daheim.« Sarah gehorchte, ohne Erfolg. Da dachte ich an den Tag, wo ich fast um die gleiche Zeit zum Cottage gekommen und Miss Channing am Waldrand entlanggewandert war. »Manchmal geht sie spazieren«, erklärte ich. »Schauen wir uns mal um.«

Wir gingen um das Häuschen herum, zum Black Pond. Über dem Wasser und der Uferböschung lag dichter Morgennebel. Nichts regte sich – bis ich plötzlich eine Gestalt aus den grauen Schleiern gleiten sah. Schwerelos schien sie zu schweben, wie eine Leiche, die aus trüben Wellen emportaucht.

»Da ist sie«, flüsterte Sarah.

Lächelnd eilte Miss Channing zu uns. »Ich war am Teich, und plötzlich glaubte ich, Schritte zu hören.«

In den wirbelnden grauen Schwaden stand eine Staffelei mit einem großen Zeichenblock.

»Das ist Sarah Doyle«, erklärte ich. »Vielleicht erinnern Sie sich an sie. Kurz nach Ihrer Ankunft in Chatham haben Sie unser Dienstmädchen kennengelernt – als Sie bei uns zum Essen eingeladen waren.«

»Miss Channing, ich habe Kekse für Sie gebacken.« Unsicher hielt Sarah den Korb hoch. »Um Sie zu bezahlen …«

»Bezahlen?« wiederholte Miss Channing. »Wofür?«

Sarah zögerte. Wahrscheinlich dachte sie, ihre ganze Zukunft würde von diesem Augenblick abhängen. »Damit Sie mir Lesen und Schreiben beibringen«, erwiderte sie tapfer. »Falls Sie dazu bereit sind, Ma'am …«

»Natürlich«, sagte Miss Channing prompt und nahm den Korb aus Sarahs zitternder Hand.

*

Eine Stunde später kauerte ich immer noch am Wasserrand. Miss Channing hatte einen kleinen Tisch aus dem Cottage geholt und unter die Weide gestellt. Dort saß ihr Sarah gegenüber, einen Notizblock vor sich, und daneben lag ein Blatt Papier, auf das ihre neue Lehrerin das Alphabet in großen Blockbuchstaben geschrieben hatte.

»Also gut, fang an«, wurde sie ermuntert.

Den Blick auf das Blatt gerichtet, malte Sarah: »A, B, C …«

Und so kämpfte sie sich durch das ganze Alphabet. Manchmal machte sie einen Fehler und wartete auf Miss Channings Korrektur. Als sie sich dem Ende näherte, schrieb sie die Buchstaben immer schneller, erfreut und stolz.

»Gut«, lobte Miss Channing. »Und jetzt noch einmal.«

Sarah wiederholte die Übung. Diesmal patzte sie nur beim U, dann beeilte sie sich, das Alphabet einwandfrei zu beenden.

»Sehr gut.« Miss Channing lächelte sie ermutigend an.

Fast den ganzen Vormittag arbeiteten sie. Dann meinte die Lehrerin: »Nun, das war wirklich eine erfolgreiche Lektion.«

Sarah stand auf und knickste. Nun hatte sie sich in ein Dienstmädchen zurückverwandelt, das einer Vorgesetzten verpflichtet war. »Vielen Dank, Miss Channing.« Zaudernd, wieder so nervös wie zuvor, fragte sie: »Würden Sie mir noch mal Unterricht geben?«

»Ja, sicher. Einmal pro Woche. Wäre dir der Sonntagmorgen recht?«

»O ja, Ma'am!« rief Sarah glücklich und erleichtert. »Ich besuche Sie jeden Sonntag. Darauf können Sie sich verlassen.«

»Gut, ich werde dich erwarten.« Dann wandte sich Miss Channing zu mir. Irgend etwas schien sie zu stören. »Offensichtlich hast du keinen Skizzenblock mitgebracht, Henry.«

Ich zuckte die Achseln. »Nein ...«

»Aber du solltest immer einen bei dir tragen.« Lächelnd fügte sie einen Satz hinzu, den ich später im Zeugenstand zitierte. »Die Kunst ist wie die Liebe – alles oder nichts.« Ehe ich antworten konnte, lief sie ins Cottage. Nach wenigen Minuten kehrte sie zurück und hielt einen Zeichenblock in der Hand. »Nimm meinen. Ich habe noch ein paar übrig, aus Afrika.«

Ich betrachtete den burgunderroten Einband, das weiße Papier darunter. Noch nie hatte ich so etwas Schönes gesehen, und es kam mir so vor, als würde sie mir ein goldenes Medaillon oder eine Strähne ihres Haares schenken.

»Laß dich nie wieder ohne Skizzenblock blicken, Henry!« mahnte sie mit gespielter Strenge.

»Bestimmt nicht«, versprach ich und klemmte den Block unter meinen Arm.

Sie zeigte auf den Tisch und die Stühle. »Würde es dir was ausmachen, das alles ins Haus zu tragen?«

»O nein!« In jeder Hand einen Stuhl, ging ich ins Cottage.

Unterwegs hörte ich Sarah fragen: »Heute morgen haben Sie gezeichnet, nicht wahr?«

»Ja, wie sooft ...«

Ich stellte die Stühle an den Küchentisch. Durch das Fenster sah ich Miss Channing und Sarah zu der Staffelei schlendern. Die Seiten des Malblocks flatterten im Wind, der vom Teich heranwehte, und die Lehrerin wies auf eine ihrer Skizzen. Dabei schien sie etwas zu erklären, mit lebhaften Gesten. Die Hände ehrfürchtig vor der Brust gefaltet, hörte das Mädchen zu.

Nach einer Weile wanderte ich ins Wohnzimmer. Mr. Channings Porträt hing immer noch an der Wand. Inzwischen waren einige Skizzen hinzugekommen – Landschaftsszenen aus Afrika in kunstvoller Linienführung, scheinbar grenzenlose, unberührte Gebiete, ohne Menschen und Tiere. Himmel und Erde schienen sich in der Unendlichkeit zu treffen. Dies war die Welt ihres Vaters gewesen, frei und ungebunden. Eine Zeitlang starrte ich die Bilder an. Dann ging ich hinaus, holte den Tisch und postierte ihn hinter dem Eingang, ehe ich mich zu Miss Channing und Sarah gesellte.

»Die gefällt mir besonders gut«, verkündete das Mädchen eifrig und betrachtete eine der Skizzen, die Miss Channing ihr soeben gezeigt hatte.

»Aber sie ist noch nicht fertig. Daran habe ich heute morgen gearbeitet.«

Die Zeichnung stellte ein Gewässer dar, das dem Black Pond nur entfernt ähnelte, denn es war viel größer. Ringsum reihten sich kahle Hügel und Täler aneinander, schienen bis in die Ewigkeit zu reichen. Diese Stimmung unbegrenzter Freiheit erinnerte mich an die Skizzen, die ich soeben im Haus gesehen hatte. Aber etwas war anders. In der Mitte des glatten Teichs saß jemand in einem kleinen Ruderboot. Ein Sonnenstrahl beleuchtete das Gesicht des Mannes, und er blickte zum fernen Ufer hinüber.

Neugierig beugte sich Sarah vor, um die Gestalt genauer zu inspizieren. »Ist das ...?«

»Leland Reed«, erwiderte Miss Channing. Zum erstenmal hörte ich sie seinen Namen nennen.

»Ja, Mr. Reed.« Sarah lächelte. »Von der Chatham School.«

Miss Channing schaute das Bild an, holte tief Atem und stieß ihn langsam wieder hervor. Monate später, nachdem ich Mr. Parsons davon erzählt hatte, behauptete er: »Der Seufzer einer verliebten Frau …«

10

Als ich mein Auto vor dem Dalmatian's Café parkte, dachte ich immer noch an Miss Channings Zeichnung. Dies war mein Lieblingslokal in Chatham – nicht nur, weil sich die Schüler an den Wochenenden hier versammelt hatten, sondern vor allem, weil es fast genauso aussah wie in jenen fernen Zeiten. An den Fenstern befanden sich dieselben Nischen, unverändert standen der Grill und die Theke an ihrem Platz. Sogar das alte rostige Pflugeisen, mit dem der Urgroßvater Mrs. Winthrops, der ersten Cafébesitzerin, angeblich im Jahr 1754 seinen Acker gefurcht hatte, hing immer noch an der hinteren Wand. Jetzt wurde es allerdings von grellen Neonschildern flankiert, die für Bier und Limonade warben.

Ich setzte mich wie üblich in die Ecknische, die am weitesten von der Tür entfernt lag. Durch ein Fenster konnte ich die dörflichen Aktivitäten beobachten. Ohne Vorwarnung erschien Dr. Craddock in meiner Phantasie und stellte seine schnittige schwarze Limousine, mit der er während der zwanziger Jahre seine

Hausbesuche erledigt hatte, vor unserem Domizil an der Myrtle Street ab. Im strömenden Regen sah ich ihn zur Veranda laufen, wo mein bedrückter Vater stand. Der Doktor trug einen schwarzen Anzug. Als er die Stufen hinaufstieg, nahm er den Hut ab. Seine Frage hatte beinahe wie eine flehende Bitte geklungen. *Tut mir leid, daß ich dich störe, Arthur, aber könnten wir über das kleine Mädchen reden?*

Und während ich seiner Stimme lauschte, drehte sich die Zeit zurück. Alte Gebäude verdrängten die neuen. Plötzlich verschwand das bläuliche Pflaster der Main Street unter festgestampftem Erdreich, zerfurcht von den Spuren hölzerner Wagenräder.

In der Ferne tauchte die alte Eisenglocke aus der leeren, reglosen Aura des Schulturms auf und begann zu schwingen, wie von einer unsichtbaren Hand bewegt. Ihr unerbittliches Geläute hallte über die Häuser und die Sportplätze der Chatham School hinweg, um uns in die Klassenzimmer zu rufen und nachmittags zu entlassen, um Morgen- und Abendmessen einzuläuten – mit einer zielstrebigen Autorität, die sich seit den Zeiten der Mönche und Könige kaum verändert hatte.

Und dann sah ich, wie aus luftiger Höhe die Jungs durch das Schultor stürmen, die breiten Zementstufen hinabspringen, in die umliegenden Straßen laufen – darunter mich selbst, in der Chatham-School-Uniform. Auf der Brusttasche des Jacketts prangte eine eingestickte Inschrift – »Veritas et Virtus«, Tugend und Wahrheit, die Worte, die mein Vater zum Motto seiner Schule erkoren hatte.

Es war ein Freitagnachmittag gegen Ende November, etwa drei Wochen nach Sarahs erstem Unterricht bei Miss Channing. Mittlerweile standen Sarah und ich uns viel näher, die Barriere zwischen dem Dienstmädchen und dem Sohn des Arbeitgebers existierte nicht mehr. Ihr Streben nach höheren Zielen bestärkte mich in meiner eigenen Vision von einem Künstlerdasein – einem Leben »auf der Wanderschaft«, wie sich Jonathan Channing ausgedrückt hatte. Diese Ambitionen schien Sarahs Hoffnung widerzuspiegeln.

An jenem Nachmittag gingen wir zum Leuchtturm. Fröhlich schlenderte Sarah über einen Teppich aus roten und gelben Blättern, mit der neuen Handtasche, die sie in einem Dorfladen gekauft hatte. Und ich trug meinen Skizzenblock unter dem Arm.

»Du mußt dir die Zeichnungen anschauen, bevor ich sie Miss Channing zeige«, erklärte ich, als wir uns auf die kleine Zementbank vor dem Leuchtturm setzten. »Sag mir's, wenn du sie schlecht findest.«

»Red nicht so lange drum herum und gib sie mir.« Spielerisch entriß sie mir den Skizzenblock.

»Das sind Landschaften in dieser Gegend«, erklärte ich, während sie in den Seiten blätterte. »Nur Strände und Klippen.«

Aber in meinen Augen waren sie etwas anderes, denn ich hatte nicht Chatham dargestellt, sondern die Wirkung, die es auf mich ausübte. Und so betrachtete Sarah düstere Meeresszenen mit dichten Wolken und dunkle Wälder – intensiv und seltsam verzerrt, als hätte ich begonnen, eine gewöhnliche Küste oder Dorfstraße zu zeichnen und das Blatt dann in schwarze Tinte getaucht und durch ein Mahlwerk laufen lassen.

Und doch bewiesen die Skizzen trotz aller pubertären Exzesse einen gewissen Sinn für Balance und Proportionen. Die komplizierten Rindenformen eines fernen Baums und der körnige Sand der Strände zeigten nicht nur meine Interpretationen, sondern die tatsächliche physische Beschaffenheit. Auch eine Vision von der Welt lag darin, ein Gefühl für die Klaustrophobie des Lebens. Sogar großzügige Perspektiven wirkten beengt und ummauert. Die Erde war trotz ihrer kreisenden Riesengröße nur eine Gefängniszelle, aus der man nicht fliehen konnte.

Schweigend blätterte Sarah in meinen Skizzen. Dann klappte sie den Block zu. »Diese Bilder gefallen mir sehr gut.«

Nun erwartete sie zweifellos ein Lächeln. Statt dessen starrte ich sie besorgt an. »Werden sie auch Miss Channing gefallen?«

Sie hob die Brauen, als hätte ich eine absurde Frage gestellt. »Natürlich«, versicherte sie und gab mir einen Stups. »Und wenn sie ihr nicht gefallen, wird sie dir zeigen, wie man's besser macht.«

»Okay.« Ich nahm ihr den Skizzenblock aus der Hand, stand auf und schlenderte über das Gelände des Leuchtturms. Nach einer Weile blieb ich stehen und wandte mich zu der kleinen Zementbank, wo sie immer noch saß. »Danke, Sarah.«

Aufmerksam beobachtete sie mich und schien meine Unsicherheit zu spüren. Jetzt war ihre heitere, unbeschwerte Stimmung verflogen. »Soll ich mit dir kommen, Henry?« Also hatte ich mich nicht getäuscht. Sie konnte meine Gedanken lesen. »Ja.«

»Gut.« Sie sprang auf und strich ihren Rock glatt. »Aber ich gehe nur in den Hof – nicht in Miss Channings Klassenzimmer. Du mußt ihr die Bilder allein zeigen.«

*

Soeben hatte sie die letzte Unterrichtsstunde beendet, und ich erwartete, sie wäre allein, würde die Tische abwischen und die Utensilien wegräumen. Aber als ich durch die Tür spähte, erkannte ich, daß ich mich getäuscht hatte. Bis zum heutigen Tag weiß ich nicht, warum mich Mr. Reeds Anblick so verblüffte. Er lehnte am vordersten Tisch, während sie ihm den Rücken kehrte und die Tafel mit einem Schwamm abwusch. Immerhin hatte ich oft genug gesehen, wie die beiden morgens gemeinsam in die Schule gekommen und nachmittags im Auto davongefahren waren. Mr. Reed am Steuer seiner Limousine, Miss Channing auf dem Beifahrersitz. Oder sie wanderten nebeneinander durch den Schulkorridor, saßen auf den Eingangsstufen und aßen ihren Lunch – meist zusammen mit den anderen Lehrern, aber doch etwas abseits, von einer unsichtbaren Aura umgeben, die sogar in der unmittelbaren Nähe mehrerer Menschen eine intime Zweisamkeit erzeugte.

»Hallo!« rief Miss Channing, als sie sich von der Tafel abwandte und mich in der Tür stehen sah. »Komm doch bitte herein, Henry.«

Widerstrebend gehorchte ich und fühlte mich wie ein unbefugter Eindringling, was ich mir noch immer nicht erklären kann. Vielleicht empfinden wir manchmal das Gegenteil einer Nachwirkung, nicht die Wasserstrudel einer Welle, die vorbeigerauscht ist, sondern den dunklen Sog einer künftigen Flut.

»Hallo, Henry«, grüßte Mr. Reed.

Wortlos nickte ich, ging an den Tischen vorbei und versuchte, den Skizzenblock zu verstecken.

»Ich dachte, du würdest mitspielen.« Damit meinte er das Lacrosse-Match, das an diesem Nachmittag stattfand. »Gegen die New Bedford School«, erklärte er Miss Channing. »Seit Jahren unser gefährlichster Gegner ...«

Ich schwieg, gequält von ernsthaften Bedenken. Wenn ich Miss Channing die Zeichnungen zeigte, würde Mr. Reed sie auch sehen. Wahrscheinlich wäre ich unverrichteter Dinge gegangen, hätte sie den Skizzenblock unter meinem Arm nicht entdeckt. »Hast du mir was mitgebracht?« Als sie mein Zögern spürte, lächelte sie. »Mein Vater stellte mich einmal vor eine leere Wand und sagte: ›Schau genau hin, Libby. Hier siehst du das grandiose Gemälde eines Künstlers, der's vor lauter Angst nicht herzeigen wollte.‹ Wenn du deine Werke verbergen willst, warum machst du dir dann soviel Arbeit? Laß mal sehen.« Sie streckte eine Hand aus, und ich reichte ihr den Skizzenblock, den sie auf ihren Schreibtisch legte.

Interessiert studierte sie eine Skizze nach der anderen, gab hin und wieder einen Kommentar ab, hob dieses oder jenes Detail hervor – daß sich die Bäume zu blähen schienen, als wollte irgend etwas aus ihnen hervorbrechen, daß das Meer so heftig wogte.

»In diesen Zeichnungen liegt eine gewisse – *kontrollierte* Hemmungslosigkeit. Finden Sie nicht auch?« fragte sie Mr. Reed.

Er nickte und schaute sie an. »O ja.«

»Könnten wir nur so leben …«, seufzte sie und betrachtete immer noch meine Zeichnungen. Sie sprach leise, ohne besondere Betonung.

Aber Mr. Reeds Miene veränderte sich plötzlich. »Ja.« Seine Stimme war nur ein Flüstern und doch seltsam ausdrucksvoll, so als würde er nicht auf eine beiläufige Bemerkung antworten, sondern auf einen Brief, den man heimlich unter seiner Schlafzimmertür hindurchgeschoben hatte.

*

Wenig später verließ ich Miss Channings Klassenzimmer, einerseits zufrieden mit ihrer Kritik, andererseits bedrückt. Etwas war mir verweigert worden – ein paar Minuten allein mit ihr.

»Das wußte ich ja!« rief Sarah triumphierend, nachdem ich Bericht erstattet hatte. »Natürlich gefallen ihr deine Zeichnungen.« Sie hatte hinter der Schule auf mich gewartet. Nun gingen wir durch den mittleren Korridor. Ein paar Jungs rannten an uns vorbei. Neugierig drehten sie sich um und starrten Sarah an.

Wir kehrten zu unserer Zementbank beim Leuchtturm zurück. Von hier aus konnten wir die Chatham School sehen, auf der anderen Straßenseite. »Könnte ich doch ganz weit weggehen!« stieß ich unvermittelt hervor. Eigentlich sah ich in meinen Zeichnungen nur einen Fluchtweg – nicht Kunst, wie mir jetzt bewußt wird, sondern die Möglichkeit, ein Künstlerleben zu führen.

Erstaunt wandte sich Sarah zu mir. »Aber du hast doch alles, Henry. Eine Familie. Einfach alles.«

»Das ist mir egal.« Heftig schüttelte ich den Kopf. »Ich hasse dieses Dorf.«

»Wohin willst du denn gehen?«

»Keine Ahnung. Nur weg von hier!«

Sarah warf mir einen vielsagenden Blick zu. »Glaub mir, es gibt schlimmere Städte oder Dörfer als Chatham.«

In diesem Augenblick kamen Miss Channing und Mr. Reed aus der Schule. Langsam gingen sie zum Parkplatz. Obwohl sie förmliche Distanz wahrten und sich kein einziges Mal berührten, erwachte meine Aufmerksamkeit – ein winziger Verdacht, der später zu monströsen Ausmaßen anschwellen sollte.

»Wahrscheinlich würden sie auch gern woandershin gehen«, meinte ich.

Sarah gab keine Antwort und beobachtete, wie Mr. Reed die Beifahrertür für Miss Channing öffnete.

Ein paar Sekunden später ratterte das Auto vorbei. Ein kalter Abend sank auf das Dorf herab, und Miss Channing hatte das Fenster hochgekurbelt. Hinter dem Glas wirkte ihr Gesicht unheimlich und transparent.

Vor allem erinnere ich mich an ihre reglose Haltung. So wie einige Monate später … Nach der Urteilsverkündung wurde sie die Stufen des Gerichtsgebäudes herabgeführt und auf den Rücksitz eines schwarzen Streifenwagens verfrachtet. Diesmal saß sie am Fenster und starrte vor sich hin, während sich der Wagen einen Weg durch die lärmende, aufgeregte Menge bahnte und das Tempo allmählich beschleunigte.

II

Als ich an jenem Morgen das Dalmatian's Café verließ, konnte ich nicht sofort ins Büro gehen. Denn es gab einen weiteren Ort, der noch eindringlicher nach mir rief als das Milford Cottage oder Mr. Reeds Haus oder die stillen Tiefen des Black Pond. Dort hatte sich zwar der letzte Akt abgespielt, doch der tragische Ursprung lag anderswo. Und diese Verschwörung unterschied sich von jener, die Mr. Parsons an jenem Tag zu enthüllen glaubte, wo ich als Zeuge aussagte.

Und so kehrte ich nach einer zweiten Tasse Kaffee zu meinem Auto zurück und folgte der sanft ansteigenden Küstenstraße zur Myrtle Street.

Auf der Klippe bog ich nach rechts. Der Leuchtturm schimmerte in der hellen Morgenluft, unter einem strahlendblauen Himmel. Nur vereinzelte Schleierwolken kündigten Wind und Regen an, das schlechte Wetter, das uns während der letzten Woche so oft bedrückt hatte.

Weiter unten an der Straße erhob sich die Dolphin Hall. Zu dieser frühen Stunde parkten bereits mehrere

Autos auf dem Parkplatz. Ein schnittiger roter BMW mit glänzenden Chromleisten stand unter derselben alten Eiche, die einst die verbeulte Karosserie von Mr. Reeds altem Model T beschirmt hatte, und ich parkte direkt daneben. Durch die Windschutzscheibe sah ich die Galerie, den Säulenvorbau aus roten Ziegeln, seit den Tagen der Chatham School kaum verändert.

Natürlich hatten sich andere Dinge geändert. In die hohen Fenster mit den ratternden Läden waren doppelte Glasscheiben eingesetzt worden. Und neben den Zementstufen führte eine Metallrampe für Rollstuhlfahrer zur Tür.

Doch die Veränderung, die mich am tiefsten bewegte, erhob sich auf dem Rasen vor der Fassade – eine Gipsnachbildung des Leuchtturms. An dieser Stelle hatte Miss Channings Gipssäule gestanden, geschmückt mit Reliefgesichtern, das Konterfei meines Vaters ganz oben, meines in der Mitte. Und am Fuß der Säule, wo ein rundes Tulpenbeet geplant war, Sarahs Gesicht ...

Als die Säule zertrümmert wurde, stand mein Vater davor. Die Arme vor der Brust verschränkt, lauschte er den Hammerschlägen, die ein Gipsgesicht nach dem anderen zerstörten. Hinter ihm hatten sich die Schüler der Chatham School versammelt. Schweigend und würdevoll schaute er zu, in seinem sorgsam gebügelten schwarzen Anzug. Sobald das letzte zerschmetterte Gesicht zu seinen Füßen lag, wandte er sich zu den Jungs. Die Morgensonne beleuchtete ihn und ließ Tränen in seinen Augen glänzen.

Der betonierte Weg, der zum Gebäude führte, war durch ein hübscheres Kopfsteinpflaster ersetzt worden, aber immer noch schnurgerade und schmal wie zuvor.

»Willkommen«, stand auf einem kleinen Schild neben dem Eingang, und so ging ich hinein, betrat das Haus zum erstenmal, seit man die Chatham School vor so vielen Jahren geschlossen hatte.

Vom Foyer aus sah ich den breiten Mittelgang, der die Vorderfront mit dem Innenhof verband, die Treppe zum Schlafsaal im Oberstock, die Tür, hinter der einmal das Büro meines Vaters gelegen hatte. Im Messingknauf spiegelten sich die neuen Halogenlampen.

Am Fenster stand ein kleiner Tisch mit Informationsmaterial über die verschiedenen Ausstellungen. Ich griff nach der nächstbesten Broschüre, wanderte den Korridor entlang und gab vor, den Text zu lesen. Völlig unnötigerweise benahm ich mich wie ein Geheimagent, aus der Vergangenheit hierhergeschickt, um geisterhaften Legionen die Neuigkeiten der Gegenwart zu überbringen, zu berichten, wie sich die Dinge entwickelt hatten.

Schon nach wenigen Schritten wurde ich aufgehalten. »Hallo, Mr. Griswald.« Ich erkannte Bill Kipling, den Galeriebesitzer, dessen Großvater, Joe Kipling, dem Lacrosse-Team der Chatham School angehört hatte. Ein schlaksiger aufgeweckter Junge, war Joe später Mitglied des Stadtrats und ein erfolgreicher Immobilienmakler geworden. Im Alter hatte er haufenweise Vitaminpillen geschluckt, ehe er in einem Privatzimmer des Hyannis-Hospitals an Leberkrebs gestorben war.

»Nun, was führt Sie nach all den Jahren hierher?« fragte der jüngere Kipling fröhlich.

»Oh, ich wollte nur an die alten Zeiten denken – an die Chatham School.«

»Mein Großvater ging auf die Chatham School.«

»Ja, ich erinnere mich an ihn.« Ganz deutlich sah ich Joe Kipling vor mir. Aber er schwang keinen Lacrosse-Schläger, sondern einen großen Hammer. Eifrig zertrümmerte er die Gipsgesichter, die Miss Channing geschaffen hatte. Auf die Schultern seines Schuljacketts senkte sich eine Staubschicht.

»Mein Großvater liebte die Chatham School«, erklärte sein Enkel.

»So wie wir alle.«

Ein paar Minuten lang unterhielten wir uns noch über belanglose Dinge, dann ließ er mich ungestört durch die Galerie wandern. Er wußte, daß ich nicht gekommen war, um mir seine Bildersammlung anzuschauen. Statt dessen wollte ich das Geschrei und Gelächter der Jungs hören, die um Punkt halb acht die Treppe herunterstolperten. Manche waren vollständig angezogen, andere streiften die Hosenträger über ihre Schultern oder schlüpften in die Jacketts – unweigerlich unter dem wachsamen Auge meines Vaters.

Jeden Morgen stand er am Fuß der Treppe, die Arme vor der Brust verschränkt, wie ein römischer Zenturio. Jeden Jungen begrüßte er, nannte ihn beim Namen und fügte rasch hinzu: »Sei fleißig und streng dich an!« Mir war das furchtbar peinlich, wenn ich die Jungs beobachtete. Tag für Tag eilten sie an meinem Vater vorbei, eifrig bestrebt, seine Wünsche zu erfüllen und sich zu jenen standhaften, aufrechten »braven Staatsbürgern« zu entwickeln, die ihm vorschwebten. Damals erschien er mir fast komisch, eine Karikatur des viktorianischen Schulmeisters, ein Artefakt aus längst entschwundenen Zeiten, blutleer wie ein Knochen, den man aus einem uralten Grab holt.

Unter all den armseligen, leidenschaftslosen Gestalten, die ich mir nicht zum Vorbild nehmen wollte, stand mein Vater an erster Stelle. Und das »gute Leben«, das er sooft pries, wenn er in seiner Cicero-Pose vor den Jungs stand, erschien mir schal, ohne vitale Kraft und Phantasie, kaum lebenswert. Wenn man so dahinvegetierte, mußte man dem Tod entgegenfiebern wie einer süßen Erlösung.

Sein Büro lag gegenüber der Treppe, und die massive Mahagonitür existierte immer noch. Als ich hinüberging, glaubte ich jene unheilvollen Worte zu hören – so wie an jenem regnerischen Nachmittag im Mai 1927. Ich war die Treppe herabgerannt, und seine Tür hatte offengestanden. Aber dann begann er sie ganz langsam zu schließen.

Da er sich auf die Leute in seinem Büro konzentrierte, bemerkte er mich nicht. »Das ist Mr. Parsons, der Staatsanwalt«, hörte ich ihn sagen und spähte durch den Türspalt, der immer schmaler wurde.

Ein Mann im dunklen Anzug, einen Filzhut in der Hand, stand vor dem Schreibtisch, auf dem Stuhl neben sich eine große Schachtel. »Bitte, setzen Sie sich, Miss Channing.«

Sekundenlang konnte ich sie betrachten, ihre stocksteife Haltung, die Hände, in Taillenhöhe gefaltet, den straffen Haarknoten. Und bevor sich die Tür schloß, hatte ich ihre eiskalte Stimme gehört. »Danke, ich stehe lieber.«

Jetzt hing ein Schild an der einstigen Bürotür meines Vaters, mit der Aufschrift »Privat«. Also durfte ich nicht hineingehen. Ich erinnerte mich an jenes alte Schild – »Arthur H. Griswald, Direktor«.

Dieses Schild hatte mein Vater eigenhändig abgenommen, in einen Schuhkarton gelegt und im Keller des kleinen gemieteten Hauses verwahrt, in das wir nach dem unrühmlichen Ende der Chatham School gezogen waren. Aber ich malte mir mühelos aus, es wäre immer noch da, hinter der Tür würde immer noch sein Schreibtisch stehen, mit dem Tintenfäßchen aus Kristallglas, das meine Mutter ihm zum zehnten Hochzeitstag geschenkt hatte. Vor meinem geistigen Auge sah ich auch den Federkiel, den er benutzt hatte, um wichtige Dokumente zu unterzeichnen, sogar die Messinglampe mit dem dunkelgrünen Schirm. Damals hatte sie dem Raum die Aura einer unbestreitbaren Autorität verliehen.

In diesem kleinen Büro war eine ganze Welt beharrlich verfochten worden und zusammengebrochen. Dies alles spiegelte das Gesicht meines Vaters an dem Tag wider, als er die Jungs auf den Rasen vor der Schule führte und Joe Kipling anwies, vor Miss Channings gemeißelter Gesichtersäule Stellung zu beziehen. Eine Zeitlang hatte er die Schüler gemustert und Joe dann einen knappen Befehl erteilt: »Fang an.«

Gequält schloß ich meine Augen vor dem grausamen Spektakel, das sich trotzdem in meiner Phantasie abspielte, hörte die Hammerschläge, sah die ernsten Gesichter der Jungs, die Joe Kipling beobachteten. Niemand lächelte, während er Miss Channings Säule gnadenlos zertrümmerte.

Schließlich wandte ich mich von der Bürotür ab. An einer Seite des Korridors wurden in großen Räumen mehr oder weniger moderne Gemälde ausgestellt. Ich betrachtete Farben, auf Leinwände gekleckst oder in chaotischen Schlangenlinien verteilt, gezackte oder aneinandergepreßte Farbfragmente. Nur zu gut konnte ich mir vorstellen, wie diese Disharmonie den Schönheitssinn meines Vaters beleidigt hätte. Und er würde sicher die idyllischen, passiven Landschaftsszenen bevorzugen. In diesen Werken dominierten Ordnungssinn, Harmonie und die Gesetze der Vernunft – eine Lebensvision, die er als der Direktor der Chatham School angestrebt hatte – ohne Erfolg.

*

Am Ende des Korridors betrat ich Mr. Reeds einstiges Klassenzimmer. Es hatte Platz für zehn oder zwölf Schüler geboten, mit großen Fenstern, die zum Hof hinausgingen. Und so konnte er die ehemalige Abstellkammer sehen, wo Miss Channing unterrichtete. Wie oft mußte er durch diese Fenster hinübergeschaut haben, zu der schlanken jungen Frau mit dem rabenschwarzen Haar und den hellblauen Augen, die hinter einem Bildhauerpodest oder vor einer Staffelei stand und uns während ihrer künstlerischen Arbeit von fabelhaften Ländern erzählte, von tragischen Völkern ...

Ich hatte es zwar nie beobachtet, aber ich glaube, auch ihr Blick war über den Hof gewandert, zu Mr. Reeds Fenster – anfangs durch die Schleier des Herbstregens, dann durch Schneestürme und schließlich durch die flimmernde Luft jenes letzten Frühlings. Waren sich ihre Augen ebenso verzweifelt begegnet, wie ihre Worte geklungen hatten? *Wie soll ich's tun? Ohne zurückzuschauen.*

*

Allzulange hielt ich mich nicht in Mr. Reeds Klassenzimmer auf, denn ich spürte eine drückende Hitze in der Luft. Und so floh ich in den Hof. Dort stand immer noch das Häuschen, in dem sich Miss Channings Klassenzimmer befunden hatte. Jetzt war die Rahmenwerkstatt der Galerie darin untergebracht.

Die Tür war geöffnet, und als ich auf der Schwelle stand, sah ich die breite Theke am anderen Ende des Raums. Dahinter lehnten leere Rahmen an der Wand. Und von einer großen Preßholzplatte an der Zimmerdecke hingen Bilderrahmen in allen Farben herab, aus verschiedenen Materialien wie Messing, Holz und Aluminium. Zur Rechten, wo ich früher gesessen hatte, lag eine Kreissäge auf einem langen Arbeitstisch. Sägemehl und Holzspäne bedeckten den Boden unter dem Tisch, und daneben leuchtete ein Werkzeugkasten in grellem Rot.

Von allen Schauplätzen, die ich an diesem Tag besucht hatte, war Miss Channings Klassenzimmer am nachhaltigsten verändert worden. Es kam mir so vor, als hätten sich die Stühle und Tische der Jungs in Luft aufgelöst, die Bildhauerpodeste, die Staffeleien und Leinwände, die wir benutzt hatten, um unsere dilettantischen Kunstwerke zu schaffen. Auch der Schrank war verschwunden, in dem Miss Channing die diversen Utensilien verwahrt hatte, bevor sie mit Mr. Reed nach Hause gefahren war. Nicht einmal die Porträts von Washington und Lincoln hingen an den Wänden, deren ernste, aber freundliche Gesichter uns betrachtet hatten, wie zwei altmodische Väter.

Und doch spürte ich Miss Channings Präsenz in diesem Raum intensiver als in den anderen Gebäuden. Ebenso deutlich fühlte ich die Anwesenheit Mr. Reeds, sah die beiden zusammen, so wie an jenem Nachmittag vor vielen Jahren – sie hinter ihrem Schreibtisch, ihn an der Tür. Zielstrebig ging er zu ihr. Und ich hatte seine leisen Worte kaum verstanden. *Weil ich dich liebe, kann ich's tun.*

Mehr konnte ich nicht ertragen. Und so eilte ich zurück, durch den Hof und den mittleren Korridor, hinaus ins Freie, als würde ich vor einem lodernden Feuer fliehen.

Ich blieb erst stehen, als ich die kleine Zementbank erreichte, wo ich damals mit Sarah gesessen hatte. Hinter uns der Leuchtturm, vor uns die Schule ... In meiner Phantasie sah ich wieder, wie Miss Channing und Mr. Reed unter der Eiche ins Auto stiegen, wie sie an uns vorbeifuhren. Reglos starrte Miss Channing vor sich hin. Nur eine schwarze Haarsträhne fiel herab und belebte ihr Gesicht.

Ich kehrte in mein Büro zurück und setzte mich an den Schreibtisch. Unwillkürlich glitt mein Blick zu dem Archiv hinüber, das mein Vater vor so langer Zeit zusammengestellt hatte – vielleicht, um sich unentwegt an seinen Untergang zu erinnern, ohne zu ahnen, das dies auch mein Verderben gewesen war.

Nach einer Weile stand ich auf und trat vor den Aktenschrank, über dem das Porträt meines Vaters hing. Während ich es betrachtete, glaubte ich seine Greisenstimme zu hören, ermattet von der Leere seiner letzten Jahre – von seiner bittersten Enttäuschung. *Also wirst du niemals heiraten und niemals Kinder in die Welt setzen, Henry?*

Und meine Antwort war so unbarmherzig gewesen wie immer, wenn er diese Frage stellte. *Nein.*

Ich öffnete den Schrank und nahm die Papiere heraus, die ich brauchte, um Clement Boggs' Auftrag zu erledigen. Auf dem Rückweg zum Schreibtisch erkannte ich, was die letzte Phase dieser Arbeit unweigerlich heraufbeschwören würde – ein grausames Spottlied.

»Alice Craddock,
Eingesperrt im Paddock,
Wo ist denn dein Daddy?«

TEIL III

12

In seinen letzten Lebensjahren, nach dem Tod meiner Mutter, wußte mein Vater nicht, wie er seine Mußestunden ausfüllen sollte. Und so durchstreifte er Tag für Tag die Gegend. Inzwischen war ich ein Junggeselle im mittleren Alter. Abgesehen von meiner Anwaltspraxis, gab es wenig, was mich beschäftigte, und deshalb begleitete ich ihn auf seinen Spaziergängen. Wir fuhren in die Wälder, normalerweise zu den gepflegten Wanderwegen im Nickerson State Park. Aber manchmal wagten wir uns in entlegene Gebiete, parkten am Straßenrand und folgten mehr oder weniger erkennbaren Wegen um einen Hügel herum, einen sanft ansteigenden Hang hinauf.

Während wir dahingingen, erzählte mein Vater von belanglosen Dingen, von Büchern oder Zeitschriftenartikeln, die er soeben gelesen hatte und die kurzfristig seine Aufmerksamkeit erregten. An die Vergangenheit, insbesondere an die Chatham School, schien er nicht mehr zu denken.

Und dann – ein Jahr vor seinem Tod – standen wir eines Nachmittags auf einem Hügel. In der Ferne sahen wir die Türme und Dächer unseres Dorfes, das stille

Wasser des Black Pond, der einem dunklen, blinden Auge glich. Zunächst schwieg er, aber ich spürte, daß er sich etwas von der Seele reden wollte, das ihn schon lange bedrückte. Das überraschte mich, denn solange meine Mutter das Thema nicht erwähnt hatte, war er bestrebt gewesen, alle Gedanken an die Chatham School-Affäre ins Unterbewußtsein zu verbannen.

»Was für grausame Todesfälle, Henry! Da unten am Black Pond. Welch eine sinnlose Vernichtung ...«

Ich sah Gestalten im grünen Wasser treiben, kleine Hände nach einem schwarzen Gummistreifen tasten, ein Boot auf leeren Meereswellen schwanken, eine Frau in ihrem Schaukelstuhl auf der Veranda ... Mit leeren, ausdruckslosen Augen starrte sie ins Nichts, das grellblonde Haar von grauen Strähnen durchzogen.

»Manchmal vergesse ich, daß ich diese Menschen jemals kannte«, fügte mein Vater hinzu und schaute immer noch zum Teich hinab, die Hände hinter dem Rücken verschränkt – zwei faltige Klauen. »Ich meine, Miss Channing und Mr. Reed.« Seufzend schüttelte er den Kopf. »Und du, Henry? Denkst du hin und wieder an die beiden?«

Mein Blick glitt über die Umgebung hinweg, und ich entsann mich, wie wir alle den Hang heraufgestiegen waren, Mr. Reed an der Spitze, Miss Channing dicht hinter ihm. In der kalten Novemberluft hatten wir Schneeflocken aus unseren Augen gewischt.

»Damals kam ich mit ihnen hierher, auf diesen Gipfel. Und Sarah begleitete uns.« Ich wandte mich zu der Stelle, wo wir gestanden und den Black Pond betrachtet hatten. »An jenem Morgen sah alles ganz harmlos aus.«

Immer wieder hatte ich Miss Channing und Mr. Reed durch Chatham schlendern sehen. Sie begutachteten die Auslagen der Geschäfte, blieben am Zaun des London-Mietstalls stehen, und sie streichelte die Nüstern eines Pferdes. Einmal traf ich sie im Mayflower's. Mr. Reed drehte ein Modellboot hin und her, zeigte auf den Mast, den Spinnaker, die flatternden Segel. Und seinen leisen Worten hatte ich damals keine Bedeutung beigemessen. *Es wird mir nicht schwerfallen.*

Forschend wanderte der Blick meines Vaters am Ufer des Teichs entlang. Dichtes Sommerlaub verbarg die Stelle, die er suchte. »Warum warst du sooft im Milford Cottage?«

»Sarahs wegen. Miss Channing brachte ihr Lesen und Schreiben bei, und ich ging mit.«

»Aber warum?«

»Das weiß ich nicht.«

Er sprach in beiläufigem Ton, doch ich spürte den Aufruhr seiner Gefühle und wußte, wie viele ungelöste Rätsel ihn immer noch quälten. Schließlich stellte er die Frage, die er so lange verdrängt hatte. »Warst du in sie verliebt, Henry?«

Träumerisch dachte ich an jene Nacht. Wie freundlich sie mich in ihrem Zimmer empfangen hatte, die Augen scheu zu Boden gerichtet, in einem weißen Nachthemd, Satinbänder vor der Brust ... »Sie war ein schönes Mädchen. Und da sie in unserem Haus wohnte, hätte ich vielleicht ...«

»Ich meine nicht Sarah«, unterbrach er mich, »sondern Miss Channing.«

Damals hatte der Wind an den Fensterläden des Milford Cottage gerüttelt. Kerzen brannten im Schlafzimmer, gelber Lichtschein spiegelte sich in ihren sanften Augen, als sie fragte: *Wirst du's tun, Henry?* Und gehorsam, so wie immer, hatte ich versprochen: *Ja.*

»Ich dachte immer, dies wäre der Grund, warum's dir so zu Herzen gegangen ist«, fuhr mein Vater fort. »Weil du gewisse – Gefühle für Miss Channing gehegt hast.«

Allmählich löste sich ihr Gesicht im Kerzenschein auf, und ich sah sie wieder hier oben auf dem Hügel stehen. In ihrem Haar und auf dem langen blauen Mantel hatten Schneeflocken geklebt. »Damals wünschte ich mir, sie wäre frei.«

»Frei? Warum?«

»Damit sie so leben konnte, wie sie wollte.«

Er schüttelte den Kopf. »Aber dazu kam es nicht.«

»Nein.«

Dann spürte ich, wie er meine Schultern umfaßte, als wäre ich ein Kind. »Vergiß niemals, Henry«, lautete sein letzter Kommentar zur Chatham-School-Affäre, »daß auch was Gutes dran war.«

*

Aber daran zweifelte ich, obwohl es tatsächlich gute Augenblicke gab – besonders am Anfang. Das mußte ich zugeben. Einen dieser Momente hatte ich erlebt, als wir alle den Hügel hinaufgestiegen waren, um den ersten Schnee des Winters zu genießen.

An jenem Novembermorgen war ich mit Sarah zum Milford Cottage gegangen. Sie freute sich auf ihre Lektion und glaubte zuversichtlich, sie würde die Fähigkeiten bald beherrschen, die sie brauchte, um sich zu »verbessern«. In ihrem Enthusiasmus wirkte sie kindlich, in ihrer Entschlossenheit erwachsen.

Kurz nachdem wir Chatham verlassen hatten, begann es zu schneien, und als wir das Cottage erreichten, fröstelten wir und waren fast durchnäßt. Wir beobachteten, wie Miss Channing die Vorhänge eines kleinen Fensters auseinanderzog und herausspähte.

Lose fiel ihr Haar auf die Schultern. Sie trug eine weiße Bluse, die Ärmel bis zu den Ellbogen hochgekrempelt. Wie mir ihre Miene verriet, staunte sie bei unserem Anblick. »Heute hättet ihr nicht kommen müssen!« rief sie und trat auf die Veranda. »Das hätte ich verstanden. Dieses Wetter ...«

Heftig schüttelte Sarah den Kopf. »Aber ich will keine einzige Lektion versäumen.«

Miss Channing ging ins Haus zurück. »Dann kommt schnell herein. Ihr müßt ja ganz durchfroren sein.«

Im Cottage bemerkte ich einige Veränderungen. Ein paar ältere Skizzen waren durch neue ersetzt worden – idyllische Dorf- und Landschaftsszenen, mit Liebe zum Detail gezeichnet, was sich in der exakten Linienführung einzelner Blätter und Gräser zeigte. Solche Pflanzen hatte sie gesammelt und in einer großen Glasvase aufs Kaminsims gestellt.

»Sie haben sich's sehr gemütlich gemacht«, meinte Sarah, schaute sich im Wohnzimmer um und entdeckte weitere Veränderungen – einen gehäkelten Teppich vor dem Feuer, das Bücherregal in der Ecke, kleine rote Kissen an den Lehnen der beiden Stühle. »Wie ein richtiges Haus!« fügte sie hinzu und nahm ihr Tuch vom Kopf. Dann hielt sie den Korb hoch, den sie aus der Myrtle Street mitgebracht hatte. »Ein Obstkuchen! Den habe ich für Sie gebacken, und da ist auch ein bißchen Schnaps drin.« Sie lächelte spitzbübisch. »Also dürfen wir nicht zuviel davon essen. Sonst behalten wir keinen klaren Kopf.«

»Am besten essen wir ihn erst nach der Lektion«, erwiderte Miss Channing, nahm den Kuchen entgegen und stellte ihn auf den Fenstertisch. Sie öffnete Sarahs Heft, inspizierte die verschiedenen Schreibübungen und nickte zufrieden. »Gut«, lobte sie. »Sehr gut.«

Danach arbeiteten sie wie gewohnt. Miss Channing schrieb kurze, einfache Sätze auf ein Blatt Papier, die ihre Schülerin vorlas. Währenddessen saß ich in der Nähe und beobachtete, wie gut sie vorankamen, wie rückhaltlos Sarah ihre Lehrerin bewunderte. Vermutlich wollte sie ihr nacheifern und eines Tages eine »feine Lady« werden.

Es war wohl jene »feine« Attitüde, die mich an jenem Morgen bewog, meinen Skizzenblock zu öffnen und Miss Channing zu zeichnen. Dabei konzentrierte ich mich auf die Art, wie sie sich vorbeugte und den Kopf schief legte, auf das Haar, das in schwarzen Wellen über die Schultern fiel. Ich vermochte ihr Äußeres darzustellen, aber da war noch etwas, das ich nicht einfangen konnte. Manchmal verdunkelten sich ihre Augen. Ein

Licht schien dahinter zu erlöschen. Diesen Blick würde Mr. Parsons vor Gericht »unheimlich« nennen.

Als ich ein Auto auf der Plymouth Road heranfahren hörte, arbeitete sie immer noch mit Sarah. Mit chaotisch ratterndem Motor bog es in die Zufahrt des Cottage und hielt. Miss Channing stand auf und eilte zum Fenster. »Oh, wir haben einen Gast!« Ihre Stimme klang erregt, was Sarah nicht entging. Fragend schaute sie mich an.

Inzwischen hatte Miss Channing die Tür geöffnet. Ein Windstoß wehte ihr das schwarze Haar ins Gesicht. »Guten Morgen!« rief sie und winkte. Dann wandte sie sich zu uns. »Es ist Mr. Reed.«

Ich trat ans Fenster und beobachtete, wie er aus dem Wagen stieg, in einem dicken Wollmantel und braunen Stiefeln. Dazu trug er einen Hut, den er verwegen nach links gerückt hatte. Er winkte zurück und stapfte durch den Schnee zum Haus.

Während er sich der Veranda näherte, verkündete Miss Channing: »Sie kommen gerade zur rechten Zeit. Jetzt gibt's Obstkuchen.«

»Genau die richtige Stärkung bei diesem Wetter«, meinte er, blieb auf den Stufen stehen und schaute Miss Channing an. »Ich wollte ...« Dann sah er Sarah und mich. Abrupt unterbrach er sich. »Oh, Sie haben Besuch.« Seine Haltung versteifte sich ein wenig.

»Ja, ich bringe Sarah Lesen und Schreiben bei. Sie hat den Kuchen gebacken.«

Offenbar wußte er nicht, ob er eintreten oder sofort wieder wegfahren sollte. »Wenn ich störe ...«

»Nein, nein, wir sind schon fertig«, erklärte sie und hielt ihm die Tür auf. »Treten Sie doch bitte ein.«

Nach kurzem Zögern folgte er der Einladung und setzte sich an den Fenstertisch, während Miss Channing und Sarah in der Küche verschwanden, um den Kuchen auszupacken. Eine Zeitlang schwieg er.

Meine Anwesenheit schien ihn zu irritieren. Vielleicht hielt er mich für einen Informanten und glaubte, ich würde schnurstracks nach Chatham laufen und meinem Vater von seinem Besuch im Milford Cottage erzählen. Mit einer gewissen Besorgnis sah er mich an. »Nun, Henry, gefällt dir der Unterricht in diesem Schuljahr?«

»Ja, ich denke schon.«

Er lächelte dünn. Dann starrte er aus dem Fenster, bis Miss Channing und Sarah zurückkehrten. Die Lehrerin stellte den Kuchen auf den Tisch und begann ihn aufzuschneiden.

Das erste Stück bekam Sarah, das zweite Mr. Reed. Schließlich wandte sich Miss Channing zu mir. »Möchtest du eine große Portion?«

Um nicht unhöflich zu erscheinen, schüttelte ich den Kopf.

Da lächelte sie. Zweifellos spürte sie meinen Hunger und sprach Worte aus, die das Leben immer wieder Lügen straft. »Nimm dir, was du willst, Henry. Es ist genug da.«

*

Eine halbe Stunde später verließen wir das Cottage. Mr. Reed führte uns zur Plymouth Road und einen sanft ansteigenden Hang hinauf, zum Gipfel eines Hügels, wo eine Lichtung lag.

Dort setzten wir uns auf einen umgestürzten Baum und blickten zum Black Pond hinab. Mittlerweile hatte sich der Schneefall verdichtet. Eine weiße Schicht bedeckte die kahlen Bäume und Mr. Reeds Hutkrempe.

»So viele winzige Flocken!« sagte Miss Channing. »Wie Konfetti ...«

»Würden Sie die Schneekristalle so malen, Elizabeth?« fragte Mr. Reed lächelnd. »Als Konfetti?«

Statt zu antworten, erwiderte sie das Lächeln und stand auf. Er beobachtete, wie sie zum höchsten Punkt des Hügels ging und den Black Pond betrachtete. Ein paar Sekunden lang stand sie reglos da, schien in Gedanken zu versinken, dann hob sie die Arme und umschlang ihre Schultern. Eine einfache, unbewußte Geste. Wahrscheinlich fröstelte sie. Aber Mr. Reed mußte eine Vision gesehen haben, so schön und so bedrückend vergänglich, daß er sie niemals vergaß. Und jener Moment setzte ein Zeichen, an dem man letztlich alles andere messen würde.

Nach einer Weile folgten wir ihr und wandten uns nach Osten. Hinter dem Teich, zwischen hohen Bäumen, stieg eine Rauchsäule empor.

»Das muß Ihr Haus sein, Mr. Reed!« rief Sarah und zeigte darauf.

Von sonderbarem Ernst erfaßt, nickte er und schaute

Miss Channing an. »Jetzt sollte ich heimfahren. Abigail wartet auf mich.«

»Wie eine Weihnachtskarte«, meinte Sarah träumerisch. »Das Haus am Teich, der Schnee ... Finden Sie nicht auch?«

Er lächelte wehmütig, als hätte sie ihn an eine glückliche, ferne Vergangenheit erinnert. »Ja«, bestätigte er, den Blick aufs andere Ufer des Black Pond gerichtet, »wie eine Weihnachtskarte.« Dann drehte er sich zur Seite und musterte Miss Channings Profil.

»Wollen Sie zu Weihnachten verreisen, Mr. Reed?« fragte Sarah. In der kalten Luft hatten sich ihre Wangen gerötet, und ihre Augen strahlten vor Vergnügen.

Er antwortete nur widerstrebend. »Ja, wir fahren für zwei Wochen nach Maine, so wie jedes Jahr.« Hastig kehrte er uns den Rücken, und wir stiegen hinter ihm den Hang hinab. Vor dem Cottage angekommen, blieb er bei seinem Auto stehen. »Nun fahre ich nach Hause, Elizabeth.«

»Freut mich, daß Sie vorbeigekommen sind«, entgegnete Miss Channing leise, fast unhörbar.

»Vielleicht besuche ich Sie mal wieder.« In seiner Stimme schwang eine subtile Bitte mit, und ich glaube, er wartete auf eine Ermunterung.

Wenn sie seinen Wunsch erfüllte, so merkte ich's nicht. Sie erschauerte. »Wie kalt es geworden ist ...«

»O ja«, antwortete er, jetzt in beiläufigem Ton. »Soll ich euch ins Dorf bringen?« fragte er Sarah und mich.

Dieses Angebot nahmen wir an. Wir kletterten ins Auto, während er im Schneetreiben stehenblieb und mit Miss Channing sprach. Was er sagte, verstand ich nicht. Er gab ihr seine Hand, die sie sekundenlang festhielt.

Dann trat sie lächelnd zurück. Und da erkannte ich das ganze Ausmaß der Liebe, die ihn zu überwältigen begann. Vielleicht ahnte ich sogar jenen exquisiten, untrennbar mit der Leidenschaft verbundenen Schmerz. Noch hielten sich die Gefühle zurück, vorerst drohte keine Explosion. Doch die Lunte war bereits entzündet.

Statt die Richtung nach Chatham einzuschlagen, steuerte er die Limousine den Teich entlang. »Ich muß meiner Frau sagen, daß ich zum Yachthafen fahre.«

»Zum Yachthafen?« Sarah hob die Brauen.

»Ja. Vor ein paar Jahren habe ich ein Bootshaus gemietet. Und nun baue ich ein Boot, etwa fünf Meter lang.«

Bewundernd starrte sie ihn an. Dieses grandiose Unternehmen schien sie tief zu beeindrucken. »Wann wird's denn fertig?«

»Wahrscheinlich im Sommer – wenn mir jemand hilft.«

Impulsiv und gedankenlos faßte ich einen Entschluß, der mich noch jahrelang verfolgen sollte, wie ein Hund in der Nacht, die schwarze Schnauze unentwegt an meinen Fersen. »Ich könnte Ihnen helfen, Mr. Reed. Dabei würde ich eine ganze Menge über Boote lernen.«

Ohne den Blick von der Straße abzuwenden, nickte er. »Dazu hättest du wirklich Lust, Henry? Ich wußte gar nicht, daß du dich für so was interessierst.«

»Oh, doch«, versicherte ich, obwohl ich nicht einmal jetzt weiß, warum ein so seltsames Interesse in mir erwachte. Mit den Seefahrerromanen, die ich oft las, hing es keinesfalls zusammen, wenn ich diesen Grund auch angab, als ich mit Mr. Parsons einige Monate später durch das Bootshaus ging. Viel eher entsprang mein Lerneifer dem dunklen Drang eines Voyeurs, der Lockung des Verbotenen, die mein Gemüt bereits wie eine Droge beherrschte.

Bald danach erreichten wir das Haus. Sarah und ich blieben im Wagen sitzen, während Mr. Reed hineinging.

»Was für ein netter Mann!« meinte sie. »Kein komischer alter Kauz wie die meisten Lehrer von der Chatham School.«

»Ja, das stimmt.«

Lange mußten wir nicht warten. Eine zusammengebundene Papierrolle unter dem Arm, kam er zurück. Während er den Vorgarten durchquerte, rannte seine Tochter Mary die Stufen herab. Mrs. Reed trat auf die Veranda, wischte sich die Hände an der Schürze ab und schaute ihm nach. Als er ins Auto stieg, stand sie immer noch da. Das kleine Mädchen lief zu uns, lachte schelmisch und rollte einen Schneeball.

Sobald Mr. Reed den Rückwärtsgang eingelegt und ein paar Meter nach hinten gefahren war, sprang Mary vor und schleuderte den Schneeball gegen die Windschutzscheibe, wo er explodierte und das Glas weiß bestäubte.

Mr. Reed schaltete die Scheibenwischer ein, und ich sah seine Frau immer noch auf der Veranda stehen. Reglos beobachtete sie, wie er sich entfernte und zwei schwarze Spuren im Schnee hinterließ.

*

Diese Szene schilderte ich meinem Vater, als wir auf dem Hügel standen und zum Black Pond hinabschauten.

»Glaubst du, sie hat's damals schon geahnt?« fragte er. »Ich meine, vor Weihnachten – bevor sie alle zusammen nach Maine fuhren? Glaubst du, Mrs. Reed hatte bereits Verdacht geschöpft?«

Ich zuckte die Schultern. »Das weiß ich nicht.«

Nun wanderte sein Blick nach links, zu der Stelle, wo die Reeds früher gewohnt hatten. »Wenn sie irgendwas wußte, muß sie's sehr lange für sich behalten haben.«

»Ja«, bestätigte ich. Vor meinem geistigen Auge sah ich Abigail Reed wieder an meiner Seite stehen, im Bootshaus. Dort hatte sie in eine Schachtel gestarrt, den Inhalt betrachtet, den Strick, das Messer, eine Seekarte, auf der mit roter Tinte eine Route eingezeichnet war.

»Und was hat sie letzten Endes zum Äußersten getrieben?«

Darauf gab ich keine Antwort.

Verwirrt schaute er mich an. »Wahrscheinlich werden wir's nie erfahren, nicht wahr, Henry? Niemals werden wir wissen, was sie am Ende dachte.«

Ich schwieg immer noch. Aber ich erinnerte mich an jenen letzten Augenblick, an das Gesicht, das aus schlammigen Tiefen zu mir emporgeschwebt war, das kuperferrote Haar von den Wellen bewegt wie ein zerfetztes Banner.

13

Obwohl ich manchmal gezwungenermaßen das Ende erörterte, so wie mit meinem Vater auf dem Hügel, kehrten meine Gedanken viel öfter zum Anfang zurück – vor allem zu jener Geschichte, die Miss Channing uns erzählt hatte, nur wenige Tage nach unserer Wanderung durch den Schnee.

In der Chatham School dauerte die Mittagspause von zwölf bis eins. Nach dem Lunch im Speisesaal wanderte ich ins Dorf zu Petersons Sportartikelladen, spielte mit ein paar neuen Angelruten und kehrte über den schneebedeckten Hang zur Schule zurück.

Auf dem Weg zur Myrtle Street sah ich Miss Channing auf einer Holzbank nahe dem Klippenrand sitzen. Hinter ihr stand Mr. Reed, auf seinen Stock gestützt. Der Wind zerrte an seinem Jackett und zerzauste sein Haar, so daß er einem Gefangenen jener leidenschaftlichen Wildheit glich, die Mr. Parsons später als Ursprung der Mordlust bezeichnen sollte. Zögernd berührte seine Hand ihre Schulter, zuckte zurück, als hätte er sich verbrannt. Dann sagte er etwas, und sie wandte sich lächelnd zu ihm.

In diesem Moment entdeckte sie mich, stand auf und ging zu mir. Sie trug einen langen, dunklen Mantel, und während sie von der Klippe herabstieg, den Kragen hochgeklappt, erschien sie mir wie eine Gestalt aus einem früheren Jahrhundert, eine jener Frauen, die wir in Mr. Reeds Literaturunterricht kennengelernt hatten. Vielleicht Eustacia Vye oder Madame Bovary. Hemmungslos, von übermächtigen Gefühlen getrieben, jener tödlichen Wollust fähig, die Mr. Parsons später den Geschworenen beschrieb. Und er betonte, Mr. Reed sei nur »Zunder im Banne einer verzehrenden Flamme« gewesen.

Aber an jenem Morgen sah Miss Channing keineswegs wollüstig aus, sondern eher sittsam – konservativ gekleidet wie immer, das Haar mit einem dunkelblauen Band umwunden, eine Gemme am Kragen. Es war eher Mr. Reed, der mir plötzlich kühner und entschlossener erschien, als er ihr folgte und kerzengerade neben ihr stehenblieb. »Hast du Sarah gesehen, Henry?« fragte er.

Ich schüttelte den Kopf. »Seit heute morgen nicht mehr.«

»Das wollte ich ihr geben.« Miss Channing zog ein altes Buch mit zerfleddertem Einband und ausgefransten Seiten unter ihrem Arm hervor.

»Meine Fibel aus der Grundschule«, erklärte Mr. Reed. »Die habe ich in all den Jahren verwahrt, und nun glaubt Miss Channing, Sarah sollte sie benutzen.«

»Wenn ich nach Hause komme, kann ich ihr das Buch geben.«

»Danke, Henry, und sag ihr, sie soll's nächsten Sonntag ins Cottage mitbringen«, bat Miss Channing und drückte mir die Fibel in die Hand.

Ich nickte.

»Nochmals vielen Dank, Henry.« Die beiden kehrten zu der Bank zurück. Jetzt setzte sich Mr. Reed neben Miss Channing, wahrte aber diskreten Abstand. Der Stock, den er zwischen ihrem und seinem Schenkel auf den Boden stemmte, schien eine unüberwindliche Barriere zu bilden.

*

Erst am Nachmittag sah ich Miss Channing wieder. Sie stand hinter ihrem Schreibtisch im Klassenzimmer.

»Heute befassen wir uns mit einem neuen Thema – mit Landschaften«, verkündete sie, drehte sich zur Tafel um und zeichnete mit ihrer Kreide einen großen, oben abgeflachten Bogen. »Das ist die Grundform eines Vulkans.« Bei diesen Worten nahm ihr Gesicht jenen vertraulichen Ausdruck an, den ich bereits kannte und den es jedesmal zeigte, wenn sie ihre Lebenserfahrungen in den Unterricht einfließen ließ. »Nichts auf der Welt, nicht einmal das Meer, wird euch jemals so deutlich wie ein Vulkan das Gefühl geben, ihr wärt winzig klein.«

Und dann erzählte sie von dem Tag, wo ihr Vater sie zum Ätna geführt hatte. Wer ihn nicht gesehen habe, könne seine Größe kaum ermessen, erklärte sie. Fast dreieinhalbtausend Meter hoch würde er emporragen, und die Bahnlinie, die um ihn herumführe, sei etwa so lang wie die Entfernung zwischen der Chatham School und Boston.

»Voller Ehrfurcht stand mein Vater vor diesem gewaltigen Berg und bewunderte ihn, weil er so mächtig ist und nur in sich selbst ruht, völlig gleichgültig gegenüber der restlichen Welt. Er wollte mir zeigen, wie die Lava hervorquillt, zum Meer herabstürzt und alles ringsum zerstört.«

Lebhaft schien sie sich auszumalen, wie sich das geschmolzene Gestein die Hänge herabwälzte, durch das Tal strömte und auf dem Weg zum Meer ganze Dörfer mit seiner sengenden Glut verschlang.

Und plötzlich erhellte sich ihr Gesicht. »Aber ich erinnere mich vor allem an die Blumen, die auf den Hängen des Ätna und im Tal blühten, sogar am Rand des Kraters, aus dem Dampfwolken stiegen. Die Szenerie wirkte trostlos. Trotzdem roch ich den Blütenduft.« Was sie da schilderte, schien sie selbst zu verblüffen. »Blumen, die aus der Asche wuchsen ...«

In späteren Jahren sah ich die Chatham-School-Affäre unter umgekehrten Vorzeichen – etwas, das kurzfristig geblüht und süß geduftet hatte, war im grausigen Augenblick zu Asche zerfallen.

*

Wie mein Vater ganz richtig bemerkt hatte, war auch etwas Gutes daran gewesen. Vor allem für Mr. Reed. Nie zuvor hatte er jene Leidenschaft gekannt, die unseren Blick zum fernen Horizont lenkt, die Vergangenheit wie Kreidestaub von einer Tafel wischt und uns von den Toten auferstehen läßt, obwohl alle anderen im Grab versinken.

An jenem Tag ging ich nach Miss Channings Unterricht zu seinem gemieteten Bootshaus. In meiner Phantasie sah ich immer noch glühende Vulkane, und mein Skizzenblock war bereits mit Visionen von einer explosiven Urgewalt gefüllt, die ich wohl niemals erleben würde.

Mr. Reed saß an einem kleinen hölzernen Schreibtisch in der Ecke, einen Stapel Papiere vor sich. Als ich eintrat, hob er den Kopf. »Hallo, Henry.«

»Ich wollte mich nur erkundigen, ob Sie immer noch Hilfe brauchen.«

»Also bist du tatsächlich interessiert?« fragte er lächelnd und griff nach seinem Stock.

»Ja.«

»Nun, da ist es.« Er zeigte auf das Boot. »Was hältst du davon?«

Es lag auf einem hölzernen Gestell, das fast die ganze Länge des Raums einnahm. Da der Rumpf nicht fertig war, konnte ich hineinschauen. Ohne Mast, mit großen Löchern, erschien es mir wie das Skelett einer vorsintflutlichen Bestie.

»Wie du siehst, gibt's viel zu tun«, erklärte Mr. Reed. »Aber es ist nicht so schlimm, wie du vielleicht denkst. Am Schluß geht's dann ziemlich schnell.« Forschend schaute er mich an. »Wenn du willst, können wir sofort anfangen.«

Und das taten wir. Mr. Reed brachte mir die Grundbegriffe des Bootsbaus bei, wies auf die Geduld hin, die man dafür brauchte, und die Notwendigkeit präziser Messungen. »Bei dieser Arbeit muß man ganz langsam vorgehen und abwarten, bis sich die Dinge von allein zusammenfügen.« Mit einem ironischen Lächeln fuhr er fort: »Ein Boot gleicht einer Frau, die sich nicht drängen läßt.«

An jenem Nachmittag spürte ich, daß etwas von ihm abgefallen war, ein Teil der unergründlichen Müdigkeit, die ich in all den Jahren beobachtet und die ihn wie ein Mantel in Melancholie gehüllt hatte, seinen auffälligsten Wesenszug. Nun wurde er von neuer, vitaler Energie erfaßt. Ein langsames Feuer schien den Schutz seines früheren Lebens zu verbrennen und ihn zu animieren. Statt der gewohnten Schwermut strahlte er eine fast überschwengliche Freude aus, die – wie ich später begreifen sollte – nicht das Produkt eines bereits erfüllten Traums, sondern einer wieder erwachten Hoffnung war.

Den ganzen Nachmittag arbeiteten wir gemeinsam, und Mr. Reed zeigte sich redselig wie nie zuvor, zumindest nicht außerhalb des Klassenzimmers. Angeregt erzählte er von Schriftstellern, die er bewunderte, zitierte aus ihren Werken, aber nicht wie ein Lehrer, einfach nur wie ein Mensch, der in dieser Lektüre geistige und seelische Nahrung gefunden hatte. Doch er sprach auch über sein Boot, die Geschwindigkeit, die es erzielen sollte, und die angestrebte Widerstandsfähigkeit. »Mit einem solchen Boot, das in dieser Weise gebaut ist, könnte man die Welt umsegeln.« Während einer kurzen Pause schien er diese Möglichkeit zu erwägen. »Man müßte die Küsten entlangfahren, von Insel zu Insel. Dann könnte man's schaffen.«

Ein einziges Mal versank er in der alten Melancholie. »Nur ein Leben, Henry«, seufzte er und starrte aus dem

Fenster des Bootshauses aufs offene Meer. »Nur ein Leben, und danach keine Chancen mehr.« Er wandte sich zu mir. »Darin liegt die ganze Tragödie.«

Diese Gelegenheit nutzte ich, um einen eigenen Kommentar abzugeben. »Ja, das schreibt auch Miss Channings Vater in seinem Buch. Er behauptet, wenn man auf sein Leben zurückblickt und sich fragt, was man getan habe, würde das bedeuten, daß man gar nichts getan hat.«

Nachdenklich nickte er. »Da muß ich ihm recht geben. Meinst du, Miss Channing glaubt das auch?«

Ohne das erforderliche Beweismaterial zu besitzen, antwortete ich: »O ja.«

Darüber schien er sich zu freuen. »Nun, es stimmt tatsächlich, Henry. Auch wenn's die meisten Menschen nicht wahrhaben wollen.«

Von da an fühlte ich mich mit Mr. Reed im Bunde. Jeden Nachmittag und an den Wochenenden arbeiteten wir an seinem Boot, und ich hörte ihm stundenlang zu. Anfangs sprach er in fröhlichem Ton, der sich allmählich verdüsterte, bis er schließlich in eine endlose Nacht einzutauchen schien.

An jenem ersten Nachmittag ging ich erst abends nach Hause. Im herbstlichen Nieseln, das mir wie ein Frühlingsregen erschien, wanderte ich die Küstenstraße entlang und hielt die kahlen Zweige nicht für die Vorboten winterlicher Kälte. Statt dessen bildete ich mir ein, blühende Knospen zu sehen.

Der Tisch war bereits gedeckt, meine Eltern hatten Platz genommen, und Sarah eilte zwischen den beiden hin und her. Leise summte sie vor sich hin, wenn meine Mutter nichts hören konnte. Als ich mich setzte, schaute mein Vater auf seine Taschenuhr. »Weißt du, wie spät es ist, Henry?«

Das wußte ich nicht, und ich begründete meine Unpünktlichkeit. »Ich war im Yachthafen und habe Mr. Reed geholfen.«

»Mr. Reed?« fragte meine Mutter skeptisch. »Wobei?«

»Er baut ein Boot«, erwiderte ich und schaute Sarah an, die mir verschwörerisch zulächelte. »Daran arbeitet er schon sehr lange. Im Sommer soll's fertig werden.«

Meine Mutter verhehlte ihre Mißbilligung nicht. »Wenn du mich fragst, dann ist es sein Haus drüben am Teich, mit dem er sich befassen müßte. Warum renoviert er's nicht endlich? Das wäre wichtiger als dieses Boot.«

»Was Mr. Reed in seiner Freizeit macht, geht uns nichts an, Mildred«, mahnte mein Vater, der stets zu verhindern suchte, daß die Lehrer der Chatham School in meiner Gegenwart kritisiert wurden. »Aber in Zukunft wirst du pünktlich zum Dinner erscheinen, Henry.«

»Ja, natürlich«, versprach ich und warf wieder einen Blick zu Sarah hinüber, deren Augen mutwillig funkelten.

*

Ihr Zimmer lag auf dem Dachboden.

Als es an der Tür klopfte, schien sie zu erschrecken. »Wer ist da?« rief sie ängstlich.

»Ich bin's, Henry«, erwiderte ich, von der schwarzen Finsternis des schmalen Treppenhauses umgeben. »Heute nachmittag hat mir Miss Channing ein Buch für dich gegeben.«

Zögernd öffnete sie die Tür, schwacher Kerzenschein erhellte ihr Gesicht. »Henry, du dürftest nicht hier heraufkommen«, wisperte sie. »Wenn deine Eltern ...«

»Die schlafen«, unterbrach ich sie und grinste spöttisch. »Das weiß ich, weil meine Mutter laut genug schnarcht.«

Da lachte sie glucksend und preßte eine Hand auf den Mund. »Schnell, komm rein!«

Die Kammer unter der schrägen Decke war winzig. An eine Wand drückte sich das Bett, am anderen Ende reihten sich ein Tisch, ein Stuhl und eine niedrige Kommode aneinander, auf der eine Waschschüssel aus Porzellan und ein Krug standen. Wenn ich jetzt an dieses Zimmer denke, erscheint es mir sogar noch kleiner, verglichen mit den Hoffnungen der Bewohnerin, mit dem Leben, das sie erträumte.

»Das hat Miss Channing mir für dich gegeben«, erklärte ich und reichte ihr Mr. Reeds Fibel.

Sie setzte sich aufs Bett. Ein paar Schritte entfernt, blieb ich stehen und beobachtete, wie sie in dem Buch blätterte. »Die hat Mr. Reed in der Grundschule benutzt«, fügte ich hinzu. »Am Sonntag sollst du sie ins Cottage mitbringen.«

Nachdem sie die Fibel bis zum Ende durchgeblättert hatte, kehrte sie zum Anfang zurück. »Schau doch, Henry!«

Ich setzte mich zu ihr.

»Sieh mal, was er für Miss Channing geschrieben hat!«

Sofort erkannte ich Mr. Reeds Handschrift, zerquälte kleine Buchstaben in dunkelblauer Tinte. Und die Worte kündeten von einer Zärtlichkeit, die ihm selbst wohl nie vergönnt worden war.

»Meine liebe Elizabeth, hoffentlich kannst du mit diesem Buch etwas anfangen, obwohl es so alt und abgenutzt ist wie der Besitzer. In Liebe, Leland.«

Als Sarah mir das Buch reichte, streiften ihre Finger ganz sanft meine Hand, fast wie schwerelose Seidenbänder. »Warst du schon mal verliebt, Henry?« fragte sie unsicher und warf mir einen flehenden Blick zu, an den ich oft zurückdenke – in kalten Nächten, wenn der Wind die Schneeflocken gegen die Fensterscheiben peitscht, wenn ich allein bin mit meinen Erinnerungen.

»Nein«, antwortete ich prompt.

Ich sah ihre Schultern nach vorn sinken und spürte, wie sie ihre Hand entfernte. Dann schloß sie das Buch und legte es aufs Bett. »Jetzt solltest du gehen«, sagte sie und wandte sich ab.

Gehorsam stand ich auf. »Gute Nacht, Sarah«, flüsterte ich, bevor ich die Tür hinter mir schloß.

Sie schaute nicht auf, der dunkle Vorhang ihrer Haare verdeckte ihr Gesicht. »Gute Nacht, Henry.«

Auf Zehenspitzen schlich ich in mein Zimmer zurück. Ob ich in jener Nacht noch einmal an Sarah dachte, weiß ich nicht. Später dachte ich oft an sie und fragte mich, ob sich die Dinge anders entwickelt hätten, wäre ich länger in ihrer Kammer geblieben.

Vielleicht hätte ich mit zitternden Händen die Bänder am Ausschnitt ihres Nachthemds gelöst, die Macht einer ersten Begegnung empfunden und dann das Glück einer dauerhaften Liebe. Wäre Sarah in jener Nacht bereit gewesen, sich mir hinzugeben? Das werde ich niemals erfahren. Aber hätte sie's getan, wäre ich vielleicht öfter zu ihr gegangen als ins Bootshaus oder ins Milford Cottage. Ich hätte die Liebe mit all ihren wechselhaften Momenten kennengelernt, den Frühling nicht als grausame Täuschung, den Winter nicht als schreckliche Wahrheit.

14

Letzten Endes beschloß ich, lieber an das Leben zu denken, statt es zu leben. Das verkündete ich eines Nachmittags in meinem Büro. Ich sprach mit Mr. Parsons' Sohn, Albert Parsons jr. Inzwischen waren wir beide Mitte Fünfzig, und der ältere Mr. Parsons saß auf einer Bank vor dem Rathaus, ein seniler Greis, der irgend etwas vor sich hin murmelte und die Tauben fütterte.

»So viele Bücher, Henry ...« Alberts Stimme klang fast anklagend. »Haben Sie die alle gelesen?«

Ich schenkte ihm ein humorloses Lächeln. »Um die Wahrheit zu gestehen – sie ersetzen mir eine Ehefrau und Kinder.«

Da lachte er. »Wirklich, Henry, Sie sind ein Knüller – ein hausgemachter Philosoph.« Die Augen zusammengekniffen, musterte er die Regale und studierte einige Titel. »Griechen und Römer. Wie kommen Sie dazu?«

»Die Lieblingslektüre meines Vaters.«

»Warum?«

»Vielleicht glaubte er, die antiken Schriftsteller hätten's klarer gesehen.«

»Was?«

»Das Leben.«

Darüber mußte er wieder lachen. »Zweifellos, Sie sind ein Knüller«, bekräftigte er.

Soeben hatten wir eine Vereinbarung getroffen und erwarteten, unsere Klienten würden sie akzeptieren. Er vertrat die beschwerte Partei im Rechtsstreit um ein Bauvorhaben, ich einen ortsansässigen Bauunternehmer namens Tom Cannon.

»Wissen Sie, Henry, ich war überrascht, als Tom in diesen Fall verwickelt wurde. Immerhin hat er oft für mich gearbeitet, und es gab nie Schwierigkeiten.« Albert nippte an dem Cognac, den ich zur Feier des Tages eingegossen hatte. »Damals baute er sogar das kleine Büro, in dem mein Vater seine Memoiren schrieb.«

Abrupt stürmten alte Erinnerungen auf mich ein, und ich sah Mr. Parsons am letzten Tag des Gerichtsprozesses vor den Geschworenen stehen – einen Mann von Anfang Vierzig, noch jung und temperamentvoll, fest überzeugt, er hätte die Wahrheit über Miss Channings mörderisches Komplott mit Leland Reed herausgefunden.

»Wie geht's Mr. Parsons?«

»Oh, so gut, wie man's erwarten kann«, antwortete Albert. »Er kann natürlich nicht viel mehr tun, als herumzusitzen.« Gierig nahm er noch einen Schluck Cognac. »Meistens beim Gerichtsgebäude. Oder auf einer Bank vor dem Rathaus.« Er zuckte die Schultern. »Da hockt er und murmelt vor sich hin. Sie wissen ja – das Alter ...«

In meiner Phantasie sah ich Mr. Parsons auf seiner einsamen Bank sitzen, in eine Papiertüte voller Brotkrumen oder Popcorns greifen und das Futter auf den Rasen streuen. Tauben umschwirrten ihn wie eine rastlose graue Wolke.

»Natürlich redet er über meine Mutter.« Albert sog an seiner Zigarre und schnippte dunklen Staub in meinen bernsteingelben Aschenbecher. »Auch über meine Schwester und mich – oder über einige seiner großen Fälle«, fuhr er geistesabwesend fort. »An die erinnert er sich manchmal.«

Ehe ich mich zurückhalten konnte, stieß ich hervor: »Die Chatham-School-Affäre.«

Er schaute mich an und schien zu staunen, weil mir das so prompt eingefallen war. »Ja, ein ganz besonderer Fall. Diese Frau hat ihn richtig schockiert – wie hieß sie doch gleich?«

»Channing. Elizabeth Channing.«

Seufzend schüttelte er den Kopf. »Niemand hätte erwartet, daß sie solche Schwierigkeiten machen würde.« Dann lachte er kurz auf. »Nicht einmal Ihr Vater.«

Nur zu gut wußte ich, wie viele Dorfbewohner einen

Großteil der Schuld an jenen Ereignissen meinem Vater in die Schuhe geschoben hatten. Diesen Preis mußte er zahlen, weil er Miss Channing eingestellt hatte und dann blind für ihr Verhalten gewesen war. Weder die Nachbarn noch seine Frau hatten ihm das jemals verziehen.

»Glauben Sie, er hat irgendwas geahnt, Henry?«

Ich erinnerte mich an das Gesicht meines Vaters – an jenem Tag, wo er ganz langsam die Bürotür geschlossen hatte. Währenddessen griff Mr. Parsons, der einen dunklen Anzug trug, in die Schachtel, nahm mit einer Hand ein Buch heraus, mit der anderen einen grauen Strick. Und Miss Channing hatte in einem weißen Kleid vor ihm gestanden. »Nein, dieser schrecklichen Tat hatte er sie niemals verdächtigt.«

»Warum nicht?« fragte Albert beiläufig, als würden wir über irgendeine dörfliche Kuriosität diskutieren. »Sie war doch ziemlich seltsam, nicht wahr?«

Sekundenlang glaubte ich, sie schweigend am anderen Ende des Raumes sitzen zu sehen, und sie starrte mich an, so wie bei der letzten Begegnung. Das Haar fettig, verfilzt, ungewaschen, die Haut leichenblaß, aber immer noch schimmernd inmitten der Schatten. Mit leiser, unheimlicher Stimme hörte ich sie jene letzten Worte flüstern: *Bitte, Henry, geh jetzt.*

»Nein, sie war nicht seltsam – nur das, was ihr widerfuhr.«

»Nun, damals war ich noch ein kleiner Junge.« Albert zuckte die Achseln. »Und ich erinnere mich nur, daß sie sehr hübsch war.«

Ich dachte an die Augen meines Vaters, an den Sommertag, wo sie über den Rasen vor dem Milford Cottage zu ihm gegangen war, die nackten Füße im feuchten grünen Gras. Und dann das Gesicht Mr. Reeds, der sie an einem Novembermorgen auf einem Hügel angestarrt hatte ... »Sie war schön«, erklärte ich und schaute aus dem Fenster, zum Leuchtturm, vor dem sie an jenem schrecklichen Nachmittag geflohen war. »Aber dafür konnte sie nichts, oder?«

»Also, eins steht jedenfalls fest«, meinte Albert. »Es war der Mann, der uns alle so furchtbar schockiert hat, dieser Lehrer.«

»Leland Reed.«

»Genau«, bestätigte er und lachte spöttisch. »Großer Gott, Henry, wer hätte einem solchen Mann zugetraut, daß er sich für eine hübsche Frau wie Miss Channing interessieren würde?« Verwundert schüttelte er den Kopf und staunte über die merkwürdige, unberechenbare menschliche Seele, das unergründliche Chaos, das sie aus dem Leben macht. »Dieser Reed sah doch wie eine Mißgeburt aus, wenn er herumhinkte, mit seinem narbigen Gesicht – ein mieser Lumpenkerl. Das hat mein Vater gesagt.«

Ich wandte meinen Blick vom Leuchtturm ab und betrachtete die alte Eiche auf der anderen Straßenseite. In wildem Durcheinander hob sie die kahlen Äste, ein Geflecht ohne System. Dahinter führte eine Straße zum Yachthafen, und ich sah das graue Dach des Bootshauses, wo Mr. Reed und ich das Boot gebaut hatten.

Nächtelang war er wach geblieben, um eifrig und

hektisch zu arbeiten, den Rumpf zu streichen und zu polieren und schließlich die letzten Vorbereitungen für die Jungfernfahrt zu treffen. Unsichtbar schien er neben mir zu stehen und in mein Ohr zu flüstern: *Verschwinde, verschwinde.* Die grimmige Beschwörungsformel seiner letzten Tage …

»Natürlich muß Miss Channing irgendwas an ihm gefunden haben«, fuhr Albert lächelnd fort. »Was glauben Sie, Henry? Das Mysterium der Liebe.«

Aber was Miss Channing tatsächlich zu Leland Reed hingezogen hatte, schien Albert jr. nur mäßig zu interessieren. Er drückte seine Zigarre im Aschenbecher aus. »Jedenfalls hat's mit den beiden nicht geklappt. Nur das zählt. Einmal hörte ich meinen Vater sagen, ohne Ihre Zeugenaussage hätte er die Wahrheit nie herausgefunden und die Tragödie für einen schrecklichen Unfall gehalten.«

In der dicken Mauer, die ich rings um meine Erinnerung errichtet hatte, begann etwas zu zerbröckeln. Ich sah Mr. Parsons auf einem Sportplatz hinter der Chatham School vor mir stehen. In blauem Zwielicht schauten wir uns an, plötzlich warf er einen Blick in die Richtung des Black Pond, dann wandte er sich wieder zu mir. Väterlich legte er die Hand auf meine Schulter. *Danke, Henry. Ich weiß, wie schwer es ist, die Wahrheit zu erzählen.*

*

Schreiend verkündete die Schlagzeile: SCHÜLER SAGT IN DER CHATHAM-SCHOOL-AFFÄRE AUS.

Das Foto darunter zeigte einen Jungen in einer dunklen Hose und einem grauen Jackett, das schwarze Haar ordentlich zurückgekämmt. Welch ein Unterschied zu dem Verrückten mit den wilden Augen, der ein paar Wochen zuvor auf dem Leuchtturm gestanden, in verzweifelter Hast ein Bild nach dem anderen gezeichnet und Chatham als wirren Alptraum dargestellt hatte ...

Sicher haben die Dorfbewohner vergessen, was ich im Zeugenstand sagte. Aber ich werde mich stets daran erinnern. Als ich vierzig Jahre später mit Albert Parsons jr. in meinem Büro saß und beobachtete, wie er seine zweite Zigarre anzündete, erlebte ich alles noch einmal, sah mich selbst im Zeugenstand, in der Chatham-School-Uniform, das Haar ordentlich gekämmt. Und Mr. Parsons erste Frage verscheuchte alle Flucht- und Freiheitsgedanken. *Wann hast du Elizabeth Channing zum erstenmal gesehen?*

In ruhigem Ton sprach er weiter, ging auf und ab, während ich stocksteif im Zeugenstand saß. Durch die hohen Fenster schien die helle Morgensonne herein und spiegelte sich in seinen Brillengläsern.

*

Mr. Parsons: Du gehst auf die Chatham School, nicht wahr, Henry?

Zeuge: Ja, Sir.

Mr. Parsons: Ich glaube, Mr. Leland Reed war dein Englischlehrer und die Angeklagte, Miss Channing, deine Kunstlehrerin.

Zeuge: Ja.

Mr. Parsons: Würdest du sagen, daß Mr. Reed ein besonderes Interesse an dir hatte?

Zeuge: Ja.

Mr. Parsons: Und Miss Channing auch?

Zeuge: Ja.

Mr. Parsons: Wie würdest du Miss Channings Interesse an dir beschreiben, Henry?

Zeuge: Nun, sie interessierte sich vor allem für meine Zeichnungen. Sie sagte, ich sei begabt. Deshalb müßte ich stets einen Skizzenblock bei mir tragen und in meiner Freizeit zeichnen.

*

Als ich im Zeugenstand saß, lauschte ich meiner eigenen Stimme und erinnerte mich an all die Tage, wo ich das Haus in der Myrtle Street verlassen hatte, den Skizzenblock unter dem Arm – eine einsame Gestalt, die durchs Dorf oder zum Strand hinuntergewandert war, beflügelt von der Hoffnung auf ein Künstlerleben. So wie Miss Channings Vater wollte ich die ganze Welt sehen, immer auf Reisen, ohne festen Wohnsitz.

*

Mr. Parsons: Hast du damals oft gezeichnet?

Zeuge: Ja.

Mr. Parsons: Aber das war nicht deine einzige Aktivität, nicht wahr, Henry?

Zeuge: Aktivität?

Mr. Parsons: Nun, du warst in diesem Schuljahr auch

noch mit einem anderen Projekt beschäftigt, nicht wahr? Mit Mr. Reed.

Zeuge: Ja.

Mr. Parsons: Und was hast du gemacht?

Zeuge: Ich half ihm, ein Boot zu bauen.

*

Wie oft war ich in das alte Bootshaus gegangen, das Mr. Reed gemietet hatte … Manchmal fuhren wir in seinem alten Auto die Küstenstraße entlang, und während ich ihm schweigend zuhörte, trommelten meine rastlosen Finger auf den Skizzenblock. In meiner Phantasie entstanden immer extravagantere Visionen von dem Vagabundenleben, das ich so verzweifelt ersehnte. Züge rauschten durch dunkle Tunnels, Schiffe steuerten das nächtliche Tanger an.

Aber Mr. Parsons wollte weder meine jungenhaften Träume noch meine Beziehung zu Mr. Reed erforschen. Zielstrebig begann er, sein Opfer einzukreisen. Und ich spürte, wie sich alle meine Muskeln anspannten.

*

Mr. Parsons: Hast du Miss Channing in diesem letzten Schuljahr gut kennengelernt?

Zeuge: Ja.

Mr. Parsons: Manchmal hast du sie in ihrem Cottage am Black Pond besucht, nicht wahr?

Zeuge: Ja, Sir.

Mr. Parsons: Zusammen mit Sarah Doyle?

Zeuge: Ja.

*

Bei diesem Verhör gingen mir all die vielen Szenen durch den Sinn. Mr. Parsons zog das Publikum immer tiefer in eine grausige Geschichte hinein, und ich versuchte zu verdrängen, was er noch nicht entdeckt, zu vergessen, was ich an jenem schicksalhaften Tag gesehen hatte.

Eine Frau saß auf einer Veranda, und nahm Erbsenschoten aus einer großen blauen Schüssel, die auf ihrem Schoß stand, warf die leeren Hülsen in einen Eimer zu ihren Füßen. Dann stand sie langsam auf, als ich zu ihr ging, und musterte mich eindringlich. Eine sommersprossige Hand schützte ihre Augen vor der hellen Sonne.

Dies alles verhehlte ich, während ich Mr. Parsons' scheinbar harmlose Fragen beantwortete, ohne irgend etwas aus eigenem Antrieb hinzuzufügen. Und doch wußte ich, worauf er gnadenlos abzielte – auf die einzige verbrecherische Seele im Gerichtssaal.

*

Mr. Parsons: Hast du Miss Channing am Freitag nachmittag, am 21. Dezember 1926, in ihrem Klassenzimmer angetroffen?

Zeuge: Ja.

Mr. Parsons: Könntest du dem Gericht von dieser Begegnung erzählen?

*

Und so schilderte ich, was in der letzten Woche vor den Weihnachtsferien geschehen war, fast einen Monat, nachdem ich Miss Channing und Mr. Reed auf der Klippe gesehen hatte. An jenem Freitagnachmittag verließ ich ihr Klassenzimmer und fühlte mich bedrückt, weil ihr einige meiner Zeichnungen nicht sonderlich gefallen hatten – weite Meere und dichte Wälder. Sie fand, ich müßte mein Talent an kleineren Projekten erproben, einer Blumenvase oder einer Obstschüssel.

Darüber dachte ich stundenlang nach, und da kam mir eine Idee, wie ich Miss Channings Lob erringen könnte, das mir soviel bedeutete. Mit dieser Absicht kehrte ich am Ende des nächsten Schultags in Miss Channings Klassenzimmer zurück.

*

Mr. Parsons: War Miss Channing allein, als du zu ihr ins Klassenzimmer kamst?

Zeuge: Ja.

*

Bis zu jenem Augenblick hatte ich Mr. Parsons' Fragen direkt beantwortet, ohne nähere Erklärungen. Dann begann ich plötzlich, unnötige Details hinzuzufügen. Ich sei aus einem ganz bestimmten Grund in Miss Channings Klassenzimmer gegangen, erzählte ich.

Dabei schaute ich Mr. Parsons unverwandt an, sprach mit leiser Stimme, fast flüsternd. Vielleicht wollte ich auf diese Weise den Eindruck heraufbeschwören, meine weiteren Aussagen müßten ein Geheimnis zwischen ihm und mir bleiben, die Geschworenen wären nicht anwesend, die Bänke nicht mit Zuschauern gefüllt, keine Reporter würden die Welt über den Inhalt dieses Verhörs informieren.

Miss Channings hatte gerade ihre Vorbereitungen für den Unterricht am nächsten Tag getroffen. Auf leisen Sohlen schlich ich ins Klassenzimmer, und als sie mich sah, zuckte sie zusammen.

*

Mr. Parsons: Sie zuckte zusammen? Warum?

Zeuge: Wahrscheinlich hat sie jemand anderen erwartet.

Mr. Parsons: Wen?

Zeuge: Mr. Reed, nehme ich an.

Mr. Parsons: Und was geschah danach?

Zeuge: Sie sprach mit mir.

Mr. Parsons: Was sagte sie?

*

»Henry?« fragte sie.

Ich stand bei der Tür und schaute sie an. Offenbar hatte sie nicht mit meinem Besuch gerechnet.

»Was gibt's, Henry?«

Ich wollte ihr freiwillig erzählen, warum ich zu dieser späten Stunde zu ihr gekommen war. Aber ihr Blick brachte mich zum Schweigen.

*

Mr. Parsons: Was für ein Blick war das, Henry?

Zeuge: Nun, sie konnte einen so anschauen, daß man …

Mr. Parsons: Was?

Zeuge: Das weiß ich nicht. Sie war einfach anders als alle unsere Lehrer.

Mr. Parsons: Anders? In welcher Weise?

Zeuge: Nun, sie unterrichtete uns auf andere Art, erzählte von ihren Reisen, von den Dingen, die sie gesehen hatte.

Mr. Parsons: Waren das angenehme Dinge?

Zeuge: Nicht immer.

Mr. Parsons: Also sprach sie auch von grausamen Dingen, von Gewalt und Tod?

Zeuge: Manchmal.

Mr. Parsons: Erwähnte sie eine gewisse heilige Lucia, die sich die Augen ausgedrückt hatte?

Zeuge: Ja. Sie erzählte von einer Kirche in Venedig, wo diese Heilige begraben liegt.

Mr. Parsons: Und in einer anderen Geschichte ging es um den Mord an Kindern, nicht wahr?

Zeuge: Ja. Und diese Kinder nannte sie »kleine Prinzen«.

*

Im weiteren Verlauf des Verhörs erörterten wir andere Geschichten, die Miss Channing erzählt hatte – von lebendig begrabenen Kindern und ertränkten Frauen. Dann kehrten wir zu jenem frühen Abend zurück, wo ich das Klassenzimmer aufgesucht hatte.

*

Mr. Parsons: Also gut. Hast du Miss Channing verraten, warum du zu ihr gekommen bist?

Zeuge: Ja.

Mr. Parsons: Und was hast du gesagt, Henry?

*

»Ich möchte Sie zeichnen«, erklärte ich.

»Mich? Warum?«

»Das habe ich schon einmal versucht«, gestand ich und verschwieg, was ich eigentlich bezweckte. »Aber es gelang mir nicht.« Ich zog den Skizzenblock unter meinem Arm hervor. »Und wenn's Ihnen nichts ausmacht, will ich's noch einmal probieren.«

»Ich soll für dich Modell stehen, Henry?«

Ich nickte. »Nur bis Sie zu – zu Mr. Reed gehen.«

Das mußte in ihren Ohren anzüglich geklungen haben, und ich sagte nichts mehr.

*

Mr. Parsons: Also ahnte Miss Channing schon damals, daß dir ihre Beziehung zu Mr. Reed verdächtig erschien?

Zeuge: Ja, ich glaube schon.

Mr. Parsons: Und wie reagierte sie?

Zeuge: So, als würde sie's nicht stören.

Mr. Parsons: Was erweckte diesen Eindruck?

Zeuge: Was sie sagte – und wie sie's sagte.

*

Sie hob den Kopf, stolz und herausfordernd. »Übrigens, in ein paar Minuten wird Mr. Reed hierherkommen.«

»Vorher könnte ich Sie zeichnen, auch wenn die Zeit knapp ist«, erwiderte ich und ging unbehaglich zu ihr. Durch das Hoffenster fiel das Nachmittagslicht auf mich. »Nur zur Übung.«

»Wo soll ich posieren?«

»Setzen Sie sich einfach an den Schreibtisch.«

*

Mr. Parsons: Und so hat dir Miss Channing an jenem Nachmittag Modell gesessen?

Zeuge: Nicht direkt. Sie arbeitete an ihrem Schreibtisch, während ich sie zeichnete.

Mr. Parsons: Wie lange hat's gedauert?

Zeuge: Etwa eine Stunde. Bis Mr. Reed kam. Inzwischen war's dunkel geworden.

Mr. Parsons: So dunkel, daß du das Licht einschalten mußtest, Henry?

Zeuge: Nun, ich konnte sie noch sehen, aber ich brauchte mehr Licht.

Mr. Parsons: Also kam Mr. Reed an jenem Nachmittag sehr spät in ihr Klassenzimmer?

Zeuge: Ja.

Mr. Parsons: Mittlerweile hatten alle anderen Lehrer die Schule verlassen, nicht wahr?

Zeuge: Ja.

Mr. Parsons: Waren die Schüler da?

Zeuge: Die meisten, im Schlafsaal. In wenigen Minuten sollte das Dinner serviert werden.

Mr. Parsons: Und als Mr. Reed in Miss Channings Klassenzimmer ging, nahm er vermutlich an, er würde sie allein antreffen – nicht wahr?

Zeuge: Ja.

Mr. Parsons: Und dann sah Miss Channing ihn eintreten. Fiel dir eine Reaktion auf?

Zeuge: Ja.

Mr. Parsons: Welche Reaktion?

*

Plötzlich leuchteten ihre Augen auf, und sie lächelte. »Oh, ich dachte schon, du hättest mich vergessen.«

Ihr Blick glitt zur Tür, und ich schaute ihr über die Schulter. Da stand Mr. Reed, auf seinen Stock gestützt, und starrte sie an.

»Störe ich, Elizabeth?« fragte er und trat ein. Nur eine Sekunde lang sah er in meine Richtung, dann wandte er sich wieder zu ihr.

»Nein, Henry wollte mich nur zeichnen.« Sie stand auf und begann ihre Sachen zu ordnen. »Jetzt müssen wir Schluß machen«, erklärte sie mir. »Verschieben wir's auf ein andermal.«

Ich nickte und wollte den Skizzenblock schließen.

Aber da stand Mr. Reed neben mir und betrachtete die Zeichnung. »Nicht schlecht«, meinte er. »Nur den Augen fehlt irgendwas.« Er musterte Miss Channings Gesicht. »Wahrscheinlich ist es schwierig, deine Augen einzufangen.«

Sanft lächelte sie ihn an. »Ich bin soweit«, sagte sie, und er ging zur Tür, um sie zu öffnen.

»Kommst du, Henry?«

Ich klappte den Skizzenblock zu und folgte ihnen in den Hof, wo Miss Channing neben dem Baum stehenblieb, ein paar Bücher an die Brust gepreßt.

»Gute Nacht, Henry!« rief sie und begleitete Mr. Reed ins Schulgebäude.

*

Mr. Parsons: Und du bist ihnen nachgegangen, Henry?

Zeuge: Ja. Aber nur bis zum Schulausgang. Dort wartete ich, bis sie in Mr. Reeds Auto stiegen und davonfuhren.

Mr. Parsons: Weiß du, wohin?

Zeuge: Das fand ich später heraus.

Mr. Parsons: Wie denn, Henry?

Zeuge: Mr. Reed hat's mir erzählt. Am nächsten Tag. Auf der Fahrt nach Boston.

Mr. Parsons: Also seid ihr euch inzwischen nähergekommen, so daß Mr. Reed dir solche Dinge anvertraut hat?

Zeuge: Ja.

Mr. Parsons: Könntest du diese Beziehung beschreiben?

*

Als ich antwortete, sprach ich meine einzige Lüge im Zeugenstand aus, deren Grausamkeit ich zuvor nicht bedacht hatte. »Mr. Reed war für mich wie ein Vater.«

Dann schaute ich zu meinem richtigen Vater hinüber. Er starrte mich an. In seinen Augen las ich eine traurige Frage. *Und was war ich für dich, mein Sohn?*

15

Trotz der Antwort, die ich Mr. Parsons an jenem Tag gab, war Mr. Reed niemals wirklich ein Vater für mich gewesen. Auch kein Bruder, nicht einmal ein Freund. Statt dessen schienen wir parallele Verschwörungen zu planen, versunken in getrennten, aber verwandten Phantasien. Seine konzentrierte sich auf Miss Channing, meine auf ein freies Leben. Und wir ahnten beide nicht, was geschehen würde, wenn sich die Wege unserer romantischen Träume kreuzten.

Da sich meine Beziehung zu Mr. Reed und die gemeinsame Arbeit so schnell entwickelten, zeigte das Boot schon nach wenigen Wochen seine gepanzerte Form. Mehr oder weniger spielte er immer noch den Lehrer und ich den Schüler. Aber zwischen uns herrschte ein unerwartetes Einverständnis, als hätten wir Zugang zu Dingen, die anderen verborgen blieben, zu einem Hort voller Wahrheiten, den die Welt in ihrer Feigheit nicht wahrnehmen wollte.

Die anderen Schüler und Lehrer der Chatham School mußten uns während dieser letzten Monate für ein sonderbares Paar gehalten haben. Langsam hinkte Mr. Reed dahin, auf seinen Stock gestützt, und ich ging neben ihm her, einen Skizzenblock unter dem Arm.

Manchmal stiegen wir die Treppe des Leuchtturms hinauf, standen am kreisrunden Geländer, und er zeigte mit der Spitze seines Stocks aufs Meer, zu jenem fernen, vielleicht unerreichbaren Ort, den er ansteuern wollte. »Hinter dem Monomoy Point liegt die offene See«, erklärte er mir einmal. »Und danach gibt es nichts mehr, was dich aufhalten könnte.«

Am Tag, bevor er mit seiner Familie nach Maine reisen würde, fuhren wir nach Boston. Er wollte die Reling für sein Boot und die Takelage kaufen. »In Boston gibt's wirklich elegante Sachen«, meinte er. »Dinge, die man nicht nur benutzt, sondern auch bewundert.«

Wir nahmen die alte Route entlang der Küste, durch Harwichport und Dennis, vorbei an Hyannis, bis wir den Kanal erreichten. Zu jener Zeit war er nur ein schlammiger Graben, die Sagamore Bridge noch nicht erbaut, und so polterten wir über das Gestell aus Stahl und Holz, das man vor einigen Jahren errichtet hatte – funktionell, aber nicht schön, fand Mr. Reed, so wie vieles im Leben.

Nun lag das Cape hinter mir, und ich drehte mich um. »Wissen Sie, was Miss Channing sagte, als sie das Cape zum erstenmal sah?«

Mr. Reed schüttelte den Kopf.

»Irgendwie würde es gequält wirken. Wie ein Märtyrer.«

»Ja, das paßt zu ihr.« Ein sanftes, anerkennendes Lächeln umspielte seine Lippen. Dann schwieg er eine Weile, den Blick auf die breite Straße gerichtet, die nach Boston führte. »Wahrscheinlich hast du gemerkt, daß

Miss Channing und ich gestern nachmittag die Schule gemeinsam verlassen haben.«

»Sie gehen doch immer zusammen«, erwiderte ich möglichst beiläufig, und er nickte.

»Normalerweise bringe ich sie direkt nach Hause. Aber gestern fuhren wir zum alten Friedhof an der Brewster Road.« Vergeblich wartete er auf eine Frage und fügte hinzu: »Wir wollten ungestört miteinander reden.«

Unverwandt starrte er durch die Windschutzscheibe. Eine dunkle Haarsträhne war ihm in die Stirn gefallen und zitterte mit der Vibration des Autos.

»Also fuhren wir zum Friedhof. Einfach nur weg von – anderen Leuten ...« Jetzt lächelte er wieder. »Und ich versprach Miss Channing, sie würde noch vor der Abenddämmerung daheim ankommen.«

Zu beiden Seiten glitt die Landschaft vorbei. Seit über einem Jahr hatte ich das Cape nicht mehr verlassen, und ich freute mich an der Fahrt, an der riesigen, unerforschten Welt, die nur knapp außerhalb meiner Reichweite zu liegen schien.

»Warum ich den Friedhof aufsuchte, weiß ich nicht«, gestand Mr. Reed. Ich gewann den Eindruck, er würde um den heißen Brei herumreden und wüßte nicht, ob er mir das alles anvertrauen sollte. »Vielleicht wegen der Stille und Einsamkeit.«

»Hat's Miss Channing da gefallen?«

»O ja. In der Mitte stehen ein paar Tannen am Ufer eines kleinen Teichs.« Sein leises Lachen klang gezwungen. »Meistens redete ich allein. Du weißt ja, über mein Leben. Und Miss Channing kann gut zuhören.«

Nun wiederholte er, was er ihr erzählt hatte, von seiner Geburt in einem Teil von Boston namens Dorchester – einer lärmenden, beengten Welt voll ratternder Fabriken und schäbiger Häuser, wo die Menschen unter chemischen Dämpfen und Kohlenstaub litten.

»Mein Vater ging fort, als ich noch ein Junge war. Und meine Mutter war – nun ja, nicht so wie deine Mutter, Henry. Sie sah ein bißchen wie Sarah aus. Mit langem, schwarzem Haar und heller Haut. Eine dunkle Irin. So nennen wir diesen Typ. Sie wollte, daß ich Beamter werde, in einer Bank oder einem Büro, ein weißes Hemd und eine Krawatte trage und respektabel aussehe.« Seufzend schaute er auf sein braunes Jackett mit den fadenscheinigen Ärmeln und den Kreideflecken. »Aber dieser Wunsch wurde ihr nicht erfüllt.«

»Wie sind Sie Lehrer geworden?«

»Indem ich Bücher las. Ich besuchte eine Schule in Braintree. Dann kam der Krieg dazwischen. Als ich zurückkehrte, nahm ich einen Job bei der Boston Latin School an.« Seine Finger umklammerten das Lenkrad etwas fester. »Komisch, wie viele Entscheidungen man treffen muß, ehe man darauf vorbereitet ist – ich glaube, fast alle wichtigen Entschlüsse, die sich auf die Zukunft beziehen, die Arbeit, die Frau, die man heiratet.«

Plötzlich warf er mir einen ernsten Blick zu. »Ich hoffe, du fällst die richtigen Entscheidungen, Henry. Wenn du einen Fehler machst, kann das Leben so – tückisch sein. Und eines Tages wirst du dich fragen, ob es sich überhaupt lohnt, weiterzuleben …«

Noch nie hatte jemand so vertraut mit mir gesprochen oder ein so brennendes Interesse an meinem künftigen Glück gezeigt. Mein Vater erklärte mir immer nur die Gesetze des Lebens, niemals die Möglichkeiten. Denn er folgte einer schnurgeraden Straße, während Mr. Reeds Welt eine schmale Gasse voller Schlaglöcher und Fallstricke und Haarnadelkurven war – ein Ort, vor dem ich gewarnt werden sollte, ehe es zu spät sein würde, ehe ich mein erträumtes Leben zu führen begann, ein anderes als mein Vater.

»Vor allem darf man keine vorschnellen Entschlüsse fassen«, fügte er nach einer Weile hinzu. »Weder im Leben – noch in der Liebe.«

In seinen Augen lag eine tiefe Sehnsucht, als hätte er zum erstenmal erkannt, wie einsam und verlassen er war.

Ich wollte ihn trösten und ihm meine Hochachtung zeigen. »Ohne Sie wär's in der Chatham School ziemlich langweilig, Mr. Reed.«

Doch das schien ihn nicht zu berühren. »Ja, natürlich«, entgegnete er trocken. »Was würden die Jungs ohne mich anfangen?«

Da sagte ich nichts mehr und beobachtete nur, wie er die Straße anstarrte, immer noch mit jener Sehnsucht, die ich lindern wollte.

Diese Erinnerung verfolgte mich in all den künftigen Jahren. Schließlich gewann ich die Überzeugung, wir wären gar nicht Gottes, sondern Tantalus' Ebenbilder. Was wir uns am inständigsten wünschen, tanzt immerfort vor unseren Augen, außerhalb unserer Reichweite.

*

In der Stadt führte Mr. Reed mich zu einigen Läden, suchte Zubehör für sein Boot aus, Messingknaufe und Metallangeln und andere Dinge. Bevor er die Sachen kaufte, strich er darüber oder hielt sie ins Licht, betrachtete sie und lächelte entzückt, wie ein Pirat in alten Zeiten, der eine goldene Dublone bewundert.

Zu Mittag hatten wir die Einkäufe erledigt. Von unseren dicken Wintermänteln erwärmt, aßen wir den Lunch auf einer Bank im Common, nahe den botanischen Gärten, gegenüber der grandiosen Fassade des Ritz Hotel. Wir aßen die Sandwiches, die Mrs. Reed zubereitet und in eine Metallbox gepackt hatte. Dazu tranken wir Limonade aus einer Thermosflasche.

»Bevor ich nach Chatham zog, hatte ich Boston satt«, berichtete Mr. Reed. »Aber jetzt …«

»Was?«

»Nun glaube ich, daß ich Chatham satt habe.«

»Wohin möchten Sie gehen?«

Er zuckte die Schultern. »Irgendwohin.«

»Hat Mrs. Reed unser Dorf auch satt?«

»Nein, sie fühlt sich dort sehr wohl.« In seinen Augen leuchtete eine seltsame Erregung. »Sie war immer – zufrieden.« Eine Zeitlang dachte er nach, dann fügte er hinzu: »Vor manchen Dingen hat sie Angst, Henry. Sogar vor mir.« Er steckte die Thermosflasche in die Metallbox. »Jetzt sollten wir zurückfahren«, sagte er und stand entschlossen auf, offensichtlich bestrebt, das Gespräch über Mrs. Reed zu beenden.

Da erkannte ich, daß er seine Frau bereits an einen fernen, unzugänglichen Ort im Hintergrund seines Lebens verbannt hatte, in eine imaginäre Dachkammer oder einen dunklen Keller. Dort saß sie im Schatten, ganz allein, und lauschte seinen Schritten auf der Treppe – erwartungsvoll oder ängstlich.

*

Auf dem Rückweg zum Auto blieb er plötzlich vor der Auslage eines Juweliers stehen. »Wie schön, Henry!« Er zeigte mir eine Halskette aus bunten Glasperlen und starrte sie hingerissen an, als wäre sie ein Talisman, der eine glanzlose Welt verzaubern könnte.

»Aber sehr teuer«, erwiderte ich nach einem Blick auf den kleinen weißen Preiszettel.

Damit schien ich ihn herauszufordern. »Nun, vielleicht muß man ab und zu eine Dummheit machen. Nur um zu beweisen, daß man noch lebt.« Lächelnd ging er ins Geschäft, und ich folgte ihm.

Dann stand ich beim Ladentisch, während der Verkäufer die Halskette aus dem Schaufenster nahm und Mr. Reed reichte. Langsam drehte er sie hin und her, und das bunte Glas schimmerte im Licht. »Gut, ich nehme sie.«

Der Verkäufer wickelte die Kette in Seidenpapier und legte sie in ein kleines, rotes Etui. Höflich bedankte sich Mr. Reed und schob es in die Tasche seines Jacketts.

Auf der Straße war er plötzlich bestens gelaunt, so als hätte er mit dem Kauf der Halskette seinen Mut bewiesen. Immer wieder griff er in seine Tasche, betastete das Etui, liebkoste es mit seinen Fingerspitzen, und seine Augen verrieten eine seltsame Erregung.

*

Als wir Chatham erreichten, brach die Dunkelheit herein. Mr. Reed fuhr mich sofort zu meinem Haus in der Myrtle Street. Schwankend hielt das alte Auto in unserer Zufahrt. »Danke, daß du mitgekommen bist, Henry.«

Ich nickte, dann schaute ich zum Haus und sah meine Mutter hinter den Vorhängen des Salonfensters hervorspähen. »Jetzt gehe ich lieber hinein. Meine Mutter ist schon mißtrauisch.«

»Warum denn?« fragte Mr. Reed, und ich lächelte ihn vielsagend an.

»Dafür gibt's viele Gründe.«

»So sind die meisten Menschen, Henry«, meinte er lachend. Ich stieg aus und eilte zu den Verandastufen. Noch ehe ich sie erreichte, rief er mir nach: »Henry? Gehst du morgen mit Sarah zum Milford Cottage?«

»Ich denke schon«, erwiderte ich und drehte mich um.

»Sag Miss Channing, ich würde vorbeischauen, wenn ich aus Maine zurückgekommen bin.«

»Okay«, versprach ich und lief ins Haus.

Der restliche Abend verlief wie gewohnt. Ich aß mit meinen Eltern, dann ging ich mit Sarah spazieren. Ein paar Minuten lang saßen wir auf der Bank am Klippenrand, bevor uns die Kälte nach Hause trieb. »Im Winter gefällt mir das Cape nicht«, erklärte sie schaudernd.

»Mir auch nicht. Ebensowenig im Herbst oder Frühling oder Sommer.«

Spielerisch stieß sie mich mit ihrer Schulter an. »Sei nicht so ungeduldig, Henry. Bald gehst du aufs College, und danach mußt du nie mehr zurückkommen.«

Da schaute ich direkt in ihre Augen. »Wenn ich jemals wieder hier auftauche, bring mich um«, bat ich und meinte es beinahe ernst.

Sofort verdüsterte sich ihr Gesicht. »Sag so was nicht, Henry, nicht einmal im Scherz.« Und dann fügte sie einen Satz hinzu, den ich niemals vergessen sollte. »Ich wünschte, wir wären glücklich, weil wir einfach nur leben.«

*

Etwas später, allein in meinem Zimmer, erinnerte ich mich an den Tag, den ich mit Mr. Reed verbracht hatte. Meine Zuneigung und Bewunderung wuchsen. Vor allem schätzte ich die Kühnheit, die ihn allmählich zu erfassen und zu befähigen schien, sich von seinen Fesseln zu befreien – was immer ihn auch behindern mochte.

Und dann dachte ich an die Halskette, die er gekauft hatte, an das Weihnachtsfest. Sollte ich Mr. Reed etwas schenken? Vielleicht etwas für sein Boot, eine Namensplakette aus Messing oder eine Laterne für die kleine Kabine, die wir inzwischen fast fertiggestellt hatten. Doch da entdeckte ich den Skizzenblock, der auf meinem Schreibtisch lag, und wußte, welches Geschenk sich am besten eignen würde. Einige Monate später, kurz vor dem Ende meiner ersten Zeugenaussage, interessierte sich Mr. Parsons nicht im mindesten für dieses Geschenk, sondern nur für die Halskette.

*

Mr. Parsons: Was geschah, nachdem Mr. Reed die Halskette gekauft hatte?

Zeuge: Er steckte sie in seine Tasche. Dann gingen wir zu seinem Auto zurück und fuhren nach Chatham.

Mr. Parsons: Hat Mr. Reed dir erzählt, für wen die Halskette bestimmt war?

Zeuge: Nein.

Mr. Parsons: Hast du sie wiedergesehen?

Zeuge: Ja.

Mr. Parsons: Wo?

Zeuge: Im Milford Cottage. In Miss Channings Schlafzimmer. Sie lag auf dem Bücherregal neben ihrem Bett.

Mr. Parsons: Wieso hast du sie gesehen?

Zeuge: Es war am Freitagabend vor – vor den Todesfällen. Miss Channing ging in ihr Schlafzimmer. Da sah ich den Schmuck. Sie nahm ihn vom Regal und gab ihn mir.

Mr. Parsons: Und was sagte sie?

Zeuge: Sie sagte: »Laß das verschwinden.«

Mr. Parsons: Und hast du's getan?

Zeuge: Ja.

Mr. Parsons: Was hast du mit der Halskette gemacht?

Zeuge: Ich warf sie in den Black Pond.

*

Bis zum Ende meiner Tage werde ich mich an das leise Gemurmel erinnern, das nach meiner Antwort den Gerichtssaal erfüllte. Richter Crenshaw schlug mit seinem Hammer auf den Tisch und rief die Leute zur Ordnung.

Weil sich die Verhandlung bis zum späten Nachmittag hingezogen hatte, wurde sie vertagt.

Beim Abendessen saßen meine Eltern und ich schweigend am Tisch. Das neue Dienstmädchen mit dem leuchtendroten Haar eilte hin und her. Plötzlich starrte meine Mutter mich an, und ihr Blick schien zu glühen. »Sie dachten, sie wären über alles erhaben«, bemerkte sie mit jener Bitterkeit, die ihr Leben seit der Chatham-School-Affäre prägte, »diese Frau und Mr. Reed. O ja, sie glaubten, sie könnten alles tun, und niemand würde es je erfahren.«

Ruckartig hob mein Vater den Kopf, und seine Augen quollen beinahe aus den Höhlen. »Bitte, Mildred.«

»Sie bildeten sich ein, sie würden über uns allen stehen«, fuhr meine Mutter gnadenlos fort und schaute ihn an. »Und es war ihnen egal, wen sie verletzten.«

»Bitte, Mildred«, wiederholte er ohne Überzeugungskraft. »Dies ist weder der richtige Zeitpunkt noch der geeignete Ort …«

»Mit dem Tod fing es an, und es ging mit dem Tod zu Ende.« Damit meinte sie die Begegnung auf dem Friedhof, die ich vor wenigen Stunden im Gerichtssaal geschildert hatte. Stets war ich bestrebt gewesen, nur die reine Wahrheit zu sagen. Aber während sich eine Wahrheit an die andere reihte, entwickelte sich das Beweismaterial zu einer ungeheuren Lüge.

Triumphierend richtete sich meine Mutter auf. »Ich bin stolz auf dich, Henry. Weil du an die Mordopfer denkst.«

Mein Vater schnappte nach Luft. »Mildred, du weißt sehr gut, daß …«

Doch sie brachte ihn mit einer knappen Geste zum Schweigen. Eindringlich starrte sie mich an. »Vergiß niemals die Menschen, die gestorben sind, Henry.«

Natürlich vergaß ich sie nicht. Aber ich erinnerte mich auch an Miss Channing und Mr. Reed, auf eine Weise, die meine Mutter erschreckt hätte. Denn ich betrachtete sie trotz allem als romantische Gestalten, die auf einem verschneiten Hügel standen oder an einer winterlichen Meeresküste entlangwanderten – und nicht als jene beiden, die auf einem windgepeitschten Moor zueinanderliefen.

Und doch gab es andere Momente. Da sah ich die Reihe der marmornen Grabsteine auf dem Friedhof, den sie an jenem Nachmittag aufgesucht hatten, um sich ungestört zu unterhalten. Vor meinem geistigen Auge erschienen Miss Channing und Mr. Reed, so wie in jenem letzten Frühling. Er starrte in den Hof und beobachtete sie, während sie an ihrer Gipssäule arbeitete.

Bald danach sollte sich der Vorhang schließen, und die handelnden Personen nahmen bereits ihre Positionen für die letzte Szene ein: Abigail Reed kratzte an ihrer Hand und schaute über den Black Pond hinweg; auf der untersten Verandastufe saß die kleine Mary und richtete ihren Blick auf den dunklen Schuppen; und ich stapfte grimmig die Plymouth Road hinab, durch den schwülen Sommerwald. Unentwegt kreisten meine Gedanken um den Satz von William Blake, den Mr. Reed beim Anblick der Bildhauerin zitiert hatte. *Man sollte lieber ein Kind in seinem Bett ermorden, als eine unerfüllte Begierde zu hegen.*

TEIL IV

16

Am 3. Januar 1927 kehrten Mr. Reed und seine Familie aus Maine nach Chatham zurück. Als das Auto die Straße entlangfuhr, kam ich gerade aus Warrens Laden, einen dampfenden Becher Apfelwein in der Hand. Mrs. Reed saß auf dem Beifahrersitz, Mary im Fond, und auf dem Wagendach war ein olivgrüner Koffer mit einer verbeulten Ecke festgebunden.

Weder Mr. Reed noch seine Frau sahen mich, denn sie starrten geradeaus. Die Krempe seines grauen Schlapphuts warf einen Schatten auf sein Gesicht, und ihres wirkte wie versteinert. Aber Marys Blick glitt zu mir herüber. Ein schwaches Lächeln umspielte ihre Lippen, und sie hob eine Hand, um mir zu bedeuten, daß sie mich erkannte. *Hi, Henry.*

Seit Mr. Reeds Abreise waren fast zwei Wochen verstrichen. Seine Rückkehr erfüllte mich mit erwartungsvoller Freude, so als würde sich nach einer langen Pause der Vorhang wieder öffnen und eine neue Szene des Abenteuers beginnen, das ich mit ihm teilte.

Zu Hause angekommen, erzählte ich Sarah, soeben sei Mr. Reed an Warrens Laden vorbeigefahren. Sie schien meine Freude zu teilen. »Nun könnt ihr an seinem Boot weiterarbeiten. Vielleicht wird's im Sommer fertig.«

Während der Weihnachtsferien waren wir oft allein im Haus gewesen. Meine Mutter arbeitete in der Kirche und half den anderen Frauen das Krippenspiel vorzubereiten, mein Vater saß in seinem Büro. An diesen freien Tagen nutzten wir die Gelegenheit, intimer und ausführlicher miteinander zu reden denn je. Eifrig erklärte Sarah, sie würde aufs College gehen. Mit grundlegenden Kenntnissen gab sie sich nicht mehr zufrieden – jetzt strebte sie nach Höherem. In späteren Jahren dachte ich manchmal, sie hätte das Kind meines Vaters sein müssen, eine stolze, dankbare Absolventin der Chatham School, und ich ein Analphabet aus einem fremden Land, der den Ruin der Schule bewirken würde.

Damals entfernten sich mein Charakter und meine Ambitionen immer weiter von den Prinzipien meines Vaters. Ich fühlte mich zu Mr. Reed hingezogen, vor allem zu seiner leidenschaftlichen Unzufriedenheit, die ich so deutlich spürte, zu seinem Bedürfnis, mehr zu tun, mehr zu erreichen, sich von Chatham zu befreien, eine neue Welt zu entdecken. Wie ein unerschöpfliches Füllhorn lag das Leben vor mir, nicht wie ein kleiner, unzulänglich bestückter Obstkorb, aus dem wir nur dann eine Frucht nehmen konnten, wenn wir auf eine andere verzichteten.

Am Tag nach seiner Heimkehr fand ich ihn im Bootshaus. Ich trat ein, das Weihnachtsgeschenk unter dem Arm, und erwartete, er würde Holzteile für die Takelage anfertigen, Ritzen abdichten oder den Rumpf schmirgeln.

Statt dessen saß er untätig im Heck, die Hände auf den Knien. Zu seiner Linken lehnte der Stock an der ungestrichenen Reling. Bei meiner Ankunft hob er abrupt den Kopf, als hätte ich ihn aus tiefen Gedanken gerissen, das Gesicht voller Sorge. »Ich dachte, ich würde Sie hier antreffen«, begann ich. »Gestern sah ich Sie durchs Dorf fahren.«

Er lächelte schwach. »Wärm dich erst mal auf«, sagte er und zeigte auf den Ofen. »Und dann können wir arbeiten.«

Gehorsam setzte ich mich auf den Stuhl vor den Ofen und beobachtete, wie er ein Dichtungsmittel im Innern des Bootes auftrug. Er erschien mir versonnen, fast geistesabwesend. Immer wieder verengten sich seine Augen, und er bewegte stumm die Lippen. Vielleicht erinnerte er sich an ein Gedicht.

»Hat's Ihnen in Maine gefallen?« fragte ich.

Er schüttelte den Kopf, seine Augen folgten dem Pinsel. »Nicht besonders.«

Dafür nannte ich einen Grund, an dem ich allerdings zweifelte. »Wahrscheinlich war's dort noch kälter als hier.«

Ohne von seiner Arbeit aufzublicken, antwortete er: »Ich halte nichts von Maine, und ich wäre lieber hiergeblieben.« Eine Zeitlang schwieg er. »Warst du während der Ferien im Milford Cottage?«

»Einmal. Mit Sarah.«

Der Pinsel erstarrte. »Und wie geht's – Miss Channing?«

»Ich glaube, ganz gut.«

Doch ich erinnerte mich, daß sie seltsam still gewesen war, so gedankenverloren wie vorhin Mr. Reed. Beim Unterricht hatte sie mehrmals aus dem Fenster geschaut, auf den leeren Rasen, von einer subtilen, aber spürbaren Erregung erfaßt – wie die Frauen der Seefahrer, die ängstlich den Meereshorizont absuchen und die Schiffe ihrer Männer herbeisehnen. Zweifellos hatte sie an Mr. Reed gedacht.

Er begann wieder zu arbeiten. Rhythmisch strich der Pinsel nach rechts und links. Während ich ihm zusah, wußte ich, daß er von Miss Channing träumte.

Unter meinem Arm steckte immer noch das Geschenk. Nun wollte ich's ihm endlich überreichen. Ich stand auf. »Da ist was für Sie. Ein Weihnachtsgeschenk. Das habe ich gemacht, als Sie in Maine waren. Hoffentlich gefällt's Ihnen, Mr. Reed.« Ich hatte es in hellgrünes Papier gewickelt und mit einem roten Band umwunden.

»Danke.« Lächelnd griff er danach. An der Form mußte er erkannt haben, daß ich ihm eine Zeichnung verehrte. Trotzdem schien er zu staunen und sich zu freuen, nachdem er sie ausgepackt hatte. »Oh – Miss Channing«, murmelte er.

Ich hatte sie mit Feder und Tinte porträtiert, in einer Pose, die er wohl kaum erwartet hatte. Wild zerzaust fiel das Haar auf ihre nackten Schultern. Den Kopf schief gelegt, die vollen Lippen leicht geöffnet, einen intensiven, suchenden Ausdruck in den Augen, starrte sie vor sich hin – eine reale und doch irreale Gestalt, ätherisch und verlockend zugleich, eine unverkennbare Verführerin.

»Sehr schön, Henry.« Mr. Reed betrachtete das Porträt, dann ging er zu dem kleinen Tisch in der Ecke. »Hier werde ich's hinhängen.« Er nahm einen Nagel aus der Jackentasche und schlug ihn in die Wand. Aber ehe er das Bild daran befestigte, hielt er inne, als wäre ihm ein neuer Gedanke gekommen. »Das sollten wir ihr zeigen.«

»Wird's ihr gefallen?«

»Natürlich.«

Da war ich mir nicht so sicher. Ein paar Minuten später fuhren wir zum Milford Cottage. Mr. Reeds Laune hatte sich merklich gebessert. Mit einer Hand steuerte er den Wagen, mit der anderen drückte er das gerahmte Bild an sich.

An diesem Tag arbeitete ich nicht an seinem Boot. Aber während der nächsten Wochen ging ich oft ins Bootshaus und half Mr. Reed, Ritzen abzudichten, den Mast und die Spier zu bauen und die Takelage fertigzustellen.

Vier Monate später, nachdem die Küstenwache das Boot in der Cape Cod Bay gefunden, nach Chatham geschleppt und im Hafen vertäut hatte, sah ich den weißen Bug der *Elizabeth* immer noch auf den Wellen schaukeln, den nackten Mast, die zusammengerollten Segel.

*

Als wir in die Zufahrt bogen, stand Miss Channing am Ufer des Black Pond. Dort trafen Sarah und ich sie manchmal an, wenn wir am Sonntagmorgen zum Milford Cottage gingen. Und so sehe ich sie in Gedanken immer noch, weiß gekleidet, den Rücken zu mir gewandt, vor dem Hintergrund des dunklen Wassers.

Sie hörte das Auto heranfahren, drehte sich um, lief ihm entgegen. Dann entdeckte sie mich auf dem Beifahrersitz und verlangsamte ihre Schritte.

»Hallo, Elizabeth«, grüßte Mr. Reed leise und stieg aus.

»Hallo, Leland.« Zum erstenmal nannte sie ihn in meiner Gegenwart beim Vornamen.

Er zog das Porträt unter seinem Arm hervor. »Das wollte ich dir zeigen. Ein Weihnachtsgeschenk von Henry.«

Viel länger, als ich's erwartet hatte, musterte sie das Bild. Nun weiß ich, daß ihr die Art und Weise mißfiel, wie ich sie gezeichnet hatte – eine romantische, von pubertärer Leidenschaft geprägte Vision. Und vermutlich dachte sie an jenem Nachmittag, was sie Mr. Parsons später erklären würde, den Blick gesenkt. *Das bin ich nicht.*

»Sehr hübsch«, sagte sie schließlich, schenkte mir ein dünnes Lächeln und gab Mr. Reed das Porträt zurück. »Möchtet ihr Tee trinken?«

»Ja, bitte«, erwiderte er, ohne zu zögern, und wir gingen ins Cottage.

»Wann bist du zurückgekommen?« fragte sie ihn, nachdem sie den Tee serviert hatte.

»Erst gestern.«

»Wie war's in Maine?«

»Wie immer«, murmelte er und nippte hastig an seiner Tasse. »Und was hast du inzwischen gemacht?«

»Ich bin daheim geblieben. Meistens habe ich gelesen.«

»Sag doch, Elizabeth ...« Er holte tief Atem. »Glaubst du manchmal, du würdest nur in deinem Gehirn existieren?«

Sie zuckte die Achseln. »Wäre das ein so schlimmer Ort?«

»Sicher hängt das von den Gedanken ab«, entgegnete er lächelnd.

»Ja, natürlich.«

Nach einem kurzen Schweigen bemerkte er: »Das Boot ist im Sommer fertig.«

Darauf gab sie keine Antwort, hob ihre Tasse an die Lippen und schaute ihn an.

»Und dann ...« Er unterbrach sich, als müßte er sich zwingen, langsamer zu sprechen. »Dann könnte ich irgendwohin segeln.«

Die Tasse sank in Miss Channings Schoß. »Wohin willst du, Leland?«

Eindringlich erwiderte er ihren Blick. »Dorthin, wo du schon warst.«

Sekundenlang starrten sie sich an, von einer Sehnsucht ergriffen, die sogar die geringe Entfernung zwischen ihnen unerträglich machte.

Und da erkannte ich endgültig, was sie füreinander empfanden. Ganz allmählich war es entstanden, mit jedem Tag und jedem Wort und jedem Blick gewachsen, bis es die Barriere des Anstands durchbrochen hatte. Jetzt nahm es die beiden unwiderstehlich gefangen und verwandelte die geheuchelte Freundschaft in das Täuschungsmanöver eines Liebespaares.

*

Ein paar Minuten später verließ ich mit Mr. Reed und Miss Channing das Cottage. Sie gingen vor mir zum Teich, ans Ende des alten hölzernen Landestegs.

»Im Frühling werden wir alle auf dem Bass River rudern«, sagte Mr. Reed.

In der Ferne sah ich sein Haus, den kleinen weißen Kahn am Ufer. Ich dachte an den Tag vor wenigen Wochen, wo wir auf dem verschneiten Hügel gestanden hatten. Damals war ihm der Anblick seines eigenen Hauses sichtlich unangenehm gewesen, wie eine böse Erinnerung. Jetzt schien er es gar nicht zu bemerken.

Aber Miss Channing schaute hinüber, und in ihren Augen erlosch ein Licht. »Nun solltest du heimfahren, Leland.«

»Ja«, stimmte er zu, doch er rührte sich nicht von der Stelle. »Der kleine Kahn da drüben am Ufer ist das erste Boot, das ich gebaut habe.« Bei diesen Worten wirkte er grüblerisch und in sich gekehrt. Vielleicht hatte er während der Arbeit an diesem Boot einen vergessenen Teil seiner Persönlichkeit wiedergefunden, der seit damals ständig gewachsen war und ihn jetzt zu verzehren drohte. »Ich glaube, ich brauchte etwas, das mir half, an den Dingen vorbeizugleiten – nicht darauf zuzusteuern, sondern einfach vorbeizufahren und kaum eine Spur zu hinterlassen.« Dann seufzte er tief auf. »Dein Vater hätte mich sicher verachtet.«

»O nein, das darfst du nicht denken.« Sie starrte mich an, wandte sich ab, überlegte offensichtlich, was sie in meiner Gegenwart sagen konnte. Plötzlich schien sie zu erschrecken, weil ich zuhörte, und ihre Stimme nahm einen scharfen Klang an. »Geh jetzt, Leland.«

Schweigend nickte er und hinkte über den Landesteg zum Ufer. Miss Channing blieb an seiner Seite, und die beiden wanderten langsam zum Auto. Um sie nicht zu stören, wahrte ich einen gewissen Abstand und ahnte, daß sie sich noch viel mehr wünschten.

»Am Montagmorgen hole ich dich ab«, versprach Mr. Reed, »und wir fahren zusammen zur Schule, wie immer.«

Sie lächelte schwach, trat vor und berührte seine Wange – eine Geste, die einem Vulkan voller Träume entsprang. »Ja«, flüsterte sie. »Am Montagmorgen.«

Nur widerstrebend ließ sie ihre Hand sinken, und ich sah, daß sie zitterte. Es war die einzige intime Geste zwischen den beiden, die ich jemals beobachtete. Doch es genügte. Nach einigen Monaten fragte mich Mr. Parsons: *Glaubst du, Miss Channing war schon damals in Mr. Reed verliebt, Henry?* Und ich konnte auch diesmal wahrheitsgemäß antworten.

*

Zeuge: Ja.

17

Und so staunte ich nicht, als sie auf dem Foto – fast zwei Monate später aufgenommen, nebeneinanderstanden. Mr. Reed stützte sich auf seinen Stock, Miss Channings Arme hingen herab – unter Bäumen, die der lange Winter immer noch in seinem Bann hielt, mit kahlen, starren Zweigen, öde und fruchtlos wie das Leben eines Junggesellen.

Aber sie sind nicht allein auf diesem Bild. Zu Mr. Parsons' Enttäuschung wurde niemals ein Foto gefunden, das die beiden allein zeigt. Statt dessen werden sie von den Lehrern und Schülern und dienstbaren Geistern der Chatham School umringt. Alle haben sich auf dem Rasen vor dem Gebäude versammelt, und mein Vater posiert stolz vor den anderen, der herrische Kapitän eines makellosen Schiffes, wie üblich in seinem schwarzen Anzug und einem weißen Hemd. Hinter ihm stehen die Jungs in ihren Winteruniformen und blankgeputzten Schuhen, Wollschals in den Farben der Chatham School um die Hälse – dunkelblau mit gelben Fransen. Ich selbst habe am Rand Stellung bezogen, den Skizzenblock an meine Brust gepreßt, ein Krieger, von seinem starken Schild geschützt.

Für jene Zeit war das Foto typisch, ein kunstlos aufgenommenes Gruppenbild, nur für die Leute wertvoll, die man darauf sah. Ich würde mich wohl kaum daran erinnern, hätte mein Vater es nicht ein paar Monate nach der Veröffentlichung aus dem Schuljahrbuch herausgeschnitten und seinem kleinen Archiv beigefügt.

Warum er das tat, verrät sein Vermerk: »Chatham School, 7. März 1927, bekanntermaßen die letzte Fotografie von Leland Reed.«

Für Mr. Parsons war es am wichtigsten, daß Miss Channing und Mr. Reed in der ersten Märzwoche Seite an Seite gestanden und ihre »verbotene« Affäre zweifellos fortgesetzt hatten. Denn auf diesem Bild berühren sich die Arme der beiden, worauf er die Geschworenen nachdrücklich hinwies. In seinem Schlußplädoyer erklärte er, diese Tatsache würde eindeutig beweisen, Miss Channing und Mr. Reed seien »vereint geblieben, in einer ehebrecherischen, verwerflichen Beziehung, was mehrere Zeugen bestätigt haben«.

In seinem Buch werden die Zeugenaussagen pflichtbewußt zitiert. Selbst wenn ich es nicht gelesen hätte, würde ich mich daran erinnern, an einen Katalog zufälliger Beobachtungen im Winter und im Frühling, an einzelne Worte, längeren Gesprächen entnommen – an sich harmlos, aber im Zusammenhang mit den Ereignissen am Black Pond so unheilvoll wie blutige Fußspuren am Schauplatz eines Gemetzels.

*

Prozeßprotokoll, Commonwealth of Massachusetts vs. Elizabeth Rockbridge Channing, 16. August 1927.

Zeuge: Nun, ich saß auf einer Düne am First Encounter Beach. Da sah ich zwei Menschen den Strand entlangwandern, einen Mann und eine Frau.

Mr. Parsons: Ist es ungewöhnlich, daß jemand gegen Ende Januar am Strand spazierengeht, Mr. Fletcher?

Zeuge: Ja, Sir. Bei dieser Kälte bleiben die Leute lieber daheim. Wahrscheinlich hätte ich mir nichts dabei gedacht. Aber der Mann benutzte einen Stock, und normalerweise begegnet man am Strand keinem Krüppel, ganz egal, um welche Jahreszeit.

Mr. Parsons: Was taten die beiden an jenem Morgen?

Zeuge: Sie gingen über den Strand, dann setzten sie sich an den Fuß einer Düne.

Mr. Parsons: Und was konnten Sie beobachten?

Zeuge: Nun ja, sie redeten. Aber ich verstand nicht, was sie sagten. Sie schmiegten sich aneinander, und der Mann legte seinen Arm um die Taille der Frau. So blieben sie eine ganze Weile sitzen. Dann zog er ein zusammengerolltes Blatt Papier aus seiner Manteltasche und breitete es auf seinen Knien aus. Beide schauten es an, und er zeigte darauf.

Mr. Parsons: Erinnern Sie sich an die Farbe des Papiers?

Zeuge: Hellgrün.

Mr. Parsons: Erkannten Sie den Mann und die Frau an jenem Morgen?

Zeuge: Nein, erst später. Als ich ihre Fotos in der Zeitung sah.

*

Prozeßprotokoll, Commonwealth of Massachusetts vs. Elizabeth Rockbridge Channing, 17. August 1927.

Mr. Parsons: Mr. Porter, Sie sind der Hafenmeister von Chatham und verantwortlich für die Instandhaltung verschiedener vermieteter Gebäude und Lagerhallen, nicht wahr?

Zeuge: Ja.

Mr. Parsons: Erinnern Sie sich, daß Sie im November 1923 ein Bootshaus an Mr. Leland Reed vermietet haben?

Zeuge: Ja. Er wollte ein Boot bauen.

Mr. Parsons: Hat er das getan?

Zeuge: O ja. In diesem Jahr, gegen Ende Mai, wurde es fertig.

Mr. Parsons: Waren Sie kurz davor manchmal im Bootshaus?

Zeuge: Ein paarmal – um zu sehen, wie die Arbeit voranging.

Mr. Parsons: Haben Sie ein Papier auf dem Tisch bemerkt?

Zeuge: Ja, Sir, eine Seekarte von der Ostküste und der Karibik.

Mr. Parsons: Ist Ihnen an dieser Karte irgend etwas Ungewöhnliches aufgefallen?

Zeuge: Jemand hat eine Route eingezeichnet. Mit roter Tinte.

Mr. Parsons: Wie verlief diese nautische Route?

Zeuge: Von Chatham nach Havanna auf Kuba.

Mr. Parsons: Erinnern Sie sich an die Farbe des Papiers?

Zeuge: Hellgrün. Wie alle Seekarten.

Mr. Parsons: Sind Sie der Angeklagten, Elizabeth Channing, jemals im Bootshaus begegnet, während Mr. Reed das Boot gebaut hat?

Zeuge. Im Bootshaus nicht. Aber ich sah sie einmal miteinander durch den Hafen gehen.

Mr. Parsons: Wann war das?

Zeuge: Etwa um dieselbe Zeit, wo ich mir die Seekarte anschaute. Anfang Februar, würde ich sagen. Mr. Reed zeigte auf die Bucht und schwenkte seinen Stock, als wollte er Miss Channing irgendwas erklären.

Mr. Parsons: Wenn ein Boot dieser Route folgte, wohin würde es gelangen, Mr. Porter?

Zeuge: Aufs offene Meer.

Mr. Parsons: Ist Ihnen bei jener Gelegenheit irgend etwas anderes an Miss Channing und Mr. Reed aufgefallen?

Zeuge: Nur daß Miss Channing auf dem Rückweg zum Bootshaus den Kopf in den Nacken warf und lachte.

*

Prozeßprotokoll, Commonwealth of Massachusetts vs. Elizabeth Rockbridge Channing, 19. August 1927.

Mr. Parsons: Was sind Sie von Beruf, Mrs. Benton?

Zeugin: Ich unterrichte Latein an der Chatham School.

Mr. Parsons: Kennen Sie die Angeklagte?

Zeugin: Ja, Sir. Ihr Klassenzimmer liegt meinem direkt gegenüber.

Mr. Parsons: Also konnten Sie beobachten, was in diesem Klassenzimmer vorging?

Zeugin: Ja, Sir.

Mr. Parsons: Sahen Sie Mr. Leland Reed jemals in diesem Raum?

Zeugin: Ja, Sir.

Mr. Parsons: Oft?

Zeugin: Fast jeden Tag. Er ging hinein und aß mit Miss Channing zu Mittag. Und am Nachmittag kam er noch einmal zu ihr.

Mr. Parsons: Da Ihr Klassenzimmer in der Nähe lag – konnten Sie irgendwann hören, worüber die Angeklagte und Mr. Reed sprachen?

Zeugin: Ja.

Mr. Parsons: Wieso?

Zeugin: Nun, ich ging an Miss Channings Klassenzimmer vorbei und hörte Stimmen.

Mr. Parsons: Erinnern Sie sich an das genaue Datum?

Zeugin: Am 4. März. Das weiß ich, weil ich ein Geburtstagsgeschenk für meinen Sohn gekauft hatte und es an jenem Nachmittag mit nach Hause nahm.

Mr. Parsons: Und die Stimmen, die Sie an jenem Tag hörten, drangen aus Miss Channings Klassenzimmer?

Zeugin: Ja. Als ich vorbeiging, schaute ich hinein, und da wandte sich Miss Channing zu der Wand bei den Schränken. Und Mr. Reed stand hinter ihr.

Mr. Parsons: Hörten Sie das Gespräch?

Zeugin: Nicht alles. Mr. Reed sagte: »Wir werden einen anderen Weg finden.«

Mr. Parsons: Das war alles?

Zeugin: Ja.

Mr. Parsons: Gab Miss Channing eine Antwort?

Zeugin: Sie drehte sich nicht um, aber ich hörte sie erwidern: »Es gibt keinen anderen Weg.«

*

Prozeßprotokoll, Commonwealth of Massachusetts vs. Elizabeth Rockbridge Channing, 20. August 1927.

Mr. Parsons: Mrs. Krantz, Sie sind Verkäuferin in Petersons Haushalts- und Eisenwarengeschäft, nicht wahr?

Zeugin: Ja, Sir.

Mr. Parsons: Nun möchte ich Ihnen eine Quittung zeigen, die in Petersons Laden am 15. März 1927 ausgestellt wurde. Erkennen Sie diese Quittung?

Zeugin: Ja, Sir.

Mr. Parsons: Was wurde damals gekauft?

Zeugin: Zunächst eine Flasche Arsen.

Mr. Parsons: Erinnern Sie sich an die Person, die das Arsen am 15. März gekauft hat?

Zeugin: Ja.

Mr. Parsons: Wer war es, Mrs. Krantz?

Zeugin: Mr. Leland Reed.

Mr. Parsons: Wissen Sie, was Mr. Reed an jenem Tag sonst noch gekauft hat?

Zeugin: Da steht's ja. Ein Messer und einen sechs Meter langen Strick.

❋

Prozeßprotokoll, Commonwealth of Massachusetts vs. Elizabeth Rockbridge Channing, 20. August 1927.

Mr. Parsons: Was sind Sie von Beruf, Mrs. Abercrombie?

Zeugin: Ich bin Mr. Griswalds Sekretärin.

Mr. Parsons: Meinen Sie mit »Mr. Griswald« den Direktor der Chatham School, Arthur Griswald?

Zeugin: Ja, Sir.

Mr. Parsons: Mrs. Abercrombie, haben Sie jemals etwas gesehen oder gehört, was zwischen der Angeklagten und Mr. Leland Reed geschah und darauf hinwies, die Beziehung der beiden könnte über ein normales kollegiales Verhältnis oder sogar Freundschaft hinausgehen?

Zeugin: Ja.

Mr. Parsons: Würden Sie dem Gericht bitte davon erzählen?

Zeugin: Eines Nachmittags – ich glaube, in der letzten Märzwoche – ging ich über den Parkplatz. Es war schon ziemlich spät, alle hatten die Chatham School schon verlassen. Aber Mr. Griswald plante das Budget fürs nächste Jahr, und so war ich länger in der Schule geblieben, um ihm zu helfen. Da entdeckte ich Mr. Reeds Auto auf dem Parkplatz, direkt neben dem Baum, wo er es immer abstellte. Während ich vorbeiging, sah ich ihn am Steuer und Miss Channing auf dem Beifahrersitz.

Mr. Parsons: Miss Channing saß neben ihm?

Zeugin: Ja. Sie griff sich an die Kehle, und Mr. Reed zog ihre Hände weg.

Mr. Parsons: Haben Sie als Mr. Griswalds Sekretärin jemals mit Ihrem Chef über das Verhältnis zwischen Mr. Reed und Miss Channing gesprochen, über jene Szene auf dem Parkplatz?

Zeugin: Ja, denn ich fand, er müßte es wissen. Also erzählte ich ihm, was ich gesehen hatte und daß die meisten Lehrer über die beiden tuschelten.

Mr. Parsons: Wie reagierte Mr. Griswald darauf?

Zeugin: Er sagte, er würde sich nicht für Klatschgeschichten interessieren.

Mr. Parsons: Und das war seine einzige Antwort?

Zeugin: Ja, soviel ich mich entsinne.

*

Aber es war nicht die einzige Reaktion meines Vaters. Das wußte ich schon lange, bevor Mrs. Abercrombie den Zeugenstand betrat.

Eines Tages, etwa eine Woche nach jenem Gespräch, ging er in Mr. Reeds Klassenzimmer.

Als ich dort ankam, sah ich meinen Vater an einem der hinteren Tische stehen. Ein Junge nach dem anderen setzte sich an seinen Platz, und er nickte uns allen zu. Dann beobachtete er schweigend, wie Mr. Reed seinen Unterricht begann, und versuchte gelassen zu wirken. Doch ich spürte seine gespannte Aufmerksamkeit.

Die ganze Schulstunde blieb er im Hintergrund des Raumes stehen. Manchmal schaute er über den Hof zu Miss Channings Klassenzimmer hinüber, ohne in seiner Konzentration auf Mr. Reed nachzulassen. Und zweifellos lauschte mein Vater nicht nur den Worten, sondern er achtete auch auf die Sprechweise, taxierte einerseits den Lehrer, andererseits den Menschen. Vermutlich suchte er jenen zerstörten Teil von Mr. Reeds Persönlichkeit, den er voller Mißtrauen fürchtete – nicht den Teil, der im Krieg vernichtet worden war, sondern lange davor, bei »Adams grauenhaftem Sündenfall«, wie er es nannte.

Nach dem Unterricht ging er zu Mr. Reed, sprach mit ihm und nickte höflich, dann kehrte er in sein Büro zurück. Ich sah, wie er durch den Korridor wanderte, und seine dunkle, pompöse Gestalt glich einem alten Schiff, das einen Strom lebhafter Schüler durchpflügte – stumm und nachdenklich, eine melancholische Erscheinung im dunklen Anzug, mit gesenktem Kopf und gebeugten Schultern, als würde ihn die Bürde unserer verlorenen, unverbesserlichen Herzen erdrücken.

18

Endlich begann der Frühling, und Mitte April ruderten wir auf dem Fluß, so wie Mr. Reed es an jenem kalten Januartag angekündigt hatte, wo wir zum Landesteg am Black Pond gewandert waren.

An einem warmen, sonnigen Samstag bemerkte mein Vater, nun würde uns »österlicher Glanz« umgeben. Während der letzten Monate hatte ich Mr. Reed geholfen, das Boot zu bauen, und Miss Channings Unterricht besucht, aber die beiden nur bei der üblichen gemeinsamen Ankunft und Abfahrt auf dem Parkplatz der Chatham School gesehen. Ihre »heimlichen Rendezvous«, wie Mr. Parsons sich später ausdrückte, fanden außerhalb meines Blickfelds statt.

An jenem Morgen kam ich zeitig ins Bootshaus und arbeitete bereits, als Mr. Reed eintraf. Ich erwartete, wir würden uns bis zum Nachmittag mit seinem Boot beschäftigen und dann am Strand beim Yachthafen spazierengehen.

Doch er hatte andere Pläne, die er mir mitteilte, sobald er die Tür geöffnet hatte. »Bei diesem schönen Wetter wollen wir uns nicht abrackern.« Tief atmete er die milde Frühlingsluft ein. »Komm, Henry!«

Ich folgte ihm über den hölzernen Steg zur Straße. In einiger Entfernung sah ich sein Auto – deutlich genug, um das kleine weiße Ruderboot zu erkennen, das auf dem Dach festgebunden war. Mr. Reed saß bereits am Steuer, als ich um die Ecke des Schuppens bog. »Beeil dich, Henry! Wir wollen so früh wie möglich losfahren.«

Erst jetzt sah ich Miss Channing auf dem Beifahrersitz, einen großen Korb im Schoß. Hinter der schmutzigen Windschutzscheibe wirkten ihre Augen wie glanzlose Lichter.

»Hallo, Miss Channing«, grüßte ich und kletterte in den Fond.

Statt zu antworten, nickte sie nur. Ich glaube, in jenem Moment spürte ich zum erstenmal das seltsame Unbehagen und die innere Anspannung, die sie nie mehr verlassen sollten. Vielleicht fühlte sie sich eingeengt und gefangen, und die Welt – einst so groß und weit – schien sie zu umschlingen wie ein Henkersstrick.

Mr. Reed beugte sich vor und startete den Motor. »Jetzt fahren wir zum Bass River«, verkündete er, mit fröhlicher Stimme, die etwas gezwungen klang. Wahrscheinlich versuchte er, Miss Channing aufzuheitern. »Der ganze Tag liegt vor uns, Elizabeth. So wie ich's gesagt habe.«

*

Nach einer knappen Stunde erreichten wir den Bass River, eine Stelle, die Mr. Reed ausgewählt hatte, »weil sie so abgeschieden lag«, wie Mr. Parsons später erklärte. Wir hielten am Fuß einer steilen Böschung, hohes Schilf schirmten das Auto und das Boot gegen die Straße ab.

»Hier sind die Flußbiegungen um jeweils eine Meile voneinander entfernt«, erklärte Mr. Reed und begann das Boot loszubinden. »Also müssen wir nicht mit unangenehmen Strudeln rechnen, können flußabwärts rudern und mit der Ebbe zurückfahren.«

Miss Channing trat ans Ufer und beobachtete die Wellen, die Zweige und Gräser mit sich führten. Im langsam dahinfließenden Wasser spiegelte sich ein wolkenloser Himmel.

Sobald Mr. Reed das Boot losgemacht hatte, zog er es vom Wagendach herab, so daß der Bug das weiche Erdreich berührte. »Komm her, Henry, faß das Heck an!«

Ich gehorchte, und wir bugsierten den Kahn zum schlammigen Wasser. Reglos saß Miss Channing da und betrachtete eine dünne Schicht aus gelbem Blütenstaub, die sich am anderen Ufer gesammelt hatte.

»Bist du bereit, Elizabeth?« fragte Mr. Reed sanft, fast behutsam, so als wäre ihr Gemüt eine hauchdünne Vase, die er zu zerbrechen fürchtete.

Sie nickte, ergriff seine ausgestreckte Hand, und er half ihr ins Boot. »Danke.«

»Jetzt bist du dran, Henry«, sagte er, und ich stieg hinein. Ich beobachtete, wie er das Boot ins Wasser schob und sich dann übers Heck schwang, erstaunlich behende. Hinter ihm blieb der Stock am Ufer zurück, und die Wellen umspülten das geschwungene Ende.

*

An die nächsten Stunden werde ich mich stets erinnern, an die langsame Fahrt auf dem schmalen Fluß, das hohe Schilf zu beiden Seiten, die Ruder, die Mr. Reed rhythmisch bewegte. Miss Channing saß ihm gegenüber, ihre rechte Hand glitt durchs Wasser und hinterließ eine gleißende Spur auf der ansonsten glatten Oberfläche.

In diesem Augenblick erschien sie mir wunderschön. Ich ergriff meinen Skizzenblock und begann zu zeichnen, in der Hoffnung, diesmal ihr Wohlgefallen zu erregen und sie so darzustellen, wie sie wirklich war.

Während ich zu arbeiten begann, schaute sie nach links, zeigte mir ihr Profil, beobachtete eine Möwe, die am fernen Ufer umherhüpfte. Plötzlich wandte sie sich zu mir, entdeckte den Skizzenblock auf meinen Knien, den Bleistift in meiner Hand, begegnete meinem forschenden Blick. Ihre Miene verschloß sich. Glaubte sie womöglich, ich wollte ihren Aufenthalt in diesem Boot dokumentieren, um ihn später gegen sie zu verwenden? »Nein, Henry.«

»Aber ich wollte nur ...«

Energisch schüttelte sie den Kopf. Ihre Augen zeigten jenen stahlharten Glanz, den Mr. Parsons später als »Herzenskälte« bezeichnen sollte. »Nein«, beharrte sie. »Pack das alles weg.«

Ich schaute Mr. Reed an, der sich auf den Fluß konzentrierte. Offenbar wollte er ihr nicht widersprechen.

»Ja, Miss Channing«, antwortete ich, klappte den Skizzenblock zu und legte ihn neben mich auf die Bank.

Danach entstand ein endlos langes Schweigen. Miss Channing saß unbewegt da, während wir durch ein Labyrinth aus engen Kanälen glitten. Und Mr. Reed ruderte immer schneller. Wollte er bereits vor einem grimmigen, wild entschlossenen Verfolger fliehen?

*

Wir erreichten eine Biegung und fuhren zum Ufer. Im weichen Gras breiteten wir ein kariertes Tischtuch aus, das der Wind sekundenlang blähte, bis sich Mr. Reed auf die eine Ecke setzte und Miss Channing auf die andere. Sie nahm Obst und Sandwiches aus ihrem Korb, und wir aßen langsam, in seltsamer Stille. Darin sollte ich später jenes Schweigen erkennen, das herabsinkt, wenn der letzte Zufluchtsort erreicht und alles gesagt ist, wenn die Entscheidung unwiderruflich feststeht, wenn sie auch noch nicht verkündet wurde.

Um die Atmosphäre zu lockern, wandte sich Mr. Reed an Miss Channing. »Erzähl uns eine Geschichte, Elizabeth.«

Sie schüttelte den Kopf.

Da beugte er sich ein wenig vor. »Irgend etwas von deinen Reisen«, bat er – fast ängstlich, als wären ihre Gefühle glühende Kohlen, die er nicht zu berühren wagte.

Wieder schüttelte sie den Kopf.

»Nur eine einzige Geschichte, Elizabeth!« flehte er.

Da stand sie wortlos auf, ging am Ufer davon, zu einem Gewirr aus Treibholz, das seine Zweige wie fleischlose Knochen aus dem feuchten Boden streckte.

Mr. Reed schaute ihr nach, dann hinkte er hinter ihr her, ohne seinen Stock mühsam und unbeholfen.

Obwohl ich mich abwenden wollte, mußte ich unentwegt zu den beiden hinüberstarren. Hohes Gras und die Wellen des Flusses umrahmten ihre Gestalten, und sie wirkten rettungslos gefangen, wie zwei Tiere, vom selben Netz eingehüllt. Verzweifelt schienen sie um sich zu schlagen, versuchten ihre Freiheit zu erlangen, und doch verstrickten sie sich mit jeder Bewegung nur noch tiefer in ihre Fesseln.

Ich dachte an die Freude in Mr. Reeds Augen, als er die Halskette in Boston gekauft hatte, an Miss Channings Blick, als ihre Hand über seine Wange geglitten war, über die gezackte Narbe – an den hoffnungslosen Kummer, der die beiden seither zu quälen schien.

Begann die Leidenschaft, die ich wachsen sehen hatte, zu erlöschen? Das erschien mir unvorstellbar. Während ich beobachtete, wie sie davonwanderten, erfüllte mich ein heftiger Zorn gegen das Leben und sein unnachgiebiges Geflecht aus Pflichten. Chatham glich einer dunklen Grube, in der Mr. Reed und Miss Channing festsaßen. Und am Rand stand Mrs. Reed, grimmig und gnadenlos, in einem schwarzen Kleid, die unerbittlichen Arme vor der Brust verschränkt – die weibliche Version meines Vaters.

*

»Jetzt sollten wir zurückfahren, Henry«, erklärte Mr. Reed, als er mit Miss Channing zu mir zurückkam, und ich half ihnen, die Sachen in den Korb zu packen. Dann stiegen wir alle ins Boot. »Zurück geht's schneller«, meinte er, »weil wir die Strömung der Ebbe nützen können.« Die Ruder in den Händen, schaute er Miss Channing an. »›So süß ist Trennungswehe ...‹«

Dieses Zitat stammte aus »Romeo und Julia«, und es mußte Miss Channing zu denken geben, denn nach einer Weile brach sie ihr Schweigen. »In Verona besuchte ich Julias Haus. Damals war ich sechzehn. So viele Leute gingen hinein. Und das Haus erschien mir wie ein Schrein.« Ganz fest umschlossen ihre Arme den Korb, der auf ihrem Schoß stand. »Mein Vater zeigte mir den Balkon und sagte, ich solle mich dorthin stellen, wo Julia zu Romeo herabgeschaut hatte.« In Gedanken erlebte sie die Szene noch einmal, das verriet mir der Glanz in ihren Augen – sie auf dem Balkon, ihr Vater unten im Hof, die Blicke ineinandergetaucht. »Ich glaube, danach hat er gesucht – nach der idealen Liebe.«

Langsam bewegte Mr. Reed die Ruder. »Hätte er eine solche Liebe gefunden, wär's ihm sicher auch gelungen, sie festzuhalten.«

Darauf gab Miss Channing keine Antwort. Unverwandt starrte sie vor sich hin, während die starke Strömung das Boot vorantrieb. Nie zuvor hatte ein qualvoller Entschluß eine so düstere Miene heraufbeschworen.

*

In der Abenddämmerung erreichten wir das Milford Cottage. Über dem Teich lagen Nebelschleier. Ich saß im Wagen, während Mr. Reed mit Miss Channing zur Haustür ging. Auf den Stufen blieben sie stehen, und er ergriff ihre Hand, die er nur kurz festhielt. Dann kam er zu mir zurück.

Als er ins Auto stieg, hatte sie eine Kerze angezündet, und aus den Fenstern drang sanftes, mildes Licht.

»Henry, es ist so schwierig«, seufzte Mr. Reed, den Blick auf das Cottage gerichtet, während er das Auto im Rückwärtsgang aus der Zufahrt lenkte. »Das Schwierigste von der Welt.«

Diese Worte wiederholte ich nicht im Gerichtssaal. Denn sie schienen höhere Dinge zu betreffen als die Chatham School-Affäre, die verbotene Liebe, der Mr. Parsons ausschließliches Interesse galt. Was Mr. Reed da sagte, entsprang einer bitteren Lebenswahrheit – wenn eine Liebe aufblüht, muß eine andere verwelken.

Als wir vor seinem Haus hinter dem Teich hielten, spielte Mary im Vorgarten, baute eine Hütte aus Zweigen und Blättern, fast verhüllt vom blauen Dämmerlicht. Sie rannte zum Auto und schaute zu, wie wir das Boot losbanden und zur üblichen Anlegestelle unter einem Baum trugen.

»Hast du einen Fisch gefangen?« fragte sie ihren Vater und hüpfte neben ihm her.

»Wir waren nicht angeln, sondern rudern«, erwiderte er und warf mir einen Blick zu. »Nur Henry und ich.«

Nachdem wir das Boot abgestellt hatten, kletterte Mary hinein, und Mr. Reed vertäute es am Baumstamm.

Sie setzte sich in den Bug, klatschte rhythmisch in die kleinen Hände.

»Wo ist deine Mutter?« fragte Mr. Reed, und sie zeigte zur Veranda.

»Da sitzt sie schon den ganzen Tag.«

Ich wandte mich zum Haus. In den abendlichen Schatten hatte ich sie nicht gesehen. Aber nun erkannte ich ihre Silhouette. Am anderen Ende der Veranda in einem Schaukelstuhl, der langsam auf- und abschwang. Wie zwei kleine glanzlose Steine spähten ihre grünen Augen aus dem Dunkel.

19

Nach der Chatham-School-Affäre glaubte mein Vater, die schlimmsten Tragödien würden sich unweigerlich langsam entwickeln, ihren traurigen, gewaltsamen Höhepunkt erreichen und dann für immer in der Erinnerung der Menschen haften bleiben, die solche Katastrophen hautnah beobachten und doch überleben.

Einige überleben natürlich nicht.

Im Verlauf der Gerichtsverhandlung kehrten die Toten oft zu mir zurück, in der Gestalt eines Zeitungsfotos, das ich eines Abends auf dem Schreibtisch meines Vaters in seinem Büro liegen sah. Er stand am Fenster, die Hände hinter dem Rücken verschränkt, und starrte in den Hof, wo die Überreste von Miß Channings Skulptur einen grauen Schuttberg bildeten, einen surrealen Haufen aus zertrümmerten Gipsgesichtern.

Auf dem Foto sitzt Mrs. Reed im kleinen weißen Boot ihres Mannes und hält Mary in ihrem Schoß fest. Beide lächeln, in »glücklicheren Zeiten«, wie sich Mr. Reed dem Zeitungsartikel zufolge ausdrückte.

Wie ich mich immer noch entsinne, fand ich das Foto beklemmend. Deshalb ist es nicht verwunderlich, daß ich es manchmal aus dem kleinen Archiv nahm, das ich nach dem Tod meines Vaters geerbt hatte. Ich starrte es an im Schein des Kaminfeuers, dachte an Mrs. Reeds und Marys »glückliche Zeiten«. Bei diesem Anblick konnte ich der Versuchung widerstehen, die mich manchmal befiel, dem Wunsch, zu heiraten und eine Familie zu gründen.

Auch viele Zeugen erinnerten mich an die beiden, besonders die Aussagen von Mrs. Reeds Nachbarn und Verwandten, die Mr. Parsons in den Gerichtssaal bestellte. Gewissenhaft beantworteten sie seine Fragen, beschrieben eine pflichtbewußte, zumeist heitere, treue, arbeitsame Frau, eine gute Mutter und Gemahlin, die zweifellos die unerschütterliche Liebe ihres Mannes verdient habe.

Ich dachte oft an Mrs. Hale, die Frau des Leichenbeschauers. Mit leiser Stimme berichtete sie, wie besorgt Mrs. Reed um ihre alten kranken Eltern gewesen sei. Danach erzählte Mrs. Lancaster, Mrs. Reed habe sich rührend um ihre geistesgestörte Schwester bemüht und ihr an jedem Geburtstag einen Kuchen und einen Krug Apfelwein gebracht.

Doch die Zeugin, die mich am tiefsten beeindruckte, war meine Mutter. Wie sich herausstellte, hatte sie Mrs.

Reed fast ihr Leben lang gekannt – Abbey Parrish, die einzige Tochter von William und Dorothy Parrish.

Er war ein Fischer, der sein Boot im Chatham-Hafen vertäute, sie eine Fischersfrau vom alten Schlag. Jeden Tag schleppte sie Eimer mit Hummern, Körbe voller Muscheln und geräucherte Goldmakrelen zum Markt. In ihrer Kindheit hatte Abigail die Mutter oft begleitet, am hölzernen Tisch unter einer zerlumpten Segeltuchplane gestanden und ihr geholfen, den Tagesfang zu verkaufen. Ihre Hände waren rissig gewesen, aufgerauht von Schuppen und Flossen.

Im Zeugenstand sprach meine Mutter viel lebhafter als Mrs. Hale oder Mrs. Lancaster und beantwortete Mr. Parsons' Fragen mit scharfer Stimme. Manchmal wanderte ihr Blick unwillkürlich zu Miss Channing hinüber. Zornige Funken glitzerten in ihren Augen, vor allem bei der Schilderung des Nachmittags, wo Mrs. Reed in unser Haus an der Myrtle Street gekommen war, völlig verzweifelt, die Lider rotgeweint.

Dies alles verblüffte mich nicht so sehr wie die Ereignisse, die sich abspielten, nachdem meine Mutter den Zeugenstand verlassen hatte.

»Bring deine Mutter nach Hause, Henry«, befahl mein Vater, während sie durch den Mittelgang eilte.

An der großen Doppeltür des Gerichtssaals holte ich sie ein. Wie sooft ging sie mit schnellen, entschlossenen Schritten, als müßte sie vor jemandem fliehen.

»Bist du durstig, Mutter?« fragte ich auf den Eingangsstufen, wo wir uns einen Weg durch die schaulustige Menge bahnten. »Möchtest du irgendwo was trinken?«

»Nein, ich will nach Hause«, fauchte sie, starrte zur Straße hinab und stieß die Leute mit ihren Ellbogen beiseite. Dann rannte sie die Main Street entlang. Laut hallten die Absätze ihrer derben schwarzen Schuhe auf dem Gehsteig. Es dauerte eine Weile, bis sie ihr Schweigen brach und erbost zischte: »Diese Frau sollte man hängen.«

Entsetzt riß ich die Augen auf. »Miss Channing?« Wie eine grausame Welle schien mich meine Komplizenschaft zu überrollen. »Aber sie hat doch gar nicht ...«

Meine Mutter hob eine gebieterische Hand, und ich verstummte. Nur zu deutlich verriet ihr wütender Blick, daß sie nichts mehr hinzufügen würde.

Also lief ich neben ihr her, beobachtete die aufgeregten Leute, die sich an jeder Straßenecke und vor allen Läden drängten. Es sah so aus, als wäre die ganze Welt über unser Dorf hergefallen, angelockt vom dunklen Gespenst der Chatham-School-Affäre.

»Ich verstehe nicht, warum sie sich so dafür interessieren«, log ich, um in die Sicherheit eines neutralen Kommentars zu flüchten, weder die Zeugenaussage meiner Mutter noch meine eigene zu erwähnen, ihren furchtbaren Verdacht, die unerträgliche Tatsache meines Verbrechens.

Noch immer schwieg sie, ignorierte meine Worte und das Getümmel auf der Straße, die Autos, die Menschenmassen auf dem Rasen vor dem Rathaus.

In dieser allgemeinen Unrast fand ich es angemessen, eine weitere Ansicht zu äußern, an die ich mich seit Wochen klammerte – als könnte ich dadurch der Tragödie entrinnen, die andere verschlungen hatte. »Es liegt wohl an der Liebesgeschichte. Denn das ist es im Grunde.«

Abrupt blieb meine Mutter stehen – vor einer unsichtbaren Wand. »Eine Liebesgeschichte?« In ihren Augen schien sich ein Feuer zu entzünden, das ich nie zuvor gesehen und ihr auch niemals zugetraut hatte.

»Nun ja, Miss Channing und Mr. ...«

»Das hältst du für eine Liebesgeschichte, Henry?« Wie Dampfwolken quollen die Worte aus ihrem Mund, und ich spürte eine plötzliche Hitze in der Luft ringsum.

»In gewisser Weise. Ich meine, Miss Channing ...«

»Miss Channing?« kreischte sie. »Und Mrs. Reed? Ihre Liebe zu ihrem Mann? Ist das nicht auch eine Liebesgeschichte?«

Diese Frage hätte Mr. Parsons den zwölf Geschworenen stellen können, die aufgerufen waren, ein Urteil zu fällen und Miss Channing letztendlich zu verdammen. Ich wußte keine Antwort. Die Liebe, von der sie sprach, kannte ich nicht – jene Liebe, die auf altehrwürdigen Gelübden beruhte und für immer währen sollte, die »Liebesgeschichte« einer Ehe.

»Oh, du denkst nur an diese Frau!« fuhr sie fort. »Wie romantisch das alles ist! Miss Channing und Mr. Reed beim Strandspaziergang, im Segelboot ... Was glaubst du, wo Mrs. Reed inzwischen war?«

Ich sah sie wieder vor mir, so wie nach unserer Rückkehr vom Bass River, hörte die Erklärung ihrer Tochter. *Da sitzt sie schon den ganzen Tag.*

»Wirklich, Henry, ich schäme mich für dich!« Die Worte meiner Mutter trafen mich wie kleine Eisenkugeln. »Für deine Gedanken!«

Schweigend starrte ich sie an. Wie ich erst jetzt erkannte, hatte sie seit dem Beginn des Prozesses keine Sekunde lang die romantische, in meiner Phantasie entstandene Geschichte in Betracht gezogen, sondern nur an Abigails Leid gedacht, an die Angst und den Zorn einer Betrogenen, der ihr Ehemann entglitten war.

»Tut mir leid, Mutter«, flüsterte ich.

Was sie nun erwiderte, überraschte mich, weil es so kompromißlos und unbarmherzig klang. »Ach, du bist genauso wie alle Männer, Henry.«

Einen gräßlichen Augenblick lang musterte sie mich. Dann eilte sie davon, ließ mich in einer Welt zurück, die sich wieder drehte, aber anders als zuvor – voller Komplikationen und schwierigen Beziehungen. Mit Romantik hing das alles nicht zusammen. Es war tiefer und dauerhafter, für mich damals noch unverständlich. Eine Welt, die ich für einen kurzen Moment mit den Augen meiner Mutter gesehen hatte …

*

Sie sprach nie wieder mit mir über die Chatham-School-Affäre. Ein paar Stunden später, nach einem fast schweigsamen Dinner, ging ich in mein Zimmer, legte mich aufs Bett und versuchte, an Mrs. Reed zu denken, nicht an die Panik und Verzweiflung ihrer letzten Stunden, sondern an ihr Leben als Ehefrau und Mutter.

Im Morgengrauen erwachte ich, und da erschien sie mir mit ihrem roten Haar und den grünen Augen. Stumm stand sie auf den Trümmern ihrer verratenen Treue und beobachtete mich. Da konnte ich mir zum erstenmal vorstellen, wie ihr in jenen Wochen zumute gewesen war, als Mr. Reed sich immer weiter von ihr entfernt hatte. Viele Stunden verbrachte er mit mir im Bootshaus, und wir arbeiteten bis in die Nächte hinein, um das Boot zu vollenden, während sie daheim blieb, die Tochter betreute, badete, in ein Nachthemd aus warmem Flanell steckte und zu Bett brachte.

Manchmal wurde es sehr spät, und Mr. Reed kam noch immer nicht nach Hause. Wie mußte sie sich gewundert haben über die Veränderung, die mit ihrem Mann vorgegangen war, über sein seltsames Verhalten, den geistesabwesenden Blick ... Spürte sie, daß seine Gedanken davonwanderten, weit weg von ihr, zu einem Ziel, das sie gar nicht sehen wollte?

Doch es konnte ihr nicht verborgen bleiben. Er berührte sie nicht mehr so liebevoll, ohne Begierde. Sicher, er tollte mit seiner Tochter herum wie eh und je, aber er zog es vor, allein mit seiner Tochter spazierenzugehen oder in die Mitte des Teichs zu rudern, wo sie, von dicken Mänteln vor der Kälte des langen Winters geschützt, im eisigen Wasser fischten.

Vielleicht erinnerte sich Mrs. Reed, um den unerträglichen Ursachen der Veränderung zu entfliehen, an den Moment, wo sie ihn zum erstenmal gesehen hatte – einen großen, schlanken Mann, auf einen Stock gestützt. Jede Woche war er in den Dorfladen gegangen und hatte

Lebensmittel gekauft. Und einmal hielt er ihr die Tür auf, nickte ihr zu, folgte ihr auf der Straße in einigem Abstand, bis sie sich umdrehte und fragte, ob er Leland Reed sei, der neue Lehrer an der Chatham School.

Wohin war er entschwunden, der Vater ihrer Tochter, der Mann, der über fünf Jahre lang mit ihr zusammengelebt, für sie gesorgt und sie geliebt hatte wie kein anderer zuvor? Jetzt drohte er sie zu verlassen, vielleicht sogar die trügerische Sicherheit ihres Heims.

Wie muß Mrs. Reed gelitten haben in jenen endlosen Nächten, dachte ich, während vor meinem Schlafzimmerfenster der Tag anbrach. Wie verzweifelt mußte sie sich wünschen, ihren Mann zurückzugewinnen, nicht nur für eine Nacht, sondern für immer …

Aber er kehrte nicht zu ihr zurück. Und als die Tage verstrichen und die Nächte kälter wurden, trat sie vermutlich alle paar Minuten ans Fenster, zog die Vorhänge auseinander, spähte ins Dunkel, zur leeren Straße, und ihr Blick suchte die Scheinwerfer seines Autos.

In solchen grauenhaften Stunden konnte sie nicht den Frauen romantischer Mythen geglichen haben, Isolde unter ihrem geblähten weißen Segel oder Guenevere, die heroisch den Feuertod erwartete. Trotzdem erschien sie mir nun wie eine Heldin, so wie meiner Mutter nach der Vernehmung, bei der Flucht aus dem Gerichtssaal. Völlig zu Recht hatte sie die Überzeugung gewonnen, kein Mann und auch nicht ihr Sohn wären jemals fähig, Abigail Reeds Leid zu ermessen.

20

Ich glaube, auch mein Vater hat es niemals wirklich verstanden – zumindest damals nicht. Obwohl Mrs. Reed ganz sicher sein Mitgefühl erweckte, bewegte er sich in einem anderen Orbit, der Miss Channing umkreiste. *Ihr* Leben und *ihr* Verlust bildeten den Fixstern.

Und so fand ich es nicht erstaunlich, daß er sie an jenem Augustnachmittag zu verteidigen suchte.

*

Mr. Parsons: Sie haben Miss Elizabeth Rockbridge Channing als Lehrerin für die Chatham School eingestellt, nicht wahr, Mr. Griswald?

Zeuge: Ja.

Mr. Parsons: Sahen Sie schon nach kurzer Zeit einen Grund, diesen Entschluß zu bereuen?

Zeuge: Nein.

Mr. Parsons: Kamen Ihnen später gewisse Zweifel an Miss Channings Charakter?

Zeuge: Nicht direkt.

Mr. Parsons: Aber wie Sie inzwischen wissen, erklärte eine Zeugin, Sie habe Ihnen von Gerüchten über Miss Channing und Leland Reed erzählt.

Zeuge: Ja, darüber wurde ich informiert.

Mr. Parsons: Trotzdem zogen Sie es vor, diese Warnung zu ignorieren?

Zeuge: Ich hatte keinerlei Beweise, Mr. Parsons.

Mr. Parsons: Aber Sie müssen doch Miss Channings

und Mr. Reeds sonderbares, alarmierendes Verhalten beobachtet haben.

Zeuge: Das würde ich nicht alarmierend nennen.

Mr. Parsons: Stimmt es etwa nicht, daß die beiden gegen Ende des Schuljahrs äußerst angespannt wirkten?

Zeuge: Doch.

Mr. Parsons: Wurde diese Nervosität bei einer Party in Ihrem Haus offensichtlich? Ich glaube, am 23. April …

Zeuge: Ja.

Mr. Parsons: Sind Miss Channing und Mr. Reed gemeinsam auf dieser Party erschienen?

Zeuge: Nein. Am Nachmittag vor der Party kam Miss Channing in mein Büro und bat mich, sie abzuholen.

Mr. Parsons: Also wollte sie sich nicht von Mr. Reed abholen lassen?

Zeuge: Offensichtlich nicht.

Mr. Parsons: Und Sie erklärten sich bereit, Miss Channing an jenem Abend von Zuhause abzuholen?

Zeuge: Ja.

*

Wie schon sooft forderte mein Vater mich auf, ihn zum Milford Cottage zu begleiten. Durch sanftes blaues Dämmerlicht fuhren wir hin. Unterwegs spürte ich sein Unbehagen. Diesen besonderen Dienst schien er Miss Channing nur widerstrebend zu erweisen, fühlte sich aber dazu verpflichtet. Inzwischen mußte er natürlich bemerkt haben, welch dunkle Schatten die

Atmosphäre der Chatham School verdüsterten. Trotzdem fiel es ihm schwer, der Sache auf den Grund zu gehen, oder er wußte sich einfach nicht zu helfen. Wie wäre meine Antwort wohl ausgefallen, hätte er an jenem Abend gefragt, ob mir irgend etwas über Miss Channing und Mr. Reed zu Ohren gekommen sei? Vielleicht hätte ich ihn belogen, so wie später, und den Ahnungslosen gespielt.

Aber statt dessen sprach er von der Party, den langen Tischen in unserem Garten, den chinesischen Laternen, die er an die Zweige gehangen hatte. Und er meinte, dies alles würde sehr festlich wirken.

Erst als wir uns dem Cottage näherten, verstummte er.

Miss Channing kam sofort heraus, in einem langen schwarzen Rock und einer dunkelroten Bluse, das Haar zu einem straffen Knoten geschlungen. In ihren Augen schien ein seltsames Fieber zu glänzen, und ihr Gesicht war unnatürlich blaß. Ich stieg aus dem Auto und hielt ihr die Tür auf.

»Danke, Henry«, sagte sie und nahm auf dem Beifahrersitz Platz.

»Guten Abend, Miss Channing«, grüßte mein Vater.

Höflich nickte sie ihm zu. »Guten Abend, Mr. Griswald.«

In den nächsten Minuten unterhielten sie sich über belanglose Dinge. Dann platzte mein Vater plötzlich heraus: »Miss Channing, ich möchte Ihnen einen privaten Auftrag erteilen. Würden Sie mich porträtieren?« Er warf ihr einen kurzen Blick zu. »Malen Sie Porträts?«

»O ja. In Afrika habe ich meinen Onkel und seine Frau porträtiert.«

»Könnten Sie es auch mit mir versuchen?«

»Sehr gern.« Sie lächelte schwach.

Darüber schien er sich aufrichtig zu freuen. »Großartig!«

Sie vereinbarten, wann er ihr Modell stehen würde, und während der nächsten Wochen sah ich sie oft zusammen in seinem Büro. Natürlich blieb die Tür immer geöffnet. Miss Channing trug ihren grauen Kittel, stand hinter ihrer Staffelei, und mein Vater posierte am Fenster, schaute in den Hof, von einem Lichtstrahl umfangen.

Auf der restlichen Fahrt sprach er eher geistesabwesend über das Frühlingstrimester, das ihm stets sehr kurz erschien, verglichen mit dem Herbst- und dem Wintertrimester. Er warnte Miss Channing vor den Jungs, die sich gegen Ende des Schuljahrs »immer wilder« aufführen würden. »Dann müssen Sie hart durchgreifen. Das brauchen diese Racker.« Kurz bevor wir Chatham erreichten, bemerkte er: »Übrigens, heute abend müssen wir auf Mr. Reeds Gesellschaft verzichten.«

Ich beobachtete sie und sah, wie sie zusammenzuckte.

»Offenbar ist Mrs. Reed krank geworden«, erklärte mein Vater. »Irgendwelche Magenbeschwerden ...«

Miss Channing schaute aus dem Seitenfenster – vielleicht, um ihr Gesicht vor ihm abzuwenden. Stocksteif saß sie da, so wie damals im Boot auf dem Bass River, eine Woche zuvor. Aber nun erschien sie mir noch unglücklicher. Fürchtete sie die Wende, die ihr Leben genommen hatte – ein Damoklesschwert über ihrem Kopf?

Es war ein milder Abend, und so hatte mein Vater das Fenster an der Fahrerseite heruntergekurbelt. Während wir der Küstenstraße folgten, betrachtete er das grüne Seegras, das im Sumpfgebiet wuchs. »Ich liebe den Frühling auf Cape Cod. Den Sommer natürlich auch. Werden Sie den Sommer hier verbringen, Miss Channing?«

»Darüber habe ich noch nicht nachgedacht.«

»Nun, Sie haben ja noch viel Zeit«, erwiderte er und ließ das Thema fallen.

Wenig später hielten wir vor unserem Haus. Ich kletterte aus dem Fond und öffnete die Beifahrertür. »Danke, Henry«, sagte Miss Channing und stieg aus.

Einige Lehrer waren schon eingetroffen, die anderen erschienen in den nächsten Minuten, und alle bedienten sich am Buffet, das meine Mutter und Sarah im hinteren Garten aufgebaut hatten. Dann saßen sie in kleinen Gruppen beisammen.

Mir fiel die Aufgabe zu, mit Sarah hinter dem Buffet zu stehen und die Gäste zu bedienen. Von diesem Beobachtungsposten aus konnte ich Miss Channing sehen, die meiner Mutter gegenübersaß, zwischen Mr. Corbett und Mrs. Benton, der Lateinlehrerin. Zu dieser kleinen Gesellschaft zählte auch Mrs. Abercrombie, die Sekretärin meines Vaters, aber sie hatte sich etwas abseits niedergelassen – vielleicht, weil ihre langen, dünnen Beine mehr Platz brauchten.

An diesem Abend tat meine Mutter ihr Bestes, um sich als freundliche Gastgeberin zu erweisen. In ihrer hastigen, atemlosen Art sprach sie über alles, was sie für interessant hielt. Einmal hörte ich sie sagen: »Nun ja, Chatham ist klein. Trotzdem gibt's hier viele nette Junggesellen.« Dann wandte sie sich an Miss Channing, die einzige unverheiratete Frau in der Gruppe. »Meinen Sie nicht auch, Elizabeth?«

Offenbar war Miss Channing unfähig, die Frage zu beantworten, oder sie ahnte gewisse Hintergedanken.

Nach einem kurzen Schweigen, das jetzt entstand, verengten sich die Augen meiner Mutter. »Ich wollte mich nur nach Ihrer Ansicht erkundigen.«

Aber Miss Channing blieb stumm, und Mrs. Benton warf Mrs. Abercrombie einen vielsagenden Blick zu.

Schließlich erwiderte Miss Channing: »Davon weiß ich nichts.«

Ich erwartete, meine Mutter würde es dabei bewenden lassen. Doch ich täuschte mich. »Nein?« rief sie sichtlich überrascht. »Also haben Sie seit Ihrer Ankunft noch keine jungen Männer in Chatham kennengelernt?«

»Nein.«

Meine Mutter musterte Miss Channing prüfend und lächelte kühl. »Sicher wird Ihnen bald einer über den Weg laufen.«

Dann wechselten sie das Thema. Jedesmal, wenn ich zu Miss Channing hinüberschaute, saß sie in der gleichen Haltung da, die Hände im Schoß, den Rücken kerzengerade. Im Gras neben ihrem Stuhl stand ein unberührter gefüllter Teller.

Um neun hatten sich fast alle verabschiedet. Der Aprilabend war doch noch kühl geworden, und mein Vater lud die wenigen Gäste, die noch bleiben wollten, in den Salon ein. Wie üblich setzte sich meine Mutter vor den Kamin und mein Vater in den hölzernen Schaukelstuhl, ein paar Schritte entfernt. Mrs. Abercrombie und Mrs. Benton teilten sich das kleine Sofa, während Miss Channing einen Stuhl an der Wand wählte. Und ich begnügte mich mit dem Klavierhocker beim Fenster.

Worüber sie in den nächsten Minuten sprachen, weiß ich nicht mehr. Ich erinnere mich nur, daß Miss Channing nicht viel sagte. Ihr Gesicht blieb mehr oder weniger ausdruckslos, während sie den anderen zuhörte, die Hände immer noch im Schoß.

Vielleicht hätte sie die ganze Nacht in dieser Haltung verharrt, wäre kein ratterndes Auto die Myrtle Street heraufgefahren. Dieses Geräusch erkannte sie sofort. Sie trat ans Fenster, schob die Vorhänge auseinander, und helles Scheinwerferlicht beleuchtete ihr Gesicht, als der Wagen in unsere Zufahrt bog und anhielt.

Aufmerksam beobachtete ich sie und sah, wie ihre Augen strahlten, wie sie die Lippen leicht öffnete. Auf den Verandastufen polterten unrhythmische Schritte. Sie schlang die Finger ineinander, wandte sich vom Fenster ab, lauschte dem Pochen an der Haustür, dann erklang Sarahs fröhliche Stimme. »Oh, guten Abend, Mr. Reed.«

Seinen Hut in der Hand, das alte braune Jackett über eine Schulter drapiert, erschien er in der Salontür. »Hallo. Hoffentlich störe ich nicht.«

»Keineswegs. Kommen Sie doch herein!« bat mein Vater, aber ohne den gewohnten Enthusiasmus. Steifbeinig erhob er sich aus seinem Schaukelstuhl, um Mr. Reeds Hand zu schütteln. »Ich nehme an, Mrs. Reed fühlt sich besser?«

»O ja.«

»Bitte, nehmen Sie Platz.«

Mr. Reed sank auf einen Stuhl neben der Tür und schaute sich um, bis sein Blick an Miss Channing hängenblieb. Um seine Lippen spielte ein dünnes Lächeln, das die Augen nicht erreichte. »Hallo, Miss Channing.«

»Mr. Reed ...«, erwiderte sie kühl und nickte ihm zu.

Unbehaglich starrte mein Vater die beiden an. »Also, Mr. Reed«, begann er mit lauter Stimme, um den späten Gast von Miss Channing abzulenken, »gerade haben wir die Möglichkeit erörtert, im Lehrplan für das nächste Schuljahr einen Shakespeare-Kurs einzubauen.«

Mr. Reed wandte sich zu ihm, gab aber keine Antwort.

»Und wir haben überlegt, welcher Lehrer sich am besten dafür eignen würde«, fuhr mein Vater fort.

»Das weiß ich wirklich nicht.« Mr. Reed schaute ihm direkt in die Augen, und seine gleichmütige Stimme mußte meinen Vater schockieren. Bedeutete ihm die Chatham School nichts mehr? War sie nur mehr ein lästiges Anhängsel in seinem Leben, das darauf wartete, abgeschnitten zu werden?

Mein Vater holte tief Atem und fragte die anderen: »Wie wär's mit einer Runde Portwein?«

Als alle nickten, beauftragte er Sarah, den Portwein zu servieren.

»Welch ein Glück, daß wir Sarah haben!« meinte meine Mutter, nachdem das Mädchen den Salon verlassen hatte. »Ihre Vorgängerin war eine wundervolle, überaus tüchtige Negerin, die Amelia hieß.« Dann wandte sie sich zu Miss Channing. »Sicher hätte Amelia gern mit Ihnen gesprochen, Elizabeth.«

»Warum?« fragte Miss Channing leise, und ihre Finger schlossen sich fester um das Weinglas.

»Weil sie sich für Ihren Aufenthalt in Afrika interessiert hätte«, erwiderte meine Mutter. Inzwischen hatte sie ihr Strickzeug aus dem Korb neben ihrem Sessel genommen, und die langen silbrigen Nadeln blitzten im Lampenlicht.

»Amelia war eine Anhängerin von Marcus Garvey«, ergänzte mein Vater, »und ganz begeistert von dieser Idee, nach Afrika zurückzukehren, zu ihren Wurzeln, und dort in Freiheit zu leben.« Seufzend zuckte er die Achseln. »Das war natürlich furchtbar unrealistisch.« Auf dem Tischchen neben seinem Schaukelstuhl stand ein Gestell mit mehreren Bruyèrepfeifen. Er wählte eine aus und begann sie mit Tabak zu stopfen. »Aber was will man schon machen, wenn jemand so romantischen Träumen nachhängt?«

Natürlich war das eine rhetorische Frage, und niemand erwartete eine Antwort – eine so brutale schon gar nicht.

»Solche Träume kann man zerstören«, entgegnete Mr. Reed mit heiserer Stimme und schaute Miss Channing an, dann meinen Vater, der verwundert die Brauen hob, die Hand reglos über dem Pfeifenkopf.

»Zerstören, Mr. Reed?«

»Allerdings. Hätten Sie dem Mädchen doch erklärt, wie albern es ist, von der Freiheit zu träumen. Nur anmaßende, verrückte Menschen glauben, sie könnten ihren Fesseln entrinnen, irgend etwas ändern, so leben, wie sie es wünschen ...« Abrupt verstummte er, und sein Blick wanderte wieder zu Miss Channing hinüber, die ihn anstarrte und ihren Zorn nur mühsam zu bezähmen schien.

»Nun, das wäre sehr grausam, nicht wahr, Mr. Reed?« erwiderte mein Vater erstaunlich sanft. »Vielleicht hätte es genügt, Amelia an die vielen Dinge zu erinnern, die es in unserem Leben gibt, und die uns befriedigen – selbst, wenn sie keine extremen Wünsche erfüllen.«

Mürrisch schüttelte Mr. Reed den Kopf. »Es spielt ohnehin keine Rolle.«

Die anderen Gäste wechselten bedeutsame Blicke, dann flötete Mrs. Benton, um die Atmosphäre zu lockern. »Was für ein hübsches Zimmer, Mrs. Griswald! Diese Vorhänge sind einfach – bezaubernd.«

Und so drehte sich das Gespräch wieder um ein unverfängliches Thema. Worum es ging, habe ich vergessen. Aber ich weiß noch, daß sich weder Mr. Reed noch Miss Channing an der Konversation beteiligten.

Ein paar Minuten später brachen Mrs. Abercrombie und Mrs. Benton auf. Beide dankten meinen Eltern sehr herzlich für ihre Gastfreundschaft und wünschten ihnen eine gute Nacht.

Kurz danach verabschiedete sich auch Mr. Reed. Er wirkte sehr erschöpft, so als hätte ihn sein Gefühlsausbruch überanstrengt. In der Salontür drehte er sich noch einmal um. »Soll ich Sie nach Hause fahren, Miss Channing?« fragte er. Aber er begrub seine Hoffnungen, denn er hatte die Antwort bereits in ihren Augen gelesen.

»Nein.«

Ohne ein weiteres Wort verließ er das Haus.

Und so brachten mein Vater und ich Miss Channing nach Hause. Wir fuhren durch das menschenleere Dorf, dann folgten wir der Plymouth Road. Sekundenlang beleuchteten die Scheinwerfer das Milford Cottage, bevor sie sich in den undurchdringlichen Tiefen des Black Pond verloren. »Also, dann gute Nacht, Miss Channing«, sagte mein Vater leise, und ich erwartete, sie würde aussteigen.

Aber sie blieb sitzen. »Mr. Griswald, darf ich Sie um etwas bitten?«

Beinahe blieb mir das Herz stehen, denn ich fürchtete, sie könnte ihre Beziehung zu Mr. Reed erwähnen und meinen Vater ersuchen, ihr einen klugen Rat zu geben.

Statt dessen erklärte sie: »Ich möchte so gern irgendwas für die Schule machen – zum Beispiel eine Gipsskulptur mit den Gesichtern der Lehrer und Schüler, in Form einer Säule. Damit würde ich alle, die dieses Jahr an der Chatham School waren, sozusagen verewigen.«

»Ich fürchte, dafür müßten Sie eine ganze Menge opfern. Nicht wahr, Miss Channing.«

»Ja, gewiß, aber in den nächsten Wochen …« Sie unterbrach sich und schien nach Worten zu suchen. »In den nächsten Wochen will ich mich irgendwie beschäftigen.«

Da beugte sich mein Vater vor und musterte ihr Gesicht. In diesem Moment sah er, wovor er bisher die Augen verschlossen hatte, und er erkannte es im ganzen fatalen Ausmaß. Ihr tiefer Kummer war offenkundig. Und als Mr. Parsons fragte: *Mr. Griswald, wußten Sie, daß Miss Channing am Abend der Party der Verzweiflung nahe war?*, gab es nur eine einzige Antwort. *Ja.*

Doch an jenem Abend erwiderte mein Vater nur: »Also gut, Miss Channing. Sicher wird Ihre Skulptur unserer Schule zur Ehre gereichen.«

Sie nickte, stieg aus dem Auto und ging mit schnellen Schritten zur Veranda.

Voller Mitleid schaute er ihr nach und schien ihr seelisches Leid besser zu verstehen, als ich es vermutet hätte. Später fragte ich mich, ob vielleicht irgendwo am fernen Ende einer Straße eine Frau auf ihn gewartet hatte. Trotz seiner Sehnsucht war er nicht zu ihr gegangen. Und dieser Verzicht mochte ihm nun helfen, Miss Channings Gefühle nachzuempfinden.

Wenn eine solche Frau jemals gelebt hatte, blieb ihr Ruf unbeantwortet, und er erwähnte sie niemals.

Und was Miss Channing betraf – in jener Nacht beobachtete er, wie sie zu ihrem Cottage eilte, und sagte leise: »Gott helfe ihr.«

21

Vielleicht waren es diese ernsten Worte meines Vaters, die mich am nächsten Morgen schon zeitig aus den Federn und hinunter ins Erdgeschoß trieben. Ich hoffte, ich würde Sarah noch antreffen, ehe sie zu ihrer wöchentlichen Lektion im Milford Cottage aufbrach. Als ich das Haus verließ, war sie bereits am Ende der Myrtle Street angelangt, und ich rief nach ihr. Lächelnd wartete sie.

»Heute möchte ich dich wieder mal begleiten«, sagte ich.

Darüber schien sie sich zu freuen. »Wunderbar!« meinte sie und ging weiter. Zwischen uns schwang der Korb hin und her, und wenig später erreichten wir unser Ziel.

An diesem hellen, warmen Aprilmorgen lag bereits ein sommerlicher Duft in der Luft. Miss Channing kauerte auf den Verandastufen, so reglos, daß ich den Eindruck gewann, sie würde schon sehr lange da sitzen.

»Guten Morgen«, begrüßte sie uns, und ihre Stimme klang nicht so freundlich wie sonst. Sie kniff die Augen leicht zusammen und schien einen inneren Schmerz zu bekämpfen.

Während des Unterrichts war sie mit ihren Gedanken ganz woanders. Sie lächelte manchmal, aber nicht so freundlich wie sonst, und ihre Stimmung wirkte seltsam bedrückt.

Um elf war die Lektion beendet, so wie immer.

»Sehr gut, Sarah.« Miss Channing stand vom Tisch

auf, begann Bücher und Schreibpapier zu ordnen. »Du machst Fortschritte. Nächsten Sonntag sehen wir uns wieder.«

Sarah schaute mich fragend an. Dann wandte sie sich wieder zu Miss Channing, bestürzt über deren Kummer. Vielleicht mochte sie ihre Lehrerin in diesem Zustand nicht allein lassen.

»Wollen wir spazierengehen, Miss Channing? Heute wird im Dorf eine kleine Parade abgehalten.« Hilfesuchend warf sie mir einen Blick zu. »Was für eine Parade ist es denn, Henry?«

»Wir feiern den Beginn des amerikanischen Freiheitskrieges – den Krach von Schüssen, der damals um die ganze Welt ging.«

»Kommen Sie doch mit, Miss Channing!« bat Sarah. »Das Wetter ist so schön.«

Nach kurzem Zögern stimmte Miss Channing zu, wenn auch widerstrebend. Wir wanderten gemächlich die Plymouth Road hinab. Zu beiden Seiten keimten die Bäume, im Unterholz wuchsen die ersten Farnkräuter und Waldblumen.

»Da gab's mal einen französischen König, der süße Düfte liebte«, erzählte Miss Channing. »Wenn er in seinem Ballsaal ein Fest gab, mußten die Diener verschiedene Parfums über lebende Tauben schütten, und die flatterten dann umher.« Sie holte tief Atem. »Sicher hat's so ähnlich gerochen wie hier – ein Gemisch aus mehreren Aromen.«

Danach schwieg sie, und ich werde nie vergessen, daß dies ihre letzte Geschichte war, die ich hörte. Und an jenem Morgen sah ich sie auch zum letztenmal lächeln.

*

Zu Mittag füllten sich die Dorfstraßen bereits mit Leuten, die zur Feier des Tages nach Chatham gekommen waren. Wir fanden einen Platz am grasbewachsenen Hang gegenüber dem Rathaus. Dort blieben wir inmitten zahlreicher anderer Zuschauer stehen und warteten auf die Parade. Weiter unten, auf den Gehsteigen, drängten sich die Menschen und reckten die Hälse. Miss Channing sagte kaum ein Wort und rührte sich nicht. Nur ihre Augen schweiften umher und beobachteten Kinder, die ausgelassen umhersprangen.

Endlich marschierte die Blaskapelle von Chatham vorbei, gefolgt von mehreren Dorfbewohnern in Kostümen aus dem Zeitalter des Freiheitskriegs – darunter mein Vater, der einen Dreispitz schwenkte. Danach kam das neue Feuerwehrauto, geschmückt mit Fähnchen und Girlanden. Ein Kontingent der Massachusetts State Police ritt vorüber, angeführt von einem hochgewachsenen, schlanken, grauhaarigen Mann in kerzengerader Haltung. In seinem silbernen Dienstabzeichen spiegelte sich die Mittagssonne. Später würde ich ihn als Captain Lawrence Hamilton wiedererkennen.

Bald nach der Parade zerstreute sich die Menge. Die Eltern riefen ihre Kinder zu sich, ein paar junge Leute schlenderten zum Quilty's, um Sodawasser mit Eiscreme zu trinken, und einige steuerten den Strand an, wo ein Picknick geplant war. Dabei wollte man Muscheln auf heißen Steinen backen.

»Nun, das war's wohl«, bemerkte ich und wandte mich zu Miss Channing. Sie gab keine Antwort, schaute mich nicht einmal an, sondern zur anderen Straßenseite. Auch ich spähte hinüber, um festzustellen, was sie interessierte. Und da sah ich Mrs. Reed an einer Ecke stehen, ihre kleine Tochter auf dem Arm.

Zunächst beobachtete sie das Getümmel, dann glitten ihre Augen ganz langsam in unsere Richtung, hefteten sich auf Miss Channing – kalt und voller Haß, aber auch seltsam wehmütig, wie erstarrt in geisterhaftem Zorn.

Diesen Blick konnte Miss Channing wohl nicht ertragen. Vehement fuhr sie herum, als wollte sie den mörderischen Griff einer unsichtbaren Hand abschütteln, und drängte sich durch die Menge. Sarah und ich rannten verblüfft hinter ihr her und beobachteten, wie sie sich einen Weg bahnte, wie sie schließlich in den Menschenmassen untertauchte.

»Was ist nur los mit Miss Channing?« fragte Sarah. Wir starrten immer noch zu der Stelle, wo wir sie zuletzt gesehen hatten.

»Das weiß ich nicht«, log ich.

*

Eine Zeitlang glaubte ich, der Anblick Mrs. Reeds in ihrer ganzen Wut und Verzweiflung und der kleinen, hilflosen Mary auf ihrem Arm hätte Miss Channing zu dem Gespräch veranlaßt, das ich am nächsten Spätnachmittag belauschte.

Der bläuliche Dunst der Abenddämmerung sank bereits herab, hing über den Bäumen des Schulhofs und dem Kopfsteinpflaster. Soeben war die erste Sitzung für das Porträt meines Vaters beendet worden. Ich hatte sie kurz zuvor in seinem Büro hinter der Staffelei und ihn am Fenster stehen sehen.

Wie er mir später erzählte, bot er ihr an, sie nach Hause zu fahren. Doch das lehnte sie ab und erklärte, sie würde noch am selben Abend ihr anderes Projekt in Angriff nehmen, die Gipssäule, die sie der Chatham School schenken wollte. Danach kehrte sie in ihr Klassenzimmer zurück, holte einen Tonklumpen hervor und begann, ein Modell für die Skulptur anzufertigen.

Als ich ein paar Minuten später den Hof durchquerte, spähte ich durch ihr Fenster. Die Hände in den Taschen ihres Kittels vergraben, starrte sie zur Tür. Auf dem Weg zum Hinterausgang des Schulgebäudes konnte ich nicht feststellen, wonach sie Ausschau hielt, denn der große Baum in der Hofmitte versperrte mir die Sicht. Erst nachdem ich daran vorbeigegangen war, entdeckte ich Mr. Reed auf der Schwelle des Klassenzimmers.

Irgendwie verwirrte mich diese Szene. Schweigend standen sie sich gegenüber, wie zwei Duellanten in den abendlichen Schatten einer Lichtung. Ich wich hinter den Baum zurück und spitzte die Ohren. Schon nach wenigen Sekunden drang Miss Channings Stimme aus den offenen Fenstern. »Was willst du, Leland?«

»Etwas Unmögliches.«

»Du weißt, was geschehen muß.«

»Wie soll ich's tun?«

»Ohne zurückzuschauen.«

Nach einer kleinen Pause hörte ich Mr. Reed antworten: »Weil ich dich liebe, kann ich's.«

»Dann tu's.«

»Laß dich jetzt nach Hause bringen. Wir sollten ...«

»Nein.«

»Warum nicht?«

»Das weißt du, Leland.«

Wieder entstand eine Pause. Dann fragte er: »Also muß sie sterben?«

Darauf gab sie keine Antwort. Ihre leisen Schritte näherten sich der Tür. »Bitte, Leland, laß mich gehen!« flehte sie.

»Aber begreifst du denn nicht ...«

»Rühr mich nicht an.«

»Elizabeth, du darfst nicht ...«

Plötzlich hörte ich, wie die Tür aufflog, und sah Miss Channing ins Schulgebäude laufen. Wie eine schwarze Flagge wehte das Haar hinter ihr her. Dann blickte ich wieder ins Klassenzimmer. Zusammengesunken saß Mr. Reed auf einem Stuhl, den Kopf in die Hände gestützt. Da empfand ich den gleichen heißen Zorn wie am Vortag, wo ich Mrs. Reed beobachtet hatte. Aber diesmal galt meine Wut dieser Frau, und ich wünschte, ich könnte Mr. Reed aus dem Würgegriff ihrer knochigen Finger befreien.

*

Eine Stunde später war ich immer noch erregt, und in meinen Gedanken dröhnte das Echo jener Frage: *Also muß sie sterben?* Während ich auf den Verandastufen meines Elternhauses hockte, setzte sich Sarah zu mir. »Du sollst zu deinem Vater in die Schule kommen. Gerade hat er mich hergeschickt.«

»Sag ihm, du hättest mich nicht gefunden«, erwiderte ich mürrisch.

Sie griff nach meiner Hand. »Was ist los, Henry?«

Mir fehlten die Worte, und so schüttelte ich nur den Kopf.

Forschend schaute sie mich an. »Warum bist du so unglücklich?«

Damals konnte ich nur eine einzige Erklärung abgeben. »Weil niemand wirklich frei ist, Sarah.«

Ihre Frage entsprang einer uralten Quelle. »Und was würde geschehen, wenn wir frei wären?«

Nun signalisierte meine Antwort den Beginn einer selbstsüchtigen Phase. »Dann wären wir glücklich«, stieß ich erbost hervor. »Meinst du nicht, wir wären glücklich, wenn wir tun könnten, was wir wollen?«

Natürlich wußte sie nichts zu erwidern. Und ich durfte auch nichts erwarten, denn sie war so jung wie ich. Die bittere Lektion, daß das Leben zwar Wünsche weckt, aber nur selten erfüllt, mußten wir erst noch lernen.

Seufzend stand Sarah auf. »Geh jetzt zu deinem Vater, Henry. Er erwartet dich.«

Doch ich rührte mich nicht von der Stelle. »In ein paar Minuten.«

»Gut, ich sage ihm, du würdest bald kommen.« Sie ließ mich allein, und ich schaute ihr nach, als sie zur Schule eilte.

Sofort kehrten meine Gedanken zu bösen, grausamen Phantasien zurück. Und sie standen im direkten Zusammenhang mit der Frage, die mir Mr. Parsons einige Wochen später auf dem Sportplatz stellte – im Brustton der Überzeugung. *Es war also Mord, Henry?* Als ich schwieg, fügte er hinzu: *Wie lange wußtest du's schon?*

22

Diese Frage beantwortete ich niemals. Aber als ich sie vernahm, entsann ich mich des Augenblicks, wo ich zum erstenmal an Mord gedacht hatte.

Anfang Mai, an einem späten Samstagnachmittag, arbeitete ich allein im Bootshaus. Mr. Reed war zum Mayflower's gefahren, um ein paar Nägel zu holen. Inzwischen war das Boot fast fertig. Auf den Seitenwänden glänzte der neue Anstrich, Taue hingen am Mast, Stricke hielten das aufgerollte breite Segel zusammen.

Im Bootshaus brannten Lampen, aber Mr. Reed hatte die Fenster mit Sackleinen verhangen, so daß der Raum im Halbdunkel lag und wie ein düsteres Versteck wirkte – nicht mehr wie der strahlend helle Ausgangspunkt einer grandiosen abenteuerlichen Reise, den ich zuvor darin gesehen hatte.

Während ich beim Ofen stand und die letzten Nägel aus dem Werkzeugkasten holte, schwang plötzlich die Tür auf. Ich nahm an, Mr. Reed wäre zurückgekommen, und drehte mich um. Doch dann stockte mein Atem.

»Du bist Henry.« Vor dem hellen Tageslicht stand sie

im Eingang, eine Hand auf der Klinke, die andere hing schlaff herab. Vom Sonnenschein umflossen verwandelte sich ihr rotes Haar in eine feurige Gloriole. »Mildred Griswalds Sohn«, fügte sie hinzu.

Aus diesem seltsamen spektralen Glanz leuchteten die großen grünen Augen hervor, ohne zu blinzeln, wie Fischaugen aus einem schlammigen Teich.

»Ja, Ma'am.«

Sie trat ein, und ihr Blick schien mich zu durchbohren – wachsam, fast wölfisch. »Oh, du hilfst ihm, das Boot zu bauen.«

»Ja.«

Nur ein paar Sekunden lang betrachtete sie das Boot. Dann wandte sie sich wieder zu mir. »Wo ist er?«

»Er wollte ein paar Nägel kaufen.«

Unaufhaltsam kam sie auf mich zu, und alle meine Muskeln spannten sich an. Denn irgend etwas, das sie wochenlang in ihrer Seele gezüchtet und mit tausend winzigen, quälenden Zweifeln genährt hatte, verlieh ihr eine sonderbare leichenhafte Aura – so als würde sich bereits das Skelett unter der bleichen, fast durchscheinenden Haut zeigen. »In meiner Jugend war ich mit deiner Mutter befreundet«, erklärte sie mit einem schwachen, schmerzlichen Lächeln. Dicht vor mir blieb sie stehen, und ich spürte ihren Atem auf den Wangen. »Das Boot ist fast fertig.«

»Ja«, bestätigte ich und hörte, wie hohl meine Stimme klang.

Ihre Augen irrten ziellos umher, bis sie plötzlich mein Porträt von Miss Channing fixierten. Jetzt hing es über dem Schreibtisch in der Ecke. Bestürzt beobachtete ich, wie ihr Gesicht zu einer Maske erstarrte, und hatte das Gefühl, ihre Züge wären mit unsichtbarer Säure übergossen worden, um die Identität zu zerstören. »Kommt sie oft hierher?« fragte sie und starrte das Bild unverwandt an.

»Das weiß ich nicht.«

Nun musterte sie die Schachtel, die unterhalb des Porträts stand. Lautlos, in einem unheimlichen Schwebezustand, ging sie hinüber und beugte sich vor.

Was sie anstarrte, wußte ich. Eine Seekarte. Ein Messer. Einen grauen Strick. Und in der Ecke des Kartons eine kleine braune Flasche mit kühnen Buchstaben in schwarzer Tinte – ARSEN.

Eine halbe Ewigkeit verstrich, während sie die Sachen inspizierte. Dann hob sie den Kopf, in einer langsamen, fließenden Bewegung, so als würde sie ihn aus dunklem, luftlosem Wasser ziehen, in dem er untergetaucht war. »Nur ich?«

»Nur Sie?«

»Nur ich? Oder auch Mary?«

»Ich weiß nicht, was Sie meinen, Mrs. Reed.«

In all den Jahren, die seit jenem Moment vergangen waren, hatte ich Angst und Unsicherheit und Sorge zur Genüge gesehen, aber nie wieder in der gleichen Kombination – Entsetzen und Schmerz – Schmerz mit Verwirrung vermischt, so untrennbar, daß eine niederschmetternde Gesamtwirkung entstand.

Dies alles las ich in Mrs. Reeds Miene. Jeder hätte es bemerkt. Es konnte gar nicht offensichtlicher sein. Nur ein einziges Rätsel blieb ungelöst. Warum berührte mich ihre abgrundtiefe Verzweiflung nicht im mindesten?

*

Um so heftigere Gefühle bewegten meine Mutter.

Am frühen Abend kehrte ich nach Hause zurück. Sarah deckte gerade den Tisch im Speisezimmer, hielt inne, als sie mich eintreten sah, und rannte aufgeregt in die Diele. »Henry, ich muß mit dir reden. Heute war Mrs. Reed hier. Und sie hat mit deiner Mutter gesprochen.«

Da Mrs. Reed sofort nach ihrem Besuch im Bootshaus hierhergekommen war, mußte ich nicht lange überlegen, was sie in die Myrtle Street geführt hatte. Trotzdem erwähnte ich jene Begegnung nicht, ließ Sarah Bericht erstatten und gab vor, ich wüßte nicht, was dies alles bedeuten mochte.

»Oh, sie sah so merkwürdig aus«, erzählte sie und erschauerte. »Fast unheimlich …«

»Was wollte sie?«

»Sie sagte, sie müsse mit deiner Mutter sprechen.«

»Und hat sie's getan?«

»O ja. Deine Mutter befahl mir, Tee zu servieren, und ich brachte ihn in den Salon. Danach unterhielten sie sich. Natürlich hinter verschlossener Tür.«

Ich malte mir aus, wie die beiden Frauen vor dem kalten Kamin gesessen hatten, unsere besten Porzellantassen in den Händen. Aufgewühlt und unglücklich schilderte Mrs. Reed den Betrug ihres Mannes – und meine Mutter hörte in wachsendem Zorn zu …

»Was sie sagten, verstand ich nicht«, fuhr Sarah fort. »Aber es muß was Ernstes gewesen sein.«

»Wo sind sie jetzt?«

»Sie gehen spazieren«, erwiderte Sarah und schaute mich durchdringend an. »Henry, was soll das alles?«

»Keine Ahnung«, log ich und stieg die Treppe zu meinem Zimmer hinauf.

Dort saß ich immer noch, als mein Vater eine Stunde später aus der Chatham School zurückkam, nach mir rief und fragte, wo meine Mutter sei. Ich warf einen Blick auf Sarah, die schweigend in der Tür des Speisezimmers stand und auf meine Antwort wartete.

»Soviel ich weiß, ist sie spazierengegangen.«

»Spazieren? Um diese Zeit? Mit wem?«

»Mit Mrs. Reed.«

»Mit Mrs. Reed?« wiederholte er – unfähig, seine Überraschung und Sorge zu verbergen. »War sie hier?«

»Ja. Heute nachmittag.«

»Warum?«

»Wahrscheinlich wollte sie Mutter besuchen.«

Er nickte und ignorierte meine düstere Stimmung, fest entschlossen, die Zusammenkunft der beiden Frauen in ein möglichst normales Licht zu rücken. »Nun, früher waren sie ja Nachbarinnen. Sicher reden sie über alte Zeiten.«

»Oh, sie waren Nachbarinnen? Das wußte ich nicht.«

»Ja, das waren sie«, bestätigte er kurz angebunden. Offensichtlich widerstrebte es ihm, weitere Einzelheiten zu verraten. »Jetzt kannst du gehen, mein Sohn«, fügte er hinzu und verschwand im Salon.

Aber ich folgte ihm. »Wann waren sie Nachbarinnen?«

Er setzte sich, nahm eine Zeitung vom Tisch und blätterte darin, immer noch bemüht, eine Diskussion über dieses Thema zu vermeiden. »Als sie viel jünger waren. Deine Mutter wohnte neben den Leuten, für die Mrs. Reed arbeitete, nachdem sie – sitzengelassen worden war.«

»Sitzengelassen?«

»Vor dem Traualtar.« Mein Vater versteckte sich hinter der Zeitung. »Deshalb tut sie deiner Mutter leid. Weil die arme Mrs. Reed schon so viel durchgemacht hat.«

Vergeblich wartete ich auf weitere Enthüllungen, und so kehrte ich in mein Zimmer zurück. Einige Zeit später hörte ich das Gartentor knarren, trat ans Fenster und sah meine Mutter zur Veranda eilen.

Da beschlich mich eine jener Vorahnungen, die in vielen Kindern aufsteigt, wenn sie spüren, daß ihre Welt auseinanderbricht. Vielleicht lag es an den energischen Schritten meiner Mutter, an der Haustür, die krachend ins Schloß fiel.

Wie auch immer, ich lief hinunter und spähte in den Salon. Mein Vater legte die Zeitung beiseite, stand auf und musterte meine Mutter prüfend. Dann ging er vor dem Kamin in Verteidigungsstellung.

»So etwas bleibt keiner Frau verborgen, Arthur«, hörte ich meine Mutter fauchen.

»Mildred, welch ein ungeheuerlicher Verdacht! Das weißt du sehr gut!«

»Und du weigerst dich, den Tatsachen ins Auge zu blicken.«

»Sicher ist es nur ein Mißverständnis …«

»Jede Frau spürt so etwas!« schrie meine Mutter. »Und sie braucht keine Beweise!«

»Mag sein, aber *ich* muß Gewißheit haben. Wieso sollte ich zwei respektable Lehrer in mein Büro beordern …«

»Respektabel?« Dieses Wort spie sie geradezu hervor. »Warum nennst du sie respektabel?«

»Jetzt reicht's.«

Nur für wenige Sekunden versank meine Mutter in wütendem Schweigen. Dann erklärte sie mit ruhiger, aber bedrohlicher Stimme: »Wenn du nichts unternimmst, Arthur, werde ich auch *dich* nicht mehr respektieren.«

»Wie kannst du so mit mir reden?« protestierte er bestürzt.

»Weil ich's ernst meine. Ich bin deine Frau geworden, weil ich dich geachtet habe. Damals dachte ich, du wärst ein guter, ehrenwerter, anständiger Mann. Aber wenn du die unerträgliche Beziehung zwischen Mr. Reed und dieser Frau tatenlos hinnimmst – nun, dann bist du nicht der Mann, den ich geheiratet habe.«

Am tiefsten erschütterte mich in jenem schrecklichen Augenblick, daß meine Mutter die Gründe ihrer Eheschließung nannte, ohne von Liebe zu sprechen.

Ein paar beklemmende Sekunden lang schauten sie sich wortlos an. Dann sank mein Vater wieder in seinen Sessel. »Das spielt ohnehin keine Rolle, Mildred«, erwiderte er leise, und sein Blick glitt zum Fenster. »Am Ende dieses Schuljahrs wird Miss Channing uns verlassen.« Er hob die Zeitung auf, die zu Boden gefallen war, öffnete sie aber nicht. »Heute nachmittag hat sie gekündigt. Was immer Mrs. Reed auch glaubt – es ist ein für allemal beendet, und das kannst du ihr ruhigen Gewissens versichern.«

Meine Mutter rührte sich nicht von der Stelle. »Oh, ihr Männer seid alle gleich. Sobald es vorbei ist, bildet ihr euch ein, die Ehefrau müßte alles vergessen.«

Müde schüttelte er den Kopf. »So etwas behaupte ich doch gar nicht, Mildred.«

Ihre nächsten Worte überraschten mich. »Hast du mich jemals betrogen, Arthur?«

Verwirrt starrte er sie an. »Wie, bitte? Mein Gott, Mildred, was ist bloß in dich gefahren? Wie kannst du mir eine solche Frage stellen?«

»Antworte, Arthur.«

Er holte tief Atem. »Nein, Mildred, ich habe dich nie betrogen.«

Als sich ihre Augen verengten, wußte ich, daß sie ihm nicht glaubte. Zumindest würde sie niemals mit Sicherheit wissen, ob er die Wahrheit sagte. Ohne zu verraten, was sie dachte, ging sie zur Küche. »In einer Stunde essen wir.«

*

Während des Dinners herrschte eine angespannte Atmosphäre. Meine Eltern sprachen nur über triviale Dinge – die Absicht meines Vaters, neue Kurse in den Lehrplan aufzunehmen, den Wunsch meiner Mutter, hinter dem Haus einen größeren Sommergarten anzulegen. Nach der Mahlzeit setzte sie sich in den Salon und strickte, bis sie das Schlafzimmer aufsuchte. Mein Vater kehrte in die Schule zurück und arbeitete in seinem Büro. Gegen neun kam er nach Hause. Da hatte sich meine Mutter bereits zurückgezogen.

Während er die Myrtle Street entlangwanderte, schaukelte ich auf der Veranda. Langsam und schwerfällig setzte er einen Fuß vor den anderen, den Kopf gesenkt, gedankenverloren.

Er stieg die Stufen herauf und nickte mir zu. »Was für ein schöner Abend, nicht wahr, Henry?«

Statt ins Haus zu gehen, wie ich es erwartet hatte, setzte er sich auf den Stuhl neben der Schaukel. Zunächst wußte ich nicht, wie ich das Thema anschneiden sollte, das mir auf der Seele brannte – jenes bedrückende Gespräch zwischen meinen Eltern.

Aber schließlich siegte meine Neugier, und ich nahm meinen ganzen Mut zusammen. Trotzdem wollte ich mein Ziel nicht allzu direkt ansteuern. »Du sagtest heute nachmittag, Miss Channing würde die Chatham School verlassen, nicht wahr?«

Daß ich gelauscht hatte, schien ihn weder zu überraschen noch zu irritieren. Vielleicht zum erstenmal hegte ich die schwache Hoffnung, er würde nicht mehr das Kind in mir sehen, das man vor den grausamen Tatsachen des Lebens schützen mußte, sondern einen fast erwachsenen Jungen – reif genug, um auch schmerzliche Wahrheiten zu ertragen.

»Ja, sie geht weg, Henry.«

»Wohin?«

»Das weiß ich nicht.« Er schaute mich kurz an. »Aber du solltest dich nicht um Miss Channing sorgen. Sie wird sicher gut zurechtkommen. Immerhin ist sie eine sehr tüchtige Lehrerin, und sie findet vermutlich bald eine andere Stellung.«

Damit war das Thema beendet. Abrupt wandte er sich zu mir. »Henry, was immer du in diesem Haus hörst, mußt du für dich behalten – über Miss Channing und Mr. Reed.«

Nun schien er nach Worten zu suchen. »Dieses Leben ist nun mal unzulänglich. Manchmal ist die Zuversicht das Höchste, was wir geben oder bekommen können.« Er tätschelte meine Knie, stand auf und verschwand im Haus. Verwundert und verständnislos blieb ich zurück. Auch in späteren Zeiten wartete ich vergeblich auf eine genauere Erklärung. Aber im Lauf der Jahre, während er immer älter wurde, erkannte ich, was er an jenem Abend gemeint hatte – die Sehnsucht ist unser Schicksal, Zuversicht und Glaube helfen uns, den Schmerz unerfüllter Wünsche zu verkraften.

Jetzt weiß ich, daß er mir damals den Weg zeigen wollte, den er für richtig hielt. Aber während er müde und gebeugt ins Haus ging, erschien er mir erbärmlicher denn je. In jenem Augenblick verspürte ich boshafte Verachtung für alles, wofür er eintrat. Dieses Gefühl wühlte mich auf, und ich nahm mir vor, niemals ein so armseliges Leben zu führen wie mein Vater.

Wenn ich mich nun entsinne, was ich damals empfand und was ich später tat, erscheinen mir die Ereignisse ebenso unausweichlich wie unerwartet.

TEIL V

23

Vor ein paar Jahren stieß ich zufällig auf eine Zeile von Tacitus, gegen Ende des Abschnitts in der »Germania«, der den Sieg der disziplinierteren römischen Legionen über die barbarischen germanischen Stämme schildert. Während dieses Feldzugs hatten die Germanen ihre primitiven Rituale, Tänze, Lieder und Legenden endgültig eingebüßt. »Sie schufen eine Wildnis und nannten sie Frieden«, schreibt Tacitus.

Kurz vor dem Ende des Sommertrimesters sank ein ähnlicher unsicherer Friede auf die Chatham School herab und verwandelte sie in eine leidenschaftslose Welt. Ich fühlte mich wie in einem Vakuum, denn all die erregenden, prickelnden, faszinierenden, sinnlichen Vibrationen wurden von krasser Zucht und Ordnung erstickt. In diesen Wochen fuhr Miss Channing nicht mehr mit Mr. Reed zur Schule und nach Hause. Stattdessen ging sie zu Fuß – allein. Frühmorgens sah ich sie oft unsere Straße heraufkommen, langsam und nachdenklich, vielleicht in ein Selbstgespräch vertieft. In der Mittagspause blieb sie im Klassenzimmer und aß dort ihren Lunch, zwischen den Unterrichtsstunden saß sie neben dem Schrank und las. Nun wanderte sie nicht mehr mit Mr. Reed durchs Dorf und traf ihn nicht mehr auf der Klippe. Am Ende des Tages kehrte sie zum Black Pond zurück, durchquerte die abendlichen Schatten ebenso nachdenklich, wie sie morgens zur Schule geschlendert war.

Auch im Klassenzimmer zeigte sich ihre distanzierte Stimmung. Der Unterricht verlief viel förmlicher als zuvor. Vielleicht fand sie es mittlerweile angemessen, nichts von ihrem Leben zu verraten, weder ihre Vergangenheit noch die Gegenwart. Dies alles wollte sie vor den vielen neugierigen Blicken verbergen, die sie schon so lange attackierten.

In diesen letzten drei Wochen befaßte sie sich hauptsächlich mit ihrer Skulptur. Sie bedeckte einen Tisch in ihrem Klassenzimmer mit dunkelgrünem Segeltuch. Nacheinander erschienen die Lehrer und Schüler und legten sich darauf, damit sie ihren Gesichtern Gipsmasken abnehmen konnte. Ich sah Mrs. Benton daliegen, die Augen geschlossen, den Körper verkrampft. Und Miss Channing beugte sich hinab, strich ihr feuchten Gips auf den Hals.

Um die Mitte des Monats Mai kam ich an die Reihe. »Hallo, Miss Channing«, grüßte ich und betrat das Klassenzimmer.

Es war nach sechs Uhr abends. Draußen brach die Dämmerung herein. In den Frühlingsblättern der alten Eiche rauschte eine sanfte Brise. Miss Channing trug ein langes blaues Kleid und darüber einen grauen Kittel, der es vor Flecken schützen sollte. Ihr Haar wurde im Nacken mit einer schlichten Schnur zusammengehalten.

»Hallo, Henry«, erwiderte sie in jenem spröden Ton, den sie sich vor einiger Zeit angewöhnt hatte. »Was willst du?«

»Sie brauchen doch eine Maske von meinem Gesicht.«

»Gut, leg dich dahin.«

Ich streckte mich auf der Segeltuchplane aus, den Blick zur Zimmerdecke gerichtet. »Tut mir leid, daß ich mich verspätet habe.«

Ohne zu antworten, stellte sie sich neben den Tisch, tauchte ihre Finger in den nassen Gips und begann, ihn auf meiner Stirn und den Wangen zu verteilen. »Jetzt mußt du die Augen schließen.«

Als ich gehorcht hatte, strich sie den Gips auf meine Lider, ganz behutsam, so daß ich es kaum spürte. »So macht man auch Totenmasken, nicht wahr?« fragte ich.

»Ja«, bestätigte sie und arbeitete weiter, bis mein ganzes Gesicht mit einer dünnen, kühlen Schicht bedeckt war.

Danach blieb ich auf dem Tisch liegen, bis der Gips trocknete und hörte ihre leisen Schritte, während sie einige Sachen in den Schrank räumte.

Ich dachte an jenen fernen Nachmittag, wo sie mit nackten Füßen über das sommerliche Gras gewandert war, an den Blick meines Vaters. Schließlich kam sie wieder zu mir, entfernte den Gips und wischte mein Gesicht mit einem feuchten Lappen ab, den sie in einen Korb warf. »So, jetzt kannst du gehen.« Ich setzte mich auf und schwang die Beine über den Tischrand.

Inzwischen war sie zu einem anderen Tisch gegangen, wo mehrere Masken lagen, die Augen geschlossen, die leichenblassen Lippen zusammengepreßt.

An der Tür drehte ich mich noch einmal um. »Gute Nacht, Miss Channing.«

»Gute Nacht, Henry«, entgegnete sie und wickelte die neue Maske in ein weißes Tuch.

Ich blieb stehen, wollte sie irgendwie erreichen, aus dem seltsamen Sarg ziehen, in dem sie sich verschanzt hatte, und ihr erklären, sie müsse den Rat meines Vaters befolgen und so leben, wie er es für richtig hielt. In meiner Phantasie sah ich sie zum Yachthafen laufen, in einem wehenden roten Cape. Mr. Reed wartete im Boot, half ihr hinein. Eine hungrige Umarmung, durstige Küsse …

»Willst du mir noch was sagen, Henry?« Nun starrte sie mich an, die Finger feucht und glänzend, Gipsstückchen in den Haaren.

Einen ähnlichen Anblick würde sie einige Zeit später bieten, wenn sie aus dem Wasser stieg, das Haar naß und strähnig, behangen mit dem Abfall aus den Tiefen des Black Pond. Ihre Stimme würde ebenso hohl klingen. *Ist sie tot?* Und ich würde so leidenschaftslos antworten, wie von da an mein Leben verlaufen sollte. *Ja.*

*

Nur wenige Tage später vollendete sie die Säule, und am 18. Mai wurde sie während einer Zeremonie aufgestellt, die mein Vater arrangiert hatte. Die Feier fand auf dem Rasen vor dem Schulgebäude statt. Dabei entstand das Foto, das später dem Archiv meines Vaters beigefügt werden sollte. Miss Channing stand rechts neben der Skulptur, mit hängenden Armen, mein Vater zur Linken, eine Hand im Jackett – wie Napoleon. Ringsum hatten sich alle Lehrer und Schüler der Chatham School versammelt. Sogar Sarah war in ihrem Sonntagskleid erschienen und lächelte strahlend, die langen schwarzen Haare unter einem Strohhut mit einem breiten Band hochgesteckt, das im Wind flatterte.

Miss Channing hielt keine Rede, aber mein Vater dankte ihr – nicht nur für die Skulptur, sondern auch für die »bemerkenswerte Arbeit«, die sie als Kunstlehrerin geleistet hatte. Am Ende seiner Ansprache verkündete er, Miss Channing würde im nächsten Schuljahr nicht nach Chatham zurückkehren und »schmerzlich vermißt« werden.

An jenem Morgen war Mr. Reed der einzige Lehrer, der nicht an der Zeremonie teilnahm. Und ich hatte auch nicht mit seinem Erscheinen gerechnet. In den letzten beiden Wochen war er ziemlich reserviert gewesen, Tag für Tag allein in der Schule eingetroffen, kurz vor seiner ersten Unterrichtsstunde, und allein gegangen, sofort nach der letzten. In den Pausen unterhielt er sich mit seinen Schülern im Korridor. Trotz des warmen Sommerwetters führte er sie nie mehr in den Hof. Statt dessen blieben wir im Klassenzimmer, wo wir wie üblich seinen Vorträgen lauschten. Aber die Begeisterung, die er früher gezeigt hatte, war verebbt.

Manchmal stand er neben seinem Schreibtisch und schaute durchs Fenster, über den Hof hinweg, zu Miss Channings Zimmer. Während solcher Momente schien er in grimmiger, vergeblicher Sehnsucht zu erstarren, und es fiel ihm schwer, sich wieder auf den Unterricht zu konzentrieren. Schließlich riß er seinen Blick von ihr los, und sein Kopf wandte sich ruckartig wieder zu uns, als wäre er geschlagen worden.

Trotz dieser wütenden Melancholie arbeitete er an seinem Segelboot weiter. In der dritten Maiwoche wurde es fertig, und am nächsten Samstag lud er mich zur Jungfernfahrt ein.

Als ich an jenem Morgen den Yachthafen erreichte, war das Boot bereits aus dem Bootshaus entfernt worden und das Holzgestell leer. Mr. Reed hatte alle Werkzeuge und Materialien weggeräumt, und die Schachtel, deren Inhalt seine Frau so beunruhigte, stand auf dem Dachboden des Hauses am Black Pond, wo Captain Hamilton sie später finden sollte. In einer Ecke des Kartons befand sich immer noch die kleine, festverschlossene Flasche – mittlerweile fast leer.

Nur mein Porträt von Miss Channing hing am gewohnten Platz, aber ein wenig schief. Eine dünne Staubschicht trübte das Glas. Zwei Wochen später würde es immer noch da hängen, wenn ich es Mr. Parsons zeigte. Seinen Kommentar werde ich niemals vergessen. *Sie war's, die ihm das antat, Henry. Weil sie ihn zum Wahnsinn trieb.*

Aber an jenem nebligen Samstagmorgen wäre mir ein solcher Gedanke unvorstellbar erschienen. Und das Bootshaus sah aus, als hätte es einen heftigen Sturm überstanden und müßte jenen, der es bald erschüttern sollte, nicht fürchten.

»Nun, dann wollen wir's mal ausprobieren.« Mr. Reed führte mich den hölzernen Pier entlang, an dem ich die *Elizabeth* sanft in den Wellen schaukeln sah. Rhythmisch schwankte der Mast hin und her, ein weißer Taktstock in grauen Schleiern.

Nachdem wir an Bord gegangen waren, löste Mr. Reed das Tau vom Pfosten und machte die Segel klar, so daß das Boot zunächst rückwärts glitt. Dann wurde es auf ebenem Kiel aus dem Hafen gesteuert.

Wir folgten dem Kurs, den ich auf der Seekarte gesehen hatte, die Westküste von Monomoy Island entlang, vorbei an Hammond's Bend und Porter Hole. Beim Monomoy Point umrundeten wir schließlich die Insel und segelten aufs offene Meer hinaus. Mr. Reed schaute meistens nach vorn, aber manchmal sah er sich um, als wollte er eventuelle Gefahren auskundschaften. Für kurze, beglückende Stunden gewann ich wieder den Eindruck, an einer verzweifelten, wildromantischen Verschwörung teilzunehmen. Ich genoß diese Reise, die schon am frühen Morgen begonnen hatte, ehe der Hafenmeister am menschenleeren Kai eingetroffen war. Entzückt betrachtete ich die nahe, in Nebelschwaden getauchte Küste. Und Mr. Reed meinte: »In diesem Grau könnte ein Mann verschwinden. Verschwinden. Verschwinden ...«

*

Kurz vor zehn Uhr segelten wir in den Chatham-Hafen zurück. Der Morgennebel hatte sich inzwischen aufgelöst, die Luft schimmerte kristallklar. Geschickt steuerte Mr. Reed den Bug seines Bootes zur Anlegestelle und vertäute es am Pfosten.

Aber trotz der Jungfernfahrt, für die er drei Jahre lang gearbeitet hatte, wirkte er niedergeschlagen und in sich gekehrt. Ich ging an seiner Seite über den Pier zum Bootshaus und überlegte, wie ich ihn aufheitern und die leidenschaftliche Unzufriedenheit wiedererwecken könnte, die ich zuvor so bewundert hatte. Sollte ich ihm irgendeinen Weg zu dem Sieg weisen, den er vielleicht immer noch erringen würde?

Im Bootshaus setzte er sich an den Schreibtisch, lehnte seinen Stock dagegen, legte eine Hand auf die andere. Ein paar Minuten lang erzählte er von den Galapagosinseln vor der südamerikanischen Küste, über die Darwin in der »Reise eines Naturforschers um die Welt« berichtet hatte. »Alles muß ihm neu erschienen sein, alles im Leben brandneu.« Seltsam bedrückt schüttelte er den Kopf. »Stell dir das vor – eine ganz neue Welt.«

Ich saß ein paar Schritte von ihm entfernt und fröstelte beinahe, wie bei einer Totenwache. Ohnmächtig beobachtete ich den langsamen Zerfall eines Menschen, den ich geliebt hatte. Er schien meine Anwesenheit kaum wahrzunehmen, und seine Gedanken wanderten ziellos von einem Thema zum anderen. Manchmal irrten seine Augen durch den Raum, flohen vor dem einzigen Gegenstand, den sie nicht betrachten wollten – Miss Channings Porträt. Auf diesem Bild war ihr grausam verführerischer Blick für immer festgehalten.

Während des Nachmittags sprach er nur ein einziges Mal über das Boot, die langwierige Arbeit der letzten

Jahre. Sein Blick richtete sich auf das leere Gestell, das den Rumpf getragen hatte. »Endlich ist es seetüchtig.« Dann umklammerte er den Stock, stand auf und trat an eines der Fenster, das zum Hafen hinausging. Davor hing immer noch die Sackleinwand, und zunächst starrte er den rauhen, undurchdringlichen Stoff einfach nur an. Plötzlich riß er ihn herunter. Staubwolken umwirbelten ihn, erhellt von Sonnenstrahlen. Und für ein paar surreale Sekunden schien er darin zu verschwinden.

24

Ich glaubte oft, auch ich wäre in jenem staubigen Licht verschwunden, gemeinsam mit Mr. Reed.

Denn seit das Boot fertig war, sah ich ihn nur noch im Klassenzimmer oder aus der Ferne – eine Gestalt, die unentwegt zu flüchten schien, mit schnellen Schritten durch einen Korridor oder um die Ecke der Myrtle Street bog, schweigend und gehetzt, als versuchte er, unsichtbaren Peitschenhieben auszuweichen.

Und Miss Channing sah ich nur noch in ihrem Klassenzimmer. Ich fühlte mich wieder wie ein Schüler unter vielen, nichts zeichnete mich vor den anderen aus. Still und stumm, so wie meine Kameraden ließ ich die letzten Kunststunden über mich ergehen, deren Förmlichkeit mir fast streng erschien. Die Spontaneität und der Enthusiasmus, die das Verhältnis zwischen der Lehrerin und den Jungs zuvor bestimmt hatten, existierten nicht mehr. Distanziert und geistesabwesend stand sie vor uns, den Blick mit tödlichem Ernst nach innen gerichtet.

Mehr oder weniger mir selbst überlassen, geriet ich in wachsende Erregung, als das Ende des Schuljahrs näher rückte. Nervös rutschte ich auf meinem Stuhl in Miss Channings Klassenzimmer umher und schaute immer wieder zum Fenster – nicht aus Desinteresse wie einige andere Schüler, sondern mit kaum kontrollierbarer Feindseligkeit und Verachtung, als wäre sie eine Liebhaberin, die mich umgarnt und dann hintergangen hatte.

Ich fühlte mich von meinen engsten Verbündeten betrogen. Und so investierte ich meine gesamte Energie in den Skizzenblock. Hilflos beobachtete ich, wie jene dunkleren Elemente meiner Zeichnung eine dämonische Schwärze annahmen. Für alle Zeiten schien das Dorf unter gespenstischen Schatten zu liegen, das Meer unter einer Horde bedrohlicher, angriffslustiger Gewitterwolken zu verschwinden. Auch die Perspektiven änderten sich, drehten Chatham um eine grausame Achse. Verwinkelte Gassen mündeten in einen zentralen Mahlstrom, Häuser neigten sich nach rechts oder links, in einer Welt voller kollidierender Gestalten und Formen. Noch seltsamer – ich zeichnete diese Verzerrungen so, als wären sie real, als hielte ich die groteske Mißbildung unseres Dorfs für sein wahres Gesicht.

Einzig und allein Sarah erinnerte mich in dieser Zeit an die Dinge, die ich einst so wunderbar gefunden hatte, die intensiven Gefühle auf dem verschneiten Hügel. Wie schön und frei war das Leben damals gewesen, wie aufregend und romantisch ... Das alles wirkte nun erstickt und erstarrt.

Allmählich wich ich sogar Sarah aus. Wenn ich ihre Schritte hörte, schloß ich meine Zimmertür. Für mich war sie nur mehr die bittere Erinnerung an ein verlorenes Ideal, ein zerkratztes Medaillon, das früher am Hals eines Liebenden gehangen hatte.

Sie spürte zweifellos, was ich empfand. Trotzdem zog sie sich nicht von mir zurück. Statt dessen klopfte sie oft an meine Tür, lud mich zu einer Strandwanderung oder einem Einkaufsbummel im Dorf ein. Und ich konnte ihr die Bitte niemals abschlagen.

Am letzten Donnerstag des Schuljahrs kam sie zu mir, als ich am Rand eines unserer Sportplätze kauerte. Allmählich brach die Abenddämmerung herein, und die Lehrer waren bereits nach Hause gegangen, um die Abschlußprüfungen vorzubereiten, die wir in der nächsten Woche absolvieren mußten. Aber einige Jungs spielten noch Football, ehe sie sich im Schlafsaal oder daheim ihren Studien widmeten.

»Was machst du hier, Henry?« fragte Sarah und setzte sich zu mir ins Gras.

Wortlos zuckte ich die Schultern und gab vor, das Match zu beobachten, das strengen Gesetzen folgte – nicht prügeln, nicht kratzen, nicht treten. Diese eindeutigen Regeln mußten den Jungs ein Gefühl der Geborgenheit gegeben haben. Aber ich sah darin nur ein weiteres Beispiel ihres beengten, langweiligen Lebens.

»Du haßt die Chatham School, nicht wahr, Henry?«

Da löste sich das Footballspiel in Nichts auf, ich schaute Sarah an, und die Wahrheit brach aus mir heraus. »Ja!«

Sie nickte, und erstaunlicherweise las sie meine Gedanken. »Lauf nicht davon, Henry. Du hast nur mehr ein Jahr. Nach deinem Schulabschluß mußt du nicht mehr ...«

»Und wenn ich so werde wie die da?« fragte ich und zeigte auf die Jungs.

Auch Sarah schaute meinen Kameraden zu, die schreiend umherrannten. Wie mir ihr Blick verriet, fand sie die Jungs von der Chatham School und das Leben, das sie einmal führen würden, gar nicht so übel. Denn sie war bereits reif genug, um zu ahnen, daß meine wilden Träume in Schall und Rauch enden würden.

Aber diese Reife fehlte mir, und so dachte ich, Sarah hätte den rebellischen Geist ebenso begraben wie Mr. Reed und Miss Channing. Die ganze Welt versank in dumpfer Feigheit. »Im Grunde bist du genauso wie diese Jungs, Sarah«, spottete ich, um sie in tiefster Seele zu verletzen. »Wenn du auch ein Mädchen bist. Das ist der einzige Unterschied.«

Sicher hätte ich noch mehr sagen und sie noch grausamer, noch arroganter verhöhnen können. Aber ein plötzlicher Krach unterbrach mich – hart und metallisch. Er drang vom Leuchtturm herüber, und als ich hinüberblickte, stürmte Miss Channing heraus. Während sie über den Rasen rannte, wehte ein roter Schal hinter ihr her.

Verwundert riß Sarah die Augen auf. »Miss Channing«, wisperte sie.

Mit langen Schritten lief Miss Channing zur Küstenstraße.

In diesem Moment schauten wir wieder zum Leuchtturm. Mr. Reed stand in der offenen Tür, den Kopf gesenkt. Erschöpft stützte er sich auf seinen Stock.

»Warum laufen sie nicht miteinander weg?« stieß ich so heftig hervor, als würde ich mit den beiden sprechen und nicht mit mir selbst. »Wieso sind die Menschen so feige?«

Mit sanfter Stimme protestierte Sarah gegen meinen verächtlichen Ausruf. »Sie sind nicht feige, Henry.«

»Warum tun sie dann nicht, was sie wollen, und vergessen alles andere?«

Natürlich wußte sie keine Antwort. Das verstehe ich jetzt besser denn je. Denn wir haben nie herausgefunden, warum wir angesichts unseres kurzen Lebens, der Intensität unserer Wünsche und der Kraft unserer Leidenschaften darauf verzichten, mit Feuereifer unser persönliches Glück zu suchen und alles andere in den Wind zu schlagen. Wir erkennen nur, daß wir es nicht tun, daß unsere Wohlanständigkeit und unser einziger Anspruch auf Ehre und Ruhm in der Ergebenheit liegen, die wir allen möglichen Dingen entgegenbringen – aber nicht uns selbst.

Ich schaute wieder zum Leuchtturm hinüber. Jetzt war die Tür leer, denn Mr. Reed stand oben auf der Plattform, umklammerte das Eisengeländer und starrte über das Dorf hinweg. So hätte ich ihn zweifellos gemalt, eine verkrüppelte Silhouette vor einem blutroten Abendhimmel.

»Wahrscheinlich wird sie ihn umbringen.« Meine Stimme zitterte vor Zorn. »Oder sie bringen sich gegenseitig um. Wieso steigen sie nicht einfach in sein Boot und segeln davon?«

Nur mühsam faßte Sarah genug Mut, um die nächste Frage zu stellen. Das merkte ich ihr an. Aber sie mußte es einfach wissen. »Hast du ihm deshalb geholfen, das Boot zu bauen? Damit sie fliehen können?«

Ich erinnerte mich an alles, was ich während der letzten Wochen gesehen und gehört hatte, an die vielen Stunden im Bootshaus, den unausgesprochenen Zweck der *Elizabeth*. Kühn und stolz erwiderte ich Sarahs Blick und bedauerte nur die vergeudete Arbeit. »Ja. Deshalb habe ich ihm geholfen. Damit sie in die Freiheit fliehen können.«

»Aber Henry!« rief sie und runzelte bestürzt die Stirn. »Was ...« Abrupt verstummte sie, und wir starrten uns schweigend an. Dann stand sie auf, ohne ein weiteres Wort, und ging davon, um ihren Platz inmitten der stumpfen, leidenschaftslosen Legionen einzunehmen, die mein Vater befehligte.

*

In den nächsten Stunden lag ich mißgelaunt auf meinem Bett, empfand nichts außer meinem brennenden Zorn. Die normalsten Geräusche kamen mir wie unerträglicher Lärm vor, die schweren Schritte meiner Mutter wie Hufschläge, die Worte meines Vaters wie geistloses Gekrächze. Sogar das Haus schien sich gegen mich zu wenden. Mein Zimmer umschloß mich wie ein Schraubstock, stickige, heiße Luft peinigte mich, und ich glaubte, ich wäre in einem Dampfbad eingesperrt.

Gegen neun Uhr stürmte ich die Treppe hinunter, in die Nacht hinaus. Meine Mutter war in ein Nachbarhaus gegangen, und so sah sie mich nicht davonlaufen. Während ich der Myrtle Street folgte, bemerkte ich das Licht im Schulbüro meines Vaters. Dort würde er jetzt arbeiten, wie ein großer, schwarzer Bär über seinen Schreibtisch gebeugt, und mit seinem Federkiel »wichtige Dokumente« unterzeichnen.

Ohne zu wissen, wohin ich ging, stieg ich zur Klippe hinauf und spürte nur vage, daß ich genau das tat, wovor Sarah mich gewarnt hatte. Impulsiv floh ich vor der Chatham School, schüttelte alles ab, was mich behinderte und schlug meine Zukunft in den Wind.

Natürlich tat ich es nicht wirklich, aber ich setzte meinen Weg fort, durch die Straßen des Dorfes, das ich so verachtete, vorbei an dunklen Läden, immer weiter, hinauf zur Straße zwischen dem Meer und dem Sumpf, wo die Plymouth Road begann. Unheimlich schimmerten die pulverisierten Austernschalen in den Mondstrahlen, die plötzlich zwischen den Wolken hervordrangen. Genauso hätte ich die Straße gezeichnet – ein helles Band, von einer Geisterhand zu mir gezogen.

Ich dachte wieder an jenen Moment, wo Miss Channing vor dem Leuchtturm geflohen und Mr. Reed zurückgeblieben war, den Kopf gesenkt, auf seinen Stock gestützt. Nie zuvor waren mir die beiden tragischer und romantischer erschienen. Sie verdienten eine gemeinsame Zukunft, jenes Glück, das nur wahrhaft leidenschaftliche Seelen verdienen.

Obwohl ich kein bestimmtes Ziel ansteuerte, bog ich in die Plymouth Road. Wie oft war ich mit Sarah hier entlanggegangen und hatte Miss Channing auf den Verandastufen des Milford Cottage sitzen oder am Deich stehen sehen… Und ich erinnerte mich an den verschneiten Novembertag, wo wir alle den Hügel hinaufgestiegen und so glücklich gewesen waren. Jetzt erfüllte mich tiefste Verzweiflung.

Schließlich erreichte ich das Milford Cottage, obwohl ich das gar nicht wollte. Hätte kein Licht gebrannt, wäre ich umgekehrt. Und hätte ein Auto in der Zufahrt geparkt, wäre ich in die Dunkelheit und zur Myrtle Street zurückgeeilt. Aber ich sah Licht hinter den Fenstern. Kein Auto versperrte mir den Weg. Und was vielleicht die größte Rolle spielte – es begann zu regnen. Ein heftiges Gewitter brach herein, das bald vorüberziehen würde, und so mußte ich im Milford Cottage Schutz suchen, nur für wenige Minuten. Als sie die Tür öffnete, sah ich ein fremdes Gesicht, mit glanzlosen dunklen Augen über halbmondförmigen Schatten und weißen Wangen. Das wirre Haar hing auf die Schultern. Vielleicht hatte sie es heftig geschüttelt. Noch nie war jemand dem Fluch der Liebe so hilflos ausgeliefert worden wie Miss Channing an diesem schrecklichen Abend.

»Henry …« Um mich genauer zu betrachten, kniff sie die Augen zusammen. Ihre Stimme war ein gebrochenes Flüstern. »Was machst du hier?«

»Oh, ich bin nur spazierengegangen«, erklärte ich hastig und wich bereits in die Nacht zurück. Denn ich erkannte, daß ich mich zu einem ungünstigen Zeitpunkt hierher verirrt hatte. »Dann begann es zu regnen und ...«

Da trat sie ins Cottage zurück und zog die Tür weiter auf. »Komm herein.«

Überall brannten Kerzen, im Kamin loderte ein helles Feuer und auf dem Sims lag ein Stapel Briefe. Einige wurden bereits von den Flammen verzehrt. In der stickigen, heißen Luft beschlugen die Fensterscheiben.

»Das muß ich loswerden«, verkündete Miss Channing mit gepreßter Stimme, fast atemlos. Auf ihrer Stirn und der Oberlippe sammelten sich Schweißperlen, nervös spielten ihre schmalen Finger mit dem Blusenkragen. »Bevor ich abreise«, fuhr sie fort, wandte sich zum Fenster und sah Regentropfen gegen die Scheibe prasseln. »Lauter Dinge, die ich nicht behalten möchte.«

Da mir nichts Besseres einfiel, fragte ich: »Wie kann ich Ihnen helfen?«

Jetzt lag unverhohlenes Leid in ihren Augen, die das Kerzenlicht widerspiegelten. »Ich ertrage es nicht mehr ...«

»Bitte, Miss Channing, ich würde Ihnen so gern helfen«, beteuerte ich und ging zu ihr.

Aber sie schüttelte den Kopf. »Du kannst nichts tun, Henry.«

Flehend schaute ich sie an. »Irgend etwas muß es doch geben.«

Da nahm ihr Gesicht einen seltsamen harten Ausdruck an, so als würde sich Fleisch in Stein verwandeln. Beschloß sie in diesem Augenblick, alles zu überleben, was die Liebe ihr angetan hatte? Sie eilte ins angrenzende Schlafzimmer, nahm die Halskette vom Bücherregal und kehrte zu mir zurück. »Laß das verschwinden.«

»Aber, Miss Channing ...«

Unerbittlich drückte sie mir die Halskette in die Hand. »Das ist alles, worum ich dich bitte, Henry.«

*

Wenige Minuten später verließ ich das Milford Cottage. Es hatte zu regnen aufgehört, und Miss Channing stand in der Tür, vom Kerzenschein umrahmt. Dort sah ich sie immer noch, bevor ich die Biegung des Wegs erreichte und aus ihrem Blickfeld geriet.

Langsam ging ich durch das Dunkel, über die nasse Erde, immer noch unter dem beklemmenden Eindruck von Miss Channings eiserner Miene, dem Ruin der Leidenschaft, die sie mit Mr. Reed geteilt hatte. Und wenn sie zum Glück des Anfangs zurückkehren wollten, sah ich nur einen einzigen Ausweg – die beiden im Boot, die Segel gebläht, auf schneller Fahrt um den Monomoy Point herum, aufs grenzenlose Meer hinaus.

In meiner Phantasie segelten sie unter einem karibischen Wind durch die tropischen Gewässer vor der Küste Kubas, Miss Channing mit strahlendem, leicht gebräuntem Gesicht, Mr. Reed am Ruder, wunderbarerweise von seinem Gebrechen geheilt. Nicht einmal die Narbe entstellte sein Gesicht. Der Winter von New

England und all die erstarrten Pflichten konnten sie nicht mehr einholen.

Plötzlich führten mich Scheinwerfer in die Realität der Plymouth Road zurück. Sie kamen langsam näher, fast tastend, zwei gelbe Augen, die mich in grelles Licht tauchten. Erst nachdem der Wagen neben mir gehalten hatte, erkannte ich Mr. Reed am Steuer, das Gesicht fast verborgen im Schatten seines Huts.

»Steig ein.«

Ich gehorchte, und er fuhr weiter die Plymouth Road hinab, bog bei der Abzweigung nach links, zu seinem Haus.

»Was machst du hier draußen, Henry?«

»Ich wollte nur spazierengehen.«

Unverwandt starrte er auf die Straße und umklammerte das Lenkrad noch fester. »Warst du bei Miss Channing?«

»Ja.«

»Warum?«

»Es fing zu regnen an, und ich wartete das Gewitter im Cottage ab.«

Nur schwach beleuchteten die beiden gelben Lichtstrahlen die nasse Straße.

»Was hat sie dir gesagt?« fragte Mr. Reed.

»Mir?«

»Über heute nachmittag.« Er warf mir einen kurzen Blick zu. »Im Leuchtturm ...«

»Nichts.«

Er schien mir nicht zu glauben. Dann sanken seine Schultern vornüber, als würde ein schweres Gewicht darauf fallen. Er nahm den Fuß vom Gaspedal, trat auf die Bremse. Schlitternd blieb das Auto stehen. In der Ferne sah ich die Lichter seines Hauses, die sanft in der Finsternis glühten. »Manchmal wünschte ich, sie wäre tot«, flüsterte er und wandte sich zu mir, das Gesicht so fahl und grau wie Miss Channings Gipsmasken. »Jetzt solltest du nach Hause gehen, Henry.«

Fügsam stieg ich aus. Nach ein paar Schritten drehte ich mich um. Die roten Rücklichter funkelten mich an wie wahnwitzige kleine Augen.

*

Am nächsten Tag kam Mr. Reed nicht in die Schule, aber Miss Channing betrat pünktlich ihr Klassenzimmer, die wilden Gefühle der vergangenen Nacht unter eiserner Kontrolle.

Es war der Freitag vor den Abschlußprüfungen, der letzte Unterricht, den sie uns erteilte. Stets fanden die Lehrer, die uns verließen, ein paar Abschiedsworte – wenn sie in den Ruhestand versetzt wurden, bessere Posten übernehmen wollten oder wenn mein Vater sie wegen ihrer Unfähigkeit entlassen hatte. Alle beteuerten, sie hätten sehr gern an der Chatham School gearbeitet, und hofften, wir würden in Verbindung bleiben. Während sich die Schulstunde dem Ende näherte, erwarteten wir, auch Miss Channing würde sich verabschieden und vielleicht erklären, wie sie ihre Zukunft gestalten wollte.

Doch das tat sie nicht. Statt dessen faßte sie mit spröder Stimme zusammen, was sie uns beigebracht hatte, beantwortete unsere Fragen so knapp wie nur möglich und beendete den Unterricht mit einer tonlosen Bemerkung. »Jetzt ist es an der Zeit zu gehen«, sagte sie – wenige Sekunden, bevor die Glocke läutete. Dann postierte sie sich neben der Tür.

Während wir an ihr vorbeigingen, nickte sie jedem einzelnen zu und flüsterte kaum hörbar: »Leb wohl.«

»Aber wir müssen uns noch nicht verabschieden«, wandte ich ein. »Am Sonntag komme ich mit Sarah zu Ihnen.«

»Ja, natürlich«, murmelte sie und konzentrierte sich auf den Jungen hinter mir. »Leb wohl, William«, wisperte sie, als er ihre Hand ergriff. Den restlichen Tag verbrachte sie in der Abstellkammer, die man vor neun Monaten in ein Klassenzimmer umgewandelt hatte, machte sauber, räumte ihre Sachen weg, stapelte die Bildhauerpodeste aufeinander, faltete die grüne Segeltuchplane zusammen, auf der die Gipsmasken entstanden waren.

Um vier Uhr nachmittags war sie fast fertig. Mrs. Benton sah sie die Fenster putzen – hektisch und ungeduldig, wie sie Mr. Parsons und Captain Hamilton später mitteilte. Gegen Abend färbte sich die Luft im Hof blaßblau. Mrs. Abercrombie sah das Licht in dem kleinen Häuschen erlöschen, Miss Channing herauskommen und die Tür schließen. Ein paar Sekunden lang habe Miss Channing davorgestanden, erzählte Mrs. Abercrombie, dann sei sie davongegangen.

Wenige Sekunden später beobachtete Mr. Taylor (ein Banker, der ein großes Haus an der Myrtle Street bewohnte), wie Miss Channing die Säule vor dem Schulgebäude betrachtete. Ihre Fingerspitzen berührten eins der Gesichter. Kurz vor der Abenddämmerung, als sich neue Gewitterwolken am fernen Horizont ballten, verließ mein Vater die Chatham School und sah Miss Channing auf der Klippe stehen, nahe dem hohen weißen Leuchtturm. Ihr langes, schwarzes Haar flatterte im Wind, reglos starrte sie auf das dunkle Meer hinab.

Am nächsten Tag – es war ein Samstag, der 26. Mai 1927 – wurde Miss Channing nicht mehr gesehen. Der Briefträger berichtete, er habe ihr um elf Uhr die Post gebracht. Da sei das Cottage bereits leer und verlassen gewesen. Ein Jäger namens Marcus Lowe, von einem plötzlichen Gewittersturm überrascht, erklärte später, er habe fast eine halbe Stunde unter dem Verandadach des Milford Cottage gestanden, und kein einziges Geräusch sei herausgedrungen. Trotz der Finsternis über dem Black Pond habe er keine Lampe brennen sehen.

25

Wahrscheinlich war Miss Channing zwischen dem Freitag vor den Prüfungen und dem Sonntagmorgen, wo Sarah ihre letzte Lektion erhalten sollte, niemandem begegnet.

Das Gewitter vom Vorabend war vorbeigezogen und hatte flimmernde, fast schwüle Luft hinterlassen, als wir die Plymouth Road entlanggingen. Offenbar erinnerte sich Sarah kaum noch an meine schroffen Worte am Rand des Sportplatzes, vor zwei Tagen, und einmal nahm sie sogar meinen Arm. Sie war fröhlich, voller Selbstvertrauen, und das schüchterne Mädchen, das ich vor einem Jahr gekannt hatte, existierte nicht mehr.

»Natürlich werde ich Miss Channing vermissen«, erklärte sie. »Aber ich werde mich weiterbilden.« Inzwischen beherrschte sie die Grundbegriffe des Lesens und Schreibens. Ich hatte sie während der letzten Wochen oft in der Küche gesehen, ein Buch im Schoß. Angestrengt konzentrierten sich ihre schönen Augen auf die Zeilen. Und wenn sie auch nicht alle Wörter verstand, so machte sie doch die Fortschritte, die ich von ihr erwartete, da sie so ehrgeizig und eifrig bestrebt war, einem tristen Leben zu entrinnen.

Sie ließ meinen Arm los und schaute mich entschlossen an. »Niemals werde ich aufgeben, Henry.«

An diesem Morgen hatte sie sich förmlich gekleidet, zweifellos zu Ehren Miss Channings. Sie trug eine weiße Bluse in einem dunkelroten Look. In einer langen Welle fiel ihr das schwarze Haar auf den Rücken. Diesmal hatte sie keinen Kuchen gebacken, sondern ein besonderes Geschenk angefertigt, einen Schal in den Farben der Chatham School – hellblau mit goldgelben Fransen.

»Glaubst du, das wird ihr gefallen?« fragte sie aufgeregt und nahm den Schal aus ihrem Korb.

»Keine Ahnung«, antwortete ich und erinnerte mich, wie unnahbar und bedrückt Miss Channing in ihrer letzten Schulstunde am Freitag gewesen war, an ihren seltsamen Blick beim Abschied. Aber selbst diese Zurückhaltung erschien mir vorteilhafter als die Qual in ihren Augen – an jenem Abend vor zwei Tagen, wo sie mir die Halskette gegeben hatte. Welch ein eiskalter, endgültiger Auftrag … *Laß das verschwinden.*

Aber ich hatte den Schmuck nicht weggeworfen. Und jetzt, an der Abzweigung von der Plymouth Road, fühlte sich die Kette in meiner Hosentasche wie eine Schlange an, die befreit werden wollte. Plötzlich blieb ich stehen und wußte, was ich tun würde.

»Was ist los, Henry?« fragte Sarah.

Ich griff in die Tasche, und die Glasperlen wanden sich um meine Finger. »Hör mal, ich muß zu Mr. Reed gehen.«

»Zu Mr. Reed? Warum?«

»Weil ich ihm was geben möchte. Danach komme ich zu Miss Channing.«

Sarah nickte und ging weiter zum Milford Cottage, während ich am Ufer des Black Pond entlangrannte. Nach wenigen Minuten erreichte ich Mr. Reeds Haus. Sein Auto stand in der Zufahrt, das Ruderboot lag am Ufer, an der Stelle, wo wir es vor einem knappen Monat vertäut hatten. Im Garten war niemand zu sehen, aus dem Haus drangen keine Geräusche.

Und dann sah ich Mrs. Reed aus dem alten, grauen Schuppen treten. Schwerfällig stapfte sie durch das hohe Unkraut, in Gedanken versunken, und blickte erst auf, als sie sich den Verandastufen näherte.

»Guten Morgen, Mrs. Reed«, grüßte ich.

Abrupt blieb sie stehen, hob verwirrt eine Hand, um ihre Augen gegen das helle Sonnenlicht abzuschirmen.

Sie starrte mich an, wachsam und mißtrauisch. Hielt sie mich für einen unheimlichen Schatten im Wald, eine Gefahr, die ihr auflauerte?

»Ich bin Henry Griswald«, erinnerte ich sie. »Der Junge, der ...«

»Ja, ich weiß, wer du bist«, unterbrach sie mich und zuckte zusammen. Vielleicht fürchtete sie tatsächlich, ich würde ihr etwas antun. »Du hast ihm geholfen, das Boot zu bauen.«

In ihrer Stimme schwang ein anklagender Unterton mit, den ich ignorierte. »Ist Mr. Reed zu Hause?«

Diese Frage schien sie zu bekümmern. »Nein«, antwortete sie sichtlich erregt, »er geht spazieren.« Ihr Blick wanderte über den Teich hinweg, zu dem kleinen weißen Cottage am anderen Ufer. »Aber ich weiß nicht, wo er steckt ...«

»Hat er gesagt, wann er zurückkommt?«

»Nein«, erwiderte sie spröde, zog eine rötliche Braue hoch und ließ sie langsam wieder sinken, wie einen sterbenden Atemzug. »Warum bist du hier?« Argwöhnisch musterte sie mich, als wäre ich ein großer schwarzer Raubvogel, der sich aus luftiger Höhe auf sie herabgestürzt hatte.

»Ich möchte mit Mr. Reed sprechen.«

Da ging ihr ein neuer Gedanke durch den Sinn. »Läuft er weg?« Ihre zornigen Augen drohten mich zu durchbohren, ihre Stimme glich einem dünnen, straff gespannten Draht. »Verläßt er mich und Mary?« Sie neigte den Kopf nach links, zum Teich. »Brennt er mit *ihr* durch?«

Unbehaglich zuckte ich die Schultern. »Ich – eh …«

In ihrem Innern schien ein seltsames Feuer aufzulodern. »Er wäre nicht der erste, der mich im Stich läßt.«

Darauf gab ich keine Antwort. Meine Finger umschlangen die Halskette in meiner Hosentasche, aber ich glaubte, einen grauen Strick zu berühren, den Stahlgriff eines Messers. »Wirklich, ich wollte nur mit Mr. Reed reden. Am besten schaue ich ein andermal vorbei.«

Wütend fauchte sie mich an: »Sag ihm, das würde ich verhindern … Er hat versprochen, er würde nicht lange wegbleiben.«

»Sicher kommt er bald zurück.«

Sie schwieg, in ihrer eigenen Welt gefangen. Unstet irrten ihre Augen umher, die Hände zerrten an ihrer alten Schürze.

Als ich sie beobachtete, vermochte ich mir nicht vorzustellen, daß sie Mr. Reed je wieder umarmen, in ihr Bett locken oder auch nur mit ihm durch den verschneiten Wald wandern würde. Wie konnte er sein restliches Leben mit ihr verbringen und eine geschmacklose Suppe essen, während sie ihm am Tisch gegenübersaß, die Lebensmittelpreise beklagte und nur an seinen Betrug dachte?

Plötzlich sah ich die Alternative zu diesem Schicksal lebhafter denn je vor mir: Miss Channing und Mr. Reed eilten vom Leuchtturm zur Küstenstraße, durch das Dorf, zum Hafen, wo die *Elizabeth* ihre stolzen Segel blähte und die Passatwinde wie ungeduldige weiße Hengste warteten, um das Liebespaar davonzutragen.

In diesem Augenblick fand ich die Lösung des Problems. Und das erschien mir wie eine gewaltige Offenbarung. Irgend jemand mußte es tun – jemand anderer mußte die beiden befreien. Seit Monaten waren sie hilflos im Verlies der Chatham School eingesperrt, von meinem Vater bewacht, einem unerbittlichen Wärter. Mrs. Reed hütete das Gefängnistor. Also lag es an mir, zum wahren Helden dieser Romanze zu avancieren, den eisernen Schlüssel herumzudrehen und die schweren Türflügel zu öffnen.

Entschlossen schaute ich Mrs. Reed an. »Lassen Sie die beiden gehen. Denn sie wollen in Freiheit leben.«

Ihr Blick erstarrte, ihr Gesicht verzerrte sich. »Was hast du gesagt?« stieß sie hervor.

»Daß sie in Freiheit leben wollen«, erklärte ich und staunte über meine eigene Kühnheit.

»In Freiheit?«

Ich wandte mich zum Teich. In der Ferne sah ich die Weide hinter dem Milford Cottage, den Landesteg. Und ich dachte an Miss Channings zitternde Hand, die Mr. Reeds Wange berührt hatte, die Zärtlichkeit in seinen Augen. Diese Vision spornte mich zu skrupelloser Grausamkeit an. »Ja«, bestätigte ich kühl. »In Freiheit. Genau das wünschen sich Miss Channing und Mr. Reed.«

Sekundenlang schaute sie mich schweigend an, die Augen ohne Glanz, die Züge stumpf, als hätte man alles Leben herausgeprügelt.

Und dann versteifte sich ihr Körper. Sie fuhr herum, kehrte mir den Rücken, ging davon. *Mary, komm ins Haus*. Wie eine stählerne Glocke hallte ihre Stimme durch den Wald, während sie hinter ihrer Tür verschwand. Wenig später lief ein kleines Mädchen um die Ecke, sprang lachend die hölzernen Stufen hinauf und tauchte in dunklen Schatten unter.

*

Miss Channing und Sarah wanderten im Milford Cottage auf und ab. Hochaufgerichtet trat ich ein, immer noch beeindruckt von meiner grandiosen Leistung.

Offensichtlich hatte Sarah auf mich gewartet, um Miss Channing das Geschenk in meiner Gegenwart zu überreichen. »Hier, das ist für Sie!« verkündete sie freudestrahlend und zog den Schal aus ihrem Korb.

»Danke.« Miss Channing nahm ihn so behutsam entgegen, als wäre er ein Baby. »Sehr schön, Sarah.«

Inzwischen waren die meisten Sachen in den beiden Lederkoffern verpackt, die ich vor einem knappen Jahr ins Cottage getragen hatte. Sie standen im Wohnzimmer, und daneben stapelten sich ein paar Schachteln, gefüllt mit Dingen, die seither hinzugekommen waren. In Gedanken sah ich mich das alles in Mr. Reeds Boot verfrachten. Dann eilte ich zum Ende des Piers und winkte ihnen nach, während sie aus dem mondhellen Yachthafen segelten, um sich nie wieder in der Chatham School blicken zu lassen.

»Für dich habe ich auch etwas, Sarah«, sagte Miss Channing und holte das afrikanische Armband aus dem Schlafzimmer. Die bunten Perlen schimmerten im Sonnenlicht. »Zum Lohn für deinen Fleiß.«

»Oh, vielen Dank, Miss Channing!« rief Sarah entzückt und schob das Armband über ihr Handgelenk.

»Und nun sollten wir mit der Lektion beginnen.«

Sie setzten sich an den Fenstertisch, Sarah ordnete ihre Bücher, und Miss Channing inspizierte die Hausaufgaben ihrer Schülerin.

Um die beiden nicht zu stören, schlenderte ich zum Teich. In der Ferne sah ich Mr. Reeds Haus, halb verborgen hinter einem Wäldchen. Das Auto parkte an derselben Stelle wie zuvor.

Eine Stunde später stand ich immer noch am Wasserrand. Miss Channing und Sarah kamen zu mir. Wie so oft am Ende einer Lektion schwatzte das Mädchen lebhaft. »Wohin gehen Sie jetzt?«

Miss Channing antwortete schneller als erwartet. In der Myrtle Street hatte niemand über ihre Absichten gesprochen. »Vielleicht ziehe ich nach Boston. Zumindest für eine Weile.«

»Oh, eine wundervolle Stadt!« jubelte Sarah. »Und was werden Sie da machen?«

Miss Channing zuckte die Schultern. »Das weiß ich noch nicht.« Offenbar war ihr das Thema unangenehm, und um es zu wechseln, wandte sie sich zu mir. »Henry, ich habe noch ein paar Büchern aus der Schulbibliothek. Würdest du sie zurückbringen?«

»Natürlich, Miss Channing.«

Sie eilte zum Cottage, und ich mußte meine Schritte beschleunigen, damit ich an ihrer Seite blieb. Nachdem sie einen Karton mit Büchern aus dem Schlafzimmer geholt hatte, seufzte sie: »Tut mir leid, daß ich mich am Freitag abend so seltsam benommen habe.«

»Dafür müssen Sie sich nicht entschuldigen, Miss

Channing«, erwiderte ich und unterdrückte ein Lächeln. Bald würde sie mir sehr viel verdanken, denn ich hatte etwas vollbracht, das weder ihrem Liebsten noch ihr selbst gelungen war, und die Fesseln durchschnitten.

Danach verließen wir das Cottage und blieben bei der Weide stehen. Inzwischen hatte die Sonne den Zenit erreicht. Es war windstill, reglos hingen die langen Zweige zum feuchten Boden herab.

Zur Rechten sah ich Sarah über den alten Landesteg wandern. Kurz vor seinem Ende hielt sie zögernd inne, als würde sie dem morschen Holz nicht trauen. Doch dann ging sie weiter, eine schlanke aufrechte Gestalt in ihren schönsten Kleidern.

»Hoffentlich kümmerst du dich um Sarah«, bemerkte Miss Channing. »Du mußt sie bei ihren Studien ermutigen.«

»Oh, ich glaube, das ist gar nicht nötig.« Ich schaute über den Teich hinweg und sah Mrs. Reed plötzlich aus dem Haus stürmen. Unsanft zerrte sie Mary hinter sich her. Am Fuß der Verandatreppe blieb sie stehen, ihr Kopf drehte sich nach allen Seiten, und sie schien in der Luft irgendwelche Antworten zu suchen. Schließlich rannte sie mit dem kleinen Mädchen zum Schuppen.

Auch Miss Channing spähte zum anderen Ufer und beobachtete dieselbe Szene.

»Sie ist verrückt«, murmelte ich.

Dazu wollte sie offenbar nichts sagen. »Nimm dir ein Beispiel an deinem Vater, Henry. Er ist ein guter Mann.«

Erschrocken starrte ich sie an, verstand nicht, warum sie ihn schätzte, suchte verzweifelt nach Mitteln und

Wegen, um sie eines Besseren zu belehren. Aber mir fiel nichts ein, und außerdem fürchtete ich, sie würde mich verachten, wenn ich meinen Vater verunglimpfte.

Und so standen wir immer noch wortlos am Wasserrand, als sich plötzlich ein Auto auf der Plymouth Road näherte, mit laut dröhnendem Motor. Ich wandte mich nach rechts und sah es vorbeibrausen, von einer dichten weißen Staubwolke umgeben. In halsbrecherischem Tempo raste etwas Schwarzes die grasbewachsene Böschung herab, zum Landesteg. Heftig schwankte die alte Karosserie hin und her.

Eine schreckliche Sekunde lang fühlte ich mich gelähmt, beobachtete die Ereignisse wie eine Totenmaske an einer leblosen Säule – bis ich Miss Channings Schrei hörte. Dann begann sich die Welt wieder zu drehen.

Sarah fuhr herum, und das Auto schlitterte nach rechts, als versuchte es auszuweichen. Zu spät. Mit voller Wucht prallte es gegen ihren Körper, der über die Motorhaube rollte und in den Teich fiel. Dann holperte es zum Ende des Landestegs, hob sich wie ein schwerer, flügelloser schwarzer Vogel in die Luft und versank in der Tiefe des Black Pond. Blitzschnell und wahnwitzig kreisten die hinteren Räder und wirbelten Silberfontänen ins Sonnenlicht.

Während Miss Channing in den Schlamm watete und Sarahs zerbrochenen Körper herauszog, rannte ich über den Landesteg und sprang ins immer noch aufgewühlte Wasser.

Wenig später tauchte ich auf, zitternd und erschüttert über das Grauen, das ich gesehen hatte. Zusammengesunken saß Miss Channing am Ufer und hielt Sarah in den Armen.

»Es ist Mrs. Reed«, erklärte ich, als ich an Land stapfte.

Entsetzt starrte sie mich an. »Ist sie tot?«

Und meine Antwort klang so leidenschaftslos wie das Leben, das ich von da an führen sollte. »Ja.«

26

In all den Jahren konnte ich mich nicht genau entsinnen, was sich ereignet hatte, nachdem ich aus dem Wasser gestiegen war. Ich weiß nur, daß ich zu Miss Channing rannte, die triefnaß und fröstelnd am Ufer saß. In ihrem Schoß lag Sarahs Kopf, die blicklosen Augen weit aufgerissen. Langsam sanken die Lider herab, hoben sich wieder, und ich schöpfte neue Hoffnung.

Irgendwann rannte ich die Plymouth Road hinab, völlig durchnäßt, das Haar in den Augen, und hielt das erste Auto an, das vorbeikam. Hinter dem Steuer saß ein alter Mann, ein Preißelbeerzüchter, wie ich später herausfand. Ungläubig musterte er mich, während ich atemlos erklärte, am Black Pond sei ein Unfall passiert, er solle einen Arzt und die Polizei holen und sich – bitte, bitte – beeilen. Von plötzlicher Energie erfaßt, versprach er: »Gleich bin ich wieder da, mein Junge.« Und dann polterte das alte graue Auto ostwärts, nach Chatham.

So schnell ich konnte, lief ich zum Milford Cottage zurück und sah Miss Channing immer noch am Ufer sitzen, das bewußtlose Mädchen in den Armen. Sarahs Augen waren geschlossen. Leise röchelte ihr Atem, aus dem linken Ellbogen ragte ein Knochen wie ein weißer Pfeil. Ansonsten wirkte sie unverletzt.

Schweigend kauerten wir auf der Böschung. Nur das Plätschern der Wellen und das Rauschen des Windes in den Bäumen erinnerten uns an die grausige Realität – das Auto hatte Sarah in den Teich geschleudert, und in seiner Tiefe lag Mrs. Reed über dem Lenkrad.

Als erster traf Dr. Craddock ein. Die schnittige neue Limousine glitt die Plymouth Road herab und hielt mit quietschenden Reifen vor dem Cottage. Eine schwarze Tasche in der Hand, sprang er aus dem Wagen und lief zu uns. »Was ist geschehen?« fragte er, kniete nieder und tastete nach Sarahs Puls.

»Ein Auto«, erwiderte ich. »Sie wurde von einem Auto angefahren.«

»Von welchem Auto?« Hastig öffnete er seine Tasche und nahm ein Stethoskop heraus.

»Jetzt liegt's im Wasser. Es ist vom Landesteg hineingefallen.«

Während er Sarahs Brust abhorchte, warf er mir einen kurzen Blick zu. »Und diese junge Frau ist gefahren?«

»Nein, in diesem Auto sitzt jemand anderer.«

Da las ich in seinem Gesicht den ersten Anflug jenes fassungslosen Grauens, das wie eine graue Wolke auf unser Dorf hinabsinken würde. »Eine Frau«, fügte ich hinzu – unfähig, den Namen zu nennen, den ich bereits aus meiner Erinnerung zu verdrängen suchte. »Sie ist tot.«

»Bist du sicher?«

»Ja.«

Er packte das Stethoskop in seine Tasche, holte eine Injektionsspritze und ein Fläschchen mit einer klaren Flüssigkeit hervor. »Und wie geht's dir? Alles in Ordnung?«

»Ja.«

Dann wandte er sich an Miss Channing. »Und Sie?« fragte er, füllte die Spritze und stach die Silberspitze in Sarahs Arm.

»Mir ist nichts passiert«, antwortete Miss Channing, das Gesicht von jener tiefen, sonderbar undurchdringlichen Trauer erfüllt, die sie nie mehr verlassen sollte.

»Und wer ist die Frau in diesem Auto?«

»Abigail Reed«, entgegnete Miss Channing, schaute auf Sarah hinab und strich ihr eine feuchte Strähne aus der Stirn. »Und das ist Sarah Doyle.«

*

Als Captain Lawrence P. Hamilton von der Massachusetts State Police das Milford Cottage erreichte, war Sarah bereits weggebracht worden. Der große, schlanke, grauhaarige Mann bewegte sich seltsam graziös. In seinem Gesicht las ich tiefen Ernst, vielleicht hervorgerufen von den vielen schrecklichen Dingen, die er schon gesehen hatte.

Bei seiner Ankunft standen Miss Channing und ich neben dem Cottage. Auf dem einst verlassenen Rasen tummelten sich der Dorfpolizist, der Leichenbeschauer und zwei der vier Ratsmitglieder. Chathams kleine offizielle Maschinerie war bereits in Gang.

Zu diesem Establishment gehörte Captain Hamilton nicht, was seine Haltung eindeutig demonstrierte. Er strahlte die Autorität reichhaltiger Erfahrungen aus, die er außerhalb der dörflichen Grenzen oder sogar des Cape Cod gesammelt hatte. Das verrieten seine langen, energischen Schritte, seine gebieterische Stimme. Schon bevor er seine Fragen stellte, schien er die Antworten zu kennen.

»Du bist Henry Griswald?«

»Ja.«

Dann schaute er Miss Channing an. »Wohnen Sie im Cottage?«

Schweigend nickte sie und verschränkte die Arme vor der Brust, als würde sie plötzlich frösteln.

»Was den Unfall betrifft, bin ich über die meisten Einzelheiten informiert.« Sein Blick glitt zum Teich hinüber.

Am Ufer stand ein Traktor, und ich sah einen Mann ins Wasser waten. Er trug einen Badeanzug und hielt eine schwere Kette in der rechten Hand.

»Nun werden wir das Auto herausziehen«, verkündete der Captain.

Der Mann verschwand in der Wassertiefe, seine Füße wirbelten weißen Schaum auf.

»Soviel ich weiß, war sie verheiratet. Mit Leland Reed, nicht wahr?« Seltsamerweise hatte ich bisher nicht an Mr. Reed gedacht, auch nicht an die andere Person, die Captain Hamilton fast im selben Atemzug erwähnte. »Und da gibt's noch eine kleine Tochter. Hast du sie gesehen, Henry?«

»Nein.«

»Könnte sie im Auto sein?«

Eine solche Möglichkeit war mir noch nicht in den Sinn gekommen. »Das glaube ich nicht.«

»Da drüben ist offenbar niemand daheim.« Captain Hamilton zeigte über den Teich hinweg. »Hast du eine Ahnung, wo Mr. Reed und das kleine Mädchen stecken könnten?«

Zuletzt hatte ich Mary gesehen, wie sie ihrer Mutter zu dem alten, grauen Schuppen gefolgt war. »Ich könnte mir denken, wo sie ist.«

»Wo?«

»Im Schuppen.«

»In welchem Schuppen?«

»Der liegt etwa hundertfünfzig Meter vom Haus entfernt.«

Aufmerksam starrte er mich an. »Würdest du mich hinführen, Henry?«

Ich nickte, obwohl mir der Gedanke, das andere Ufer aufzusuchen, einen kalten Schauer über den Rücken jagte.

»Später reden wir noch mal miteinander, Miss Channing.« Er berührte die Krempe seines Huts, ergriff meinen Arm und zog mich zum Black Pond.

Schon nach wenigen Minuten erreichten wir den alten Schuppen, den mehrere Bäume umgaben. Der große, rostige Türriegel war vorgeschoben, und ein leises Wimmern drang durch die Tür. »Tritt zurück, mein Junge«, befahl Captain Lawrence, und ich gehorchte.

Ein paar Schritte entfernt, beobachtete ich, wie er die Tür öffnete und hindurchspähte. »Fürchte dich nicht!« rief er und ging hinein. Sekunden später trug er Mary heraus.

Ihre Kleider waren schweißnaß, das lange, blonde Haar hing ihr zerzaust auf die Schultern. Angstvoll starrten ihn die blauen Augen an, als sie eine verständnislose Frage stellte. *Wo ist meine Mama?* Und die Antwort sollte sie noch oft genug hören, ein grausames Spottlied im Schulhof.

Im Black Pond
ist sie versunken,
ertränkt von einer teuflischen Feindin.

Als Captain Hamilton und ich zum Milford Cottage zurückkehrten, hatte man Mr. Reeds Auto bereits geborgen und Mrs. Reed in Hensons Leichenhalle gebracht. Dort wurde sie, wie ich später erfuhr, auf einen Metalltisch gelegt und mit einem Laken zugedeckt.

Bald danach traf mein Vater ein. Wie in Trance ging er zu Miss Channing und mir.

»Großer Gott, ist es wirklich wahr, Henry?« fragte er, und ich nickte. Dann schaute er Miss Channing an, und ich las ein grausiges Entsetzen in seinen Augen, die Ahnung, daß der Black Pond noch dunklere Geheimnisse bergen mochte. Wortlos nahm er ihren Arm und führte sie ins Cottage, wo sie ein paar Minuten blieben.

Durch die offene Tür sah ich ihn am Kamin stehen. Miss Channing saß in einem Lehnstuhl. Zitternd zerrte sie an ihrem nassen Kleid.

Schließlich kamen sie wieder heraus, und Captain Hamilton ging ihnen entgegen. So, wie er meinen Vater begrüßte, schien er ihn zu kennen. »Ihr Sohn ist ein tapferer Junge, Mr. Griswald, und er tat sein Bestes, um sie zu retten.«

Langsam schlossen sich meine Augen, und Mrs. Reed starrte mich durch grünes Wasser an.

»Offenbar war das Auto in Ordnung«, fügte Captain Hamilton hinzu. »Keine Probleme mit den Bremsen oder der Lenksäule. Für einen Unfall gab es keinen Grund. Henry, konntest du Mrs. Reed am Steuer beobachten, als der Wagen an dir vorbeifuhr?«

»Nein, ich sah ihn nur die Böschung hinabrasen.«

Er wollte eine weitere Frage stellen, doch da mischte sich mein Vater ein. »Was für eine Rolle spielt das, Captain? Ich meine, ob Henry sie beobachtet hat oder nicht?«

»Da das Auto keinen Schaden aufweist, müssen wir annehmen, daß mit der Fahrerin irgendwas nicht stimmte.« Captain Hamilton zuckte die Schultern. »Vielleicht erlitt sie einen Herzanfall und verlor die Kontrolle über den Wagen.« Sekundenlang herrschte tiefes Schweigen. Dann wandte er sich zu Miss Channing. »Kannte Mrs. Reed dieses junge Mädchen, Sarah Doyle?«

»Das bezweifle ich«, erwiderte Miss Channing.

Nachdenklich runzelte er die Stirn und schien irgendwelche Schlüsse zu ziehen. »Und Sie, Miss Channing? Hat Mrs. Reed Sie gekannt?«

»Nur flüchtig.«

»War sie jemals hier im Cottage?«

»Nein.«

Sein Blick wanderte zur Straße hinüber, kehrte wieder zu Miss Channing zurück. »Wenn Mrs. Reed Sie kaum kannte, warum fuhr sie dann hierher? Das ist eine Sackgasse. Wenn sie nichts mit Ihnen zu tun hatte, Miss Channing – was führte sie zum Milford Cottage?«

Da gab sie ihm die einzig mögliche Antwort. »Das weiß ich nicht, Captain.«

Plötzlich zerrte mich mein Vater davon und erklärte: »Ich muß meinen Sohn nach Hause bringen. In diesen nassen Sachen könnte er sich eine Lungenentzündung holen.«

Captain Hamilton versuchte nicht, uns aufzuhalten. Ein paar Sekunden später saßen wir im Auto meines Vaters. Inzwischen war es Nachmittag geworden, die Luft erstaunlich hell und klar.

Während wir im Rückwärtsgang zur Straße fuhren, sah ich Captain Hamilton zum Ende des Landestegs wandern. Wenn alles ein Ende gefunden hatte, würde Mr. Parsons an der derselben Stelle stehen und auf das Wasser blicken, in seinem dunklen Anzug, das Gesicht von der Krempe seines Filzhuts überschattet.

27

Zu Hause befahl mir mein Vater, mich rasch umzuziehen und wieder hinunterzukommen. Wie er mir erklärte, war Sarah in Dr. Craddocks Klinik gebracht worden, und wir sollten möglichst bald nach ihr sehen. Ich gehorchte und vertauschte meine Kleidung, die inzwischen nur mehr feucht war, mit anderen Sachen.

Dann lief ich die Treppe hinab. Mein Vater wartete nervös auf der Veranda, meine Mutter saß bereits im Auto. »Oh, ich wußte, daß etwas Schreckliches geschehen würde«, seufzte sie, als ich in den Fond stieg. »So was spürt eine Frau.«

Dr. Craddocks große Klinik stand am Ostrand von Chatham, das einstige Heim eines reichen Kapitäns. Im ersten Stock lagen einige Privatzimmer. Er kam uns an der Tür entgegen, in einem langen weißen Kittel. An seinem Hals hing ein Stethoskop.

»Wie geht es ihr?« fragte mein Vater ohne Umschweife.

»Sie ist immer noch bewußtlos, und ich fürchte, man muß mit dem Schlimmsten rechnen.«

»Also wird sie sterben?«

Dr. Craddock nickte. »Bedauerlicherweise hat sie einen schweren Schock erlitten, und ein solcher Zustand ist immer gefährlich.« Er führte uns die Treppe hinauf und zu Sarahs Bett. Da lag sie, die Augen reglos unter den geschlossenen Lidern, atmete flach und hektisch.

»O Gott!« wisperte meine Mutter. »Arme Sarah …«

Während ich sie betrachtete, konnte ich mir kaum

vorstellen. daß ihr Leben ein Ende finden sollte. Ihr schönes Gesicht war unversehrt, wie ein schlafendes Schneewittchen, das lange schwarze Haar ordentlich frisiert. Wie ich später erfuhr, hatte der Doktor sie gekämmt – eine Geste, die ich sehr gütig fand.

Mein Vater berührte Sarahs Wange, dann wandte er sich zu Dr. Craddock. »Falls sie überlebt – wann wirst du's wissen?«

»Das kann ich nicht sagen. Wenn ihr Gehirn unverletzt ist, wäre es möglich …« Er unterbrach sich. Offenbar wollte er keine falschen Hoffnungen wecken. »In ein paar Stunden läßt sich vielleicht eine genauere Diagnose stellen.«

»Bitte, gib mir Bescheid, sobald eine Veränderung eintritt – oder wenn du mich brauchst.«

Dr. Craddock nickte. »Wie lange war sie bei euch, Arthur?«

»Fast zwei Jahre.« Mein Vater schaute sie liebevoll an. »So ein schönes Kind. Sehr klug und ehrgeizig. Sie hat lesen und schreiben gelernt.«

Bedrückt stand ich neben dem Bett und erinnerte mich, wie fröhlich und lebhaft sie vor wenigen Stunden noch gewesen war, so stolz auf ihre Fortschritte. Sie hatte das afrikanische Armband über ihr Handgelenk gestreift, wie ein Symbol ihrer neuen Fähigkeiten.

Und jetzt … Noch nie war mir das Leben so verletzlich erschienen, den Attacken von Unfällen oder Krankheiten und dem unausweichlichen Tod hilflos ausgeliefert. Es ist nur ein winziger Lichtblick, dieses Leben, an dem wir hängen, unermeßlich schwach, kurz und widerstandslos, ein grandioses Leben ebenso wie ein unwichtiges, nur vom Atemhauch erhalten.

*

In eisigem Schweigen fuhren wir nach Hause, meine Mutter in düsterem Zorn auf dem Beifahrersitz, mein Vater am Steuer, den Blick unverwandt auf die Straße gerichtet. Zweifellos versuchte er, diese letzte Katastrophe in sein System aller Dinge einzuordnen, ihr die Bedeutung zu verleihen, die sie verdiente, vielleicht sogar irgendeine imaginäre Würde.

Und was mich betrifft – ich ertrug es nicht, an die Ereignisse dieses Tages zu denken, die ungeheure Zerstörung, Sarahs zerbrochene Knochen, Mrs. Reeds letzte höllische Sekunden.

Deshalb konzentrierte ich mich auf Miss Channing, malte mir aus, wie sie allein in ihrem Cottage saß oder durch den Wald wanderte. Unter solchen Umständen durfte man sie nicht sich selbst überlassen. Als wir uns der Myrtle Street näherten, fragte ich: »Und Miss Channing? Vielleicht sollten wir ...«

»Miss Channing?« fauchte meine Mutter und drehte sich zu mir um.

»Ja.«

»Was meinst du?«

»Nun, sie ist ganz allein. Wir müßten sie zu uns holen.«

»Zu uns?« stieß sie hervor.

Hilfesuchend schaute ich meinen Vater an, aber er preßte die Lippen zusammen, nicht bereit, die Wut meiner Mutter noch zu schüren.

»Nie wieder wird diese Frau einen Fuß über unsere Schwelle setzen«, entschied sie. »Ist das klar, Henry?«

Ich nickte kleinlaut und sagte nichts mehr.

*

An diesem Abend herrschte eine so gespannte Atmosphäre in meinem Elternhaus, daß ich es nur zu gern verließ. Mein Vater fuhr mich zu Dr. Craddocks Klinik und versprach, gegen Mitternacht würde mich jemand ablösen.

Der Doktor erwartete mich an der Tür und erklärte, Sarahs Zustand habe sich nicht geändert, aber allem Anschein nach würde sie nicht leiden. »Am Ende des Korridors findest du eine Schwester. Hol sie, wenn unsere Patientin unruhig wird.«

»Ja«, stimmte ich zu und beobachtete, wie er die Eingangsstufen hinabeilte, in sein Auto stieg und davonfuhr.

Seit dem Nachmittag hatte sie sich nicht gerührt, lag immer noch auf dem Rücken, ein Laken bis zur Taille hochgezogen. Im Licht der Nachttischlampe wirkte ihr Gesicht völlig blutleer, der rosige Schimmer war einer geisterhaften Blässe gewichen.

Ich berührte ihre Schläfe mit den Fingerspitzen, dann setzte ich mich auf den Stuhl am Fenster, um mit ihr die Nacht abzuwarten. Zum Zeitvertreib hatte ich ein dickes Buch mitgenommen, einen Seefahrerroman aus der beschränkten Sammlung unserer Schulbibliothek. Nur darauf würde ich mich konzentrieren, beschloß ich, und keine anderen Gedanken zulassen.

Aber nachdem ich zwanzig Seiten gelesen hatte, tauchte jemand aus dem schwacherleuchteten Flur auf, eine große, schlanke Gestalt. Wie ein Schleier umhüllte das dunkle Haar ihren Kopf.

»Hallo, Henry«, sagte Miss Channing.

Verwirrt stand ich auf und brachte kein Wort hervor. Ihre Ankunft traf mich wie ein Blitzschlag, erinnerte mich an alles, was ich getan hatte.

»Wie geht es ihr?«

Ich legte das Buch auf den Stuhl. »Unverändert, seit – seit …«

Langsam trat sie ans Bett und schaute hinab. Sie trug ein weißes Kleid. Um die Schultern lag der Schal, den Sarah für sie gestrickt hatte. Eine Zeitlang betrachtete sie das Mädchen, dann wandte sie sich zu mir. »Sag deinem Vater, ich würde morgen gern bei ihr sitzen.«

»Ja, Miss Channing.«

»Ganz egal, wie lange sie mich braucht.«

»Das werde ich ihm ausrichten.«

Sie strich über Sarahs Wange und verließ das Zimmer so schnell, wie sie hereingekommen war. Wahrscheinlich verbrachte sie die Nacht allein in ihrem Cottage, saß am Fenster und starrte zum Landesteg hinaus – nahe dem Kamin, wo die Asche von Mr. Reeds Briefen lag. Drei Tage später würde Mr. Parsons dieses graue Häufchen finden, wenn er Miss Channing über »gewisse Dinge« befragte, die er in der Chatham School gehört hatte.

*

Während ich im Krankenzimmer saß, versuchte ich, zu lesen und meine Ohren vor Sarahs rasselndem Atem zu verschließen. Im Lauf der Stunden klang er immer schwächer, und manchmal hörte ich ein leises Gemurmel. Doch ich sah kein Anzeichen jener Unruhe, vor der Dr. Craddock mich gewarnt hatte. Ganz im Gegenteil. Tiefer Friede schien sie zu erfüllen.

Ein paarmal blickte ich von meinem Buch auf, stellte mir ihre Ohnmacht vor und überlegte, ob sie – in sich selbst verschlossen – Dinge spürte, die uns anderen verborgen blieben: das Rauschen ihres Blutes durch die Herzkammern, die unendlichen Funktionen des Gehirns, sogar die Bewegung jener winzigen Muskeln, die Miss Channing erwähnt hatte und die jeder echte Künstler verstehen mußte.

Erst als Dr. Craddock kurz vor Mitternacht hereinkam, ihr den Puls fühlte, ihr Handgelenk losließ und den Kopf schüttelte, wußte ich Bescheid. Nun empfand Sarah nichts mehr von den Dingen, die sie in den Tiefen ihrer letzten Privatsphäre vielleicht wahrgenommen hatte.

*

Bald danach holte mich mein Vater ab. Er hatte bereits erfahren, daß Sarah gestorben war. Auf dem Weg zum Krankenzimmer schien er sich durch dicke, fast undurchdringliche Luft zu kämpfen. Dann rang er nach Atem und nahm mich in die Arme. »Wie traurig das alles ist, Henry …«, flüsterte er.

Langsam fuhren wir nach Hause, vorbei an dunklen

Läden, über menschenleere Straßen. Nichts regte sich, außer ein paar Fischern im Yachthafen. Auf dem dunklen Wasser sah ich die *Elizabeth* schaukeln. Sanft schwang der hohe weiße Mast hin und her, und ich erinnerte mich wieder. Miss Channing und Mr. Reed, die auf den Eingangsstufen der Schule saßen oder auf der Bank am Klippenrand, den Stock zwischen sich wie eine Barriere … Im Frühling hatten sie begonnen, gemeinsam durch das Dorf zu wandern, Schulter an Schulter, und die Liebe war stetig gewachsen.

Nein, nicht gewachsen, dachte ich plötzlich. Wie eine unentrinnbare Schlinge hatte sie sich um die beiden gewunden, auch um Mrs. Reed und Sarah, sogar um die kleine Mary. Jetzt fand ich die Liebe nicht mehr romantisch. Nein, sie ist kein Glück, das Dichter und Musiker beflügelt und das wir suchen sollten.

Und so suchte ich nie wieder danach.

*

»Morgen müssen wir die Lehrer und Schüler informieren«, erklärte mein Vater meiner Mutter, als er den Salon betrat. »Und am Nachmittag möchte Captain Hamilton einige Vernehmungen durchführen.«

Hektisch klapperten ihre Stricknadeln, von wildem Zorn angefeuert, und die Entwicklung der Dinge schien sie nicht zu überraschen. »Oh, er wird sogar sehr viele Leute verhören«, erwiderte sie, ohne aufzublicken.

»Wen denn?« fragte ich.

»Natürlich mich«, antwortete mein Vater und versuchte, den Eindruck zu erwecken, dies alles wäre reine polizeiliche Routine, nur eine Formalität. »Und einige Lehrer.«

»Mit mir will er sicher auch reden«, meinte sie in triumphierendem Ton. Offensichtlich freute sie sich auf das Gespräch.

»Warum mit dir, Mildred?«

»Weil Abigail Reed mir alles über ihren Mann und diese Frau erzählt hat.«

»Du wirst keine Klatschgeschichten verbreiten, Mildred«, mahnte er.

Da hob sie ruckartig den Kopf, und ihre Augen verengten sich. »Klatschgeschichten? Davon rede ich nicht, Arthur, sondern von Tatsachen, die Abigail mir hier in diesem Zimmer anvertraut hat – mit der Bitte, Stillschweigen zu bewahren. Das habe ich auch getan. Bis jetzt.«

»Und was sind das für Tatsachen, wenn ich fragen darf?«

»Sie glaubte, im Bootshaus würden schlimme Dinge geschehen und man hätte sich gegen sie verschworen.«

»Das nimmst du doch nicht ernst!« rief mein Vater entsetzt.

»Oh, doch. Sie dachte, er würde sie ermorden, und sie hatte schreckliche Angst.«

»Aber es war kein Mord. Mrs. Reed hat einen Unfall erlitten.«

Abrupt erstarrten die Nadeln. Meine Mutter beugte sich vor und schaute ihn eindringlich an. »Weißt du, was sie im Bootshaus gesehen hat, Arthur? Ein Messer und einen Strick, eine Seekarte mit der geplanten Fluchtroute. Und Gift.«

Mein Atem stockte. »Gift?«

»Allerdings. Eine Flasche Arsen. Neben dem Messer und dem Strick.«

Ich traute meinen Ohren nicht. »Moment mal, dieses Gift war für die Ratten im Bootshaus bestimmt. Und ich habe Mr. Reed sogar geholfen, das Arsen zu verschütten.«

Doch sie hörte mir nicht zu, oder sie ignorierte meine Worte. Sie lehnte sich zurück, die Nadeln begannen wieder zu klappern. »O ja, Captain Hamilton wird sehr viele Fragen stellen.«

In diesem Augenblick wurde mir zum erstenmal bewußt, welche Konsequenzen sich aus der Katastrophe am Black Pond ergeben würden. Mrs. Reeds und Sarahs Tod war nicht das Ende, sondern der Anfang neuer zerstörerischer Vorgänge.

28

Während der langen Nacht trieb ich im grünen Wasser, sah Mrs. Reeds Kopf aus schlammigen Tiefen auftauchen. Verzweifelt preßte sie ihr Gesicht ans Autofenster, die Augen weit aufgerissen. Am Morgen fühlte ich mich völlig erschöpft. Meine Beine trugen mich kaum, als ich mit den anderen Jungs vor der Chatham School stand und meinem Vater lauschte.

In knappen Worten berichtete er, was die Schüler nach seiner Meinung wissen mußten. Am Black Pond habe sich ein »tragischer Unfall« ereignet. Mrs. Reeds

Auto sei »außer Kontrolle« geraten. Deshalb habe sie ebenso wie Sarah Doyle den Tod gefunden.

Was Mr. Reed und Miss Channing betraf, erwähnte mein Vater nur, die beiden seien daheim. Mr. Reed würde seine Tochter betreuen, Miss Channing ihre Abreise aus Chatham vorbereiten. Ob die beiden vor dem Ende des Sommertrimesters noch einmal in der Chatham School erscheinen würden, wisse er nicht. Aber er bat die Jungs, »diese bedauernswerten Menschen« in ihren Gedanken zu bewahren.

*

Den Großteil dieses Tages verbrachte ich in meinem Zimmer. Dort verkroch ich mich wie in einem Schlupfwinkel, um den Fragen meiner Schulkameraden und meiner Mutter auszuweichen, die erbost durch das Haus stürmte. Aber vor allem wollte ich eine Begegnung mit Captain Hamilton vermeiden. Wenn dieser Mann mich anschaute, fühlte ich mich wie ein hilfloses kleines Tier, einem großen Raubvogel ausgeliefert, der vom Himmel auf mich herabstürzte und unerbittlich nach der Wahrheit suchte.

Und so blieb ich in meinem Zimmer, bis es an der Haustür klopfte. Vorsichtig schlich ich zur Treppe, spähte nach unten und sah Mr. Parsons in der Diele stehen, seinen Hut in der Hand. »Ist Mr. Griswald da?« fragte er meine Mutter.

»Nein, er kümmert sich in der Leichenhalle um Sarah Doyles Beerdigung.«

Er nickte. »Würden Sie ihn bitten, mich aufzusuchen, sobald er zurückkommt?«

»Ja, gewiß.« Er lächelte höflich, wandte sich zur Tür, und ich dachte schon, sie würde ihn gehen lassen und den Mund halten. Doch da seufzte sie plötzlich. »Wie furchtbar, was der armen Sarah zugestoßen ist – und Mrs. Reed …«

»Sicher, es ist grauenhaft«, stimmte er in gleichmütigem Ton zu. Offensichtlich beschäftigten ihn andere Dinge.

»Mrs. Reed kam zu mir …«

Da drehte er sich um. »Wann war das, Mrs. Griswald?«

»Oh, das ist noch nicht lange her.« Nach einer kurzen Pause fügte meine Mutter entschlossen hinzu: »Sie war sehr aufgeregt.«

»Warum?«

»Nun, es gab einige Schwierigkeiten in ihrer Ehe.«

»Würden Sie den Wortlaut dieses Gesprächs wiederholen, Mrs. Griswald?« fragte Mr. Parsons und kehrte in die Diele zurück.

Ich sah meine Mutter nicken, dann führte sie ihn in den Salon und schloß die Tür.

*

Eine Stunde später kam mein Vater nach Hause. Inzwischen war Mr. Parsons gegangen. Ohne Umschweife schilderte meine Mutter seinen Besuch und erwähnte auch, was sie ihm mitgeteilt hatte. Wie ein Spion kauerte ich auf der obersten Stufe und lauschte.

»Ich habe niemanden beschuldigt und nur die reine Wahrheit gesagt«, betonte meine Mutter.

»Und was für eine Wahrheit ist das, Mildred?«

»Was ich von Abigail erfahren habe.«

»Über Mr. Reed?«

»Und über diese Frau.«

»Du hast mit Mr. Parsons über Miss Channing gesprochen?«

»Ja.«

»Warum?«

»Weil Abigail erzählte, sie habe Miss Channings Porträt in Mr. Reeds Bootshaus gesehen. Deshalb verdächtigte sie die beiden, und sie fürchtete sich.«

»Wovor?«

»Nun, sie glaubte, sie würden zusammen weglaufen – oder noch was Schlimmeres tun.«

»Was Schlimmeres?«

»Immerhin fand sie im Bootshaus das Messer, das Gift ...«

»Und darüber hast du Mr. Parsons informiert?«

»Nur über die Dinge, die Abigail mir anvertraut hat.«

Ich wartete noch eine Weile, aber sie schwiegen. Von meinem Beobachtungsposten aus sah ich, wie sie das Haus verließen. Vermutlich fuhren sie zur Leichenhalle, wo Sarah aufgebahrt lag, mit dem Blumenschmuck bedeckt, den die Lehrer der Chatham School gespendet hatten.

Irgendwann kamen sie heim, immer noch in kaltem Schweigen versunken. Mittlerweile war es dunkel geworden. Stumm saßen sie im Salon, stumm aßen sie zu Abend. Und sie wechselten nie wieder ein zärtliches Wort.

*

Auch den nächsten Tag verbrachte ich in meinem Zimmer. Ich lag auf dem Bett und hörte, wie meine Mutter die Hausarbeit erledigte, die früher Sarahs Pflicht gewesen war. Vielleicht schlief ich manchmal ein. Daran erinnere ich mich nicht.

Gegen Mittag konnte ich die sommerliche Hitze in meinem Zimmer nicht mehr ertragen. Und so setzte ich mich auf die Verandaschaukel, schwang langsam vor und zurück, dachte an Sarah, an einzelne Szenen, die wie windgepeitschte Papierfetzen durch mein Gehirn flatterten.

Meine Mutter brachte mir ein Sandwich und ein Glas Wasser. Aber ich aß und trank nichts. Später beschloß ich spazierenzugehen, zum Strand. Ich hoffte, das würde mich von meinen qualvollen Gedanken ablenken. Und so wanderte ich die Myrtle Street hinab, zur Klippe. Zu meiner Linken sah ich das verlassene Gelände der Chatham School, Miss Channings Skulptur im hellen Sonnenlicht, zu meiner Rechten den blendendweißen Leuchtturm, reglos und ewig, ein schweigender Gegensatz zum menschlichen Chaos ringsum.

Auf der Klippe angekommen, ging ich nicht zum Strand hinab. Statt dessen sank ich auf die Bank, wo Miss Channing und Mr. Reed gesessen hatten. Nach einer Weile sah ich Mr. Parsons Auto den Hang herauffahren. Direkt vor mir blieb er stehen.

»Hallo, Henry!« Er stieg aus, und ich winkte ihm zu. »Könnten wir miteinander reden?« fragte er und nahm neben mir Platz.

Ich schwieg, und er wartete geduldig.

Nach ein paar Minuten schlug er vor: »Gehen wir spazieren.«

Gemächlich schlenderten wir die Myrtle Street entlang, an der Chatham School vorbei, zu den Sportplätzen.

»Inzwischen habe ich mit mehreren Leuten gesprochen«, bemerkte Mr. Parsons.

Ohne zu antworten, starrte ich vor mich hin.

»Dabei wurde dein Name mehrmals erwähnt, Henry. Jeder scheint zu glauben, daß du Miss Channing und Mr. Reed sehr nahegestanden hast.«

Wortlos nickte ich.

»Wie ich höre, hast du Mr. Reed oft in seinem Bootshaus besucht und ihm geholfen, ein Segelboot zu bauen.« Er blieb stehen und wandte sich zu mir. »Weißt du, Henry, wir fragen uns, wie das alles geschehen ist, und was Mrs. Reed vorhatte, als sie am Sonntag zum Milford Cottage fuhr.«

Ich schwieg, und Mr. Parsons ging weiter. Sanft ergriff er meinen Arm und zog mich mit sich.

»Sicher bist du ein tapferer Junge. Das kann niemand bestreiten. Du hast dein Bestes getan, um Mrs. Reed zu retten. Aber nun mußt du eine andere Pflicht erfüllen. Soviel wir wissen, glaubte Mrs. Reed, ihr Mann würde sie mit einer anderen Frau betrügen – mit Elizabeth Channing.«

Ich schloß die Augen, als könnte ich auf diese Weise alles auslöschen, was sich am Black Pond ereignet hatte.

»An diesem verhängnisvollen Sonntag wollte sie sich rächen. Es war kein Unfall.«

Beharrlich schwieg ich.

»Mrs. Reed muß Sarah Doyle für Elizabeth Channing gehalten und absichtlich getötet haben.« Plötzlich blieb er wieder stehen und starrte mich an. »Also war es Mord, nicht wahr, Henry? Mrs. Reed fuhr direkt auf Sarah Doyle zu – in der Absicht, sie umzubringen.«

Da las er die Antwort in meinen Augen.

»Wie lange weißt du es schon?«

Ich zuckte die Achseln.

»Hör mal, Henry, alle sind so stolz auf dich, weil du ins Wasser gesprungen bist. Aber wie ich bereits sagte – du mußt jetzt eine andere Pflicht erfüllen und die Wahrheit sagen, die ganze Wahrheit. Du weißt alles, darauf wette ich.«

»Und nichts als die Wahrheit«, wisperte ich.

»Genau.« Mr. Parsons legte eine Hand auf meine Schulter. »Gehen wir doch ins Bootshaus, mein Junge. Dort reden wir weiter.«

Aufmerksam sah er sich im Bootshaus um. Sein Blick kehrte immer wieder zu Miss Channings Porträt zurück. »So viel hat sie ihm angetan«, verkündete er im Brustton der Überzeugung, und das verblüffte mich. »Sie war's, die ihm das antat, Henry. Weil sie ihn zum Wahnsinn trieb.« Dann trat er ans hintere Fenster. In der Ferne sahen wir die *Elizabeth* auf sanften Wellen schaukeln. »Irgend jemand muß dafür bezahlen, Henry«, fügte er hinzu, ohne mich anzuschauen. »So viele Todesfälle kann man nicht einfach hinnehmen.«

Kurz danach verließen wir das Bootshaus, gingen zu seinem Auto und fuhren in die Myrtle Street. Bevor ich ausstieg, erklärte er fast geistesabwesend, als wäre es einfach nur ein Kuriosum: »Wir können uns nicht vorstellen, was Mrs. Reed letztendlich zu ihrem Entschluß veranlaßt hat. Immerhin wußte sie schon seit einiger Zeit über Miss Channing und ihren Mann Bescheid. Und nun versuchen wir herauszufinden, was an diesem besonderen Tag geschah – warum sie in diese schreckliche, mörderische Wut geriet.«

Da er keine Frage stellte, antwortete ich nicht. Ich kletterte aus dem Wagen, sah ihn davonfahren, und mein Schweigen hüllte mich ein wie ein steinerner Mantel.

29

Erst viele Jahre später erfuhr ich, was am nächsten Tag geschehen war. Ich wußte nur, daß Mr. Parsons mit Captain Hamilton frühmorgens in unser Haus kam. Mein Vater führte die beiden hastig in den Salon. Schon nach wenigen Minuten gingen sie wieder, und er begleitete sie. Grimmig saß er im Fond des Streifenwagens. Dasselbe Auto brachte ihn kurz darauf zurück. Als er ausstieg, hielt er ein kleines, hellblau gekleidetes Mädchen im Arm, das ich sofort erkannte – Mary Reed.

»Wir sollen sie für eine Weile hierbehalten«, erklärte er. Dann beauftragte er mich, mit ihr zu picknicken. Meine Mutter packte einen Korb, denselben, in dem Sarah ihre selbstgebackenen Kuchen und Kekse ins Milford Cottage getragen hatte. »Am besten geht ihr zum Strand«, meinte mein Vater. »Versuch sie von ihrem Kummer abzulenken, Henry. Sie ist völlig verstört.«

Und so holte ich den alten Papierdrachen aus meinem Zimmer, mit dem ich jahrelang nicht mehr gespielt hatte. Am Strand zeigte ich ihr, wie sie die Schnur festhalten und gegen den Wind laufen mußte, damit der Drachen emporstieg. Wir beobachteten, wie er unter dem blauen Himmel dahinglitt. Niemals werde ich das schwache Lächeln vergessen, das ihre Lippen manchmal verzog und sofort wieder erlosch, verdrängt vom schmerzlichen Dunkel in ihrer Seele.

»Die Polizei glaubte, Mr. Reed hätte beabsichtigt, seine Frau zu töten«, erzählte mir mein Vater viele Jahre später. Damals war er ein alter Mann und ich längst erwachsen. Wir saßen in der winzigen, vollgestopften Kammer, die er sein »Privatzimmer« nannte. »Und deshalb sollte Mary in Sicherheit gebracht werden. Das alles teilte mir Mr. Parsons mit, während wir an jenem Morgen zu Mr. Reeds Haus fuhren.«

Was er am Black Pond mit ansah, sollte ihn bis zu seinem letzten Atemzug verfolgen – die nackte Verzweiflung in Mr. Reeds Augen, die ihm »fast elementar« erschien.

Verwirrt hatte Mr. Reed die vielen Männer vor seiner Haustür angestarrt – meinen Vater, Mr. Parsons, Captain Hamilton und zwei uniformierte Polizisten.

»Wir möchten mit Ihnen reden«, begann Mr. Parsons, worauf Mr. Reed nickte, auf die Veranda trat und die Tür hinter sich schloß. »Inzwischen haben wir einige Nachforschungen angestellt.« Als der Anwalt das Gesicht des kleinen Mädchens hinter einer Fensterscheibe entdeckte, schlug er vor: »Gehen wir lieber in den Garten.« Er umfaßte Mr. Reeds Ellbogen und führte ihn die Stufen hinab. Am Ufer des Teichs blieben sie stehen, von den anderen Männern umringt. »Wir sorgen uns um Ihre Tochter, Sir.«

Erst jetzt schien Mr. Reed zu ahnen, daß ihm eine Gefahr drohte, obwohl er die Zusammenhänge noch nicht verstand. »Um Mary? Wieso?«

»Nun, wir haben einige Andeutungen gehört – über Ihre Beziehung zu Mrs. Reed.«

»Welche Andeutungen?«

»Damit müssen wir uns vorläufig nicht befassen. Jedenfalls besteht Grund zur Sorge.«

»Und worum sorgen Sie sich?«

»Um die Sicherheit Ihrer Tochter.«

»Bei mir ist sie völlig sicher«, erwiderte Mr. Reed in entschiedenem Ton.

Mr. Parsons schüttelte den Kopf und zog ein Papier aus der Tasche, das er ihm überreichte. »Am Sonntag sind zwei Menschen gestorben. Und deshalb dürfen wir nichts riskieren.«

»Wovon reden Sie? Was machen Sie hier?« Mr. Reed entfaltete das Papier. »Und was ist das?«

»Eine gerichtliche Verfügung – wir geben Mary in Mr. Griswalds Obhut, bis gewisse Dinge geklärt sind«, verkündete Mr. Parsons.

Erbost drückte Mr. Reed ihm das Papier in die Hand. »O nein, ich lasse mir meine Tochter nicht wegnehmen!«

»Leider bleibt Ihnen nichts anderes übrig«, entgegnete Mr. Parsons kühl.

»Nein, das dürfen Sie nicht!«

Als Mr. Reed zurückwich, trat Mr. Parsons entschlossen an seine Seite. »Soll das Kind beobachten, wie wir Gewalt anwenden?«

Mr. Reed schaute zur Veranda, wo Mary stand, ein kleines Mädchen im hellblauen Kleid. »Bitte, tun Sie's nicht«, flüsterte er unglücklich. »Nicht jetzt, wo ihre Mutter eben erst …« Flehend wandte er sich an meinen Vater. »Mr. Griswald, bitte …«

»Sobald alles geklärt ist, wird Mary vielleicht zu Ihnen zurückkehren«, fiel Mr. Parsons ihm ins Wort. »Aber vorerst müssen wir sie in Sicherheit bringen.«

Plötzlich versuchte Mr. Reed zu fliehen, doch die Männer hielten ihn fest, und er schlug wütend um sich. Bei diesem Gerangel entglitt ihm der Stock. Er stürzte, erhob sich mühsam, stieß einen Schrei aus – das letzte Aufbäumen seiner schwindenden Willenskraft, wie mein Vater später erzählte. »Nachdem er aufgestanden war, erschien er mir völlig verwandelt – so als hätte ihn sein ganzer Lebensmut verlassen. Er sagte nichts mehr, starrte nur zur Veranda und winkte seine Tochter zu sich. Zunächst gehorchte sie nicht, weil sie sich vor den fremden Männern fürchtete, die ihren Vater angegriffen hatten.« Seufzend schüttelte er den Kopf. »Du kannst dir sicher vorstellen, wie sie sich fühlte.«

Aber dann war sie zu Mr. Reed gelaufen. Er hob sie hoch, küßte sie und legte sie in die Arme meines Vaters. »Wahrscheinlich ist es so am besten«, meinte er. Diese

Worte klangen seltsam endgültig. Zärtlich strich er über das Haar seiner Tochter, aber er verabschiedete sich nicht von ihr.

Etwa eine Stunde nach dieser beklemmenden Szene ging Mary mit mir zum Strand. Wir ließen meinen alten, rotgestreiften Drachen fliegen, bis sich Gewitterwolken am Horizont zusammenballten. Doch die Blitze zuckten in weiter Ferne, und so kamen wir rechtzeitig nach Hause, bevor es zu regnen begann. Gegen Abend verebbte das Unwetter, und wenig später fing es wieder an.

Im strömenden Regen hielt Dr. Craddocks Auto vor unserem Haus. Er trug einen langen Regenmantel und einen grauen Hut, den er abnahm, als er die Veranda betrat. Dort saß mein Vater in einem Korbstuhl und ich auf der Schaukel. »Tut mir leid, daß ich dich störe, Arthur, aber könnten wir über das kleine Mädchen reden?«

Verwirrt stand mein Vater auf. »Mary Reed? Worum geht's denn?«

Dr. Craddock zögerte, und ich spürte, daß ihm sein Anliegen sehr viel bedeutete. »Wie du weißt, haben meine Frau und ich – keine Kinder …« Mein Vater nickte, und der Doktor fuhr fort: »Und deshalb – nun ja, wir würden Mary gern zu uns nehmen. Sicher wäre meine Frau ihr eine gute Mutter. Und ich ein guter Vater …«

»Eigentlich müßtest du die Tatsachen bedenken – Mary hat bereits einen Vater«, lautete die vorwurfsvolle Antwort. Wollte mein Vater ihn des versuchten Kindesraubs beschuldigen?

»Hast du's noch nicht gehört, Arthur?« fragte Dr. Craddock erstaunt.

»Was?«

Langsam stieg ich von der Schaukel und ging zu meinem Vater, während der Doktor berichtete, Mr. Reeds herrenloses Boot sei in der Bucht gefunden worden. Außer seinem alten Stock hatte nichts darin gelegen. Und am Schott war ein Zettel festgesteckt worden. *Bitte, sorgen Sie gut für Mary und sagen Sie ihr, ich hätte es aus Liebe getan.*

Im Lauf der Jahre wurde Mary bestens betreut. Trotz der vielen Probleme, der Dämonen in ihrer Seele und des beharrlichen Schweigens, in dem sie manchmal versank, genoß sie die innige Liebe des Doktors und seiner Frau. Beide bemühten sich, ihr zu helfen. Zunächst hatten sie Erfolg. Mary schien sie als ihre Eltern zu betrachten und die grausige Vergangenheit zu vergessen. In der Schule trug sie ihren zweiten Vornamen, Alice, und den Nachnamen ihrer Adoptiveltern.

Vielleicht hatte mein Vater sogar gehofft, irgend jemand würde ihm die Last der Verantwortung abnehmen. »Mit der Zeit wird sie drüber hinwegkommen«, meinte er, während Dr. Craddock ihre kleine, weiße Hand ergriff und sie die Stufen hinabführte, in den Regen.

Aber er täuschte sich.

*

Nach Mr. Reeds Tod blieb nur mehr eine einzige Person übrig, an der das Gesetz Vergeltung üben konnte. Ein paar Tage lang wurde noch ermittelt, dann erhob das Große Geschworenengericht, von Mr. Parsons veranlaßt, zweifache Anklage gegen Miss Channing – Mittäterschaft an Abigail Reeds Ermordung und Ehebruch, der damals noch als Verbrechen galt.

Mein Vater verständigte sie. Dazu hatte Captain Hamilton ihn ermächtigt, obwohl es seine eigene Pflicht gewesen wäre.

»Steig ins Auto, Henry«, seufzte mein Vater, bevor wir ein letztes Mal zum Milford Cottage fuhren. »Wenn sie – Schwierigkeiten macht, mußt du mir vielleicht helfen.«

Aber Miss Channing machte keine Schwierigkeiten. Reglos stand sie da und hörte meinem Vater zu, der sie über die bevorstehende Gerichtsverhandlung informierte. Dann empfahl er ihr einen Verteidiger.

»Danke, Mr. Griswald, doch ich brauche keinen Anwalt.«

»Aber das sind zwei gravierende Anklagepunkte, Miss Channing«, wandte er ein. »Einige Zeugen werden gegen Sie aussagen. Und man wird sehr viele Leute fragen, was sie gesehen oder gehört haben.« Die nächsten Worte kamen ihm nur schwer über die Lippen. »Auch meine Frau und Henry.«

Ich erwartete, sie würde mir einen vernichtenden Blick zuwerfen, doch sie schaute meinen Vater an. »Trotzdem …«

Ein paar Minuten später fuhren wir nach Hause. An jenem Morgen hatte ich kein einziges Wort mit ihr gewechselt und sie nur ausdruckslos angestarrt. Meine Seele umgab sich bereits mit jenem harten Panzer, den ich brauchen würde, wenn ich gegen Miss Channing aussagte – wenn ich jede Frage mit der Wahrheit beantwortete, mit der ganzen Wahrheit, mit nichts als der Wahrheit.

Aber es gab eine Frage, die Mr. Parsons mir niemals stellen würde, weil er nicht einmal ahnen konnte, daß es eine Antwort gab. *Was war wirklich am Black Pond geschehen?*

30

Drei Wochen später stand Miss Channing vor Gericht. In der Zwischenzeit hatte ich sie nicht gesehen, und ich wußte auch nicht, ob ihr jemand anderer begegnet war. Der wilde Zorn meiner Mutter unterband jeden weiteren Kontakt zwischen meinem Vater und »dieser Frau«.

Was die Anklagepunkte betraf lag nur geringfügiges Beweismaterial vor. Aber es wurde den Geschworenen stückweise präsentiert – Beobachtungen, Gesprächsfetzen, ein Porträt in einem Bootshaus, eine alte Fibel mit sonderbarer Widmung, eine Seekarte mit der bereits eingezeichneten »Fluchtroute«, wie Mr. Parsons sich ausdrückte, ein Boot namens *Elizabeth*, die Asche hastig verbrannter Briefe im Kamin, ein Messer, ein Strick, eine Flasche Arsen.

Gegen all das mußte sich Miss Channing ganz allein verteidigen, ebenso wie gegen Chathams wütendes Bedürfnis, jemanden büßen zu lassen. Sie hörte den Zeugen zu, die dies oder jenes aus der Ferne gesehen hatten, dann meinen etwas genaueren Aussagen und schließlich meiner Mutter.

Währenddessen saß sie auf der Anklagebank, so still, daß ich schon glaubte, sie würde nicht aufstehen, als der Gerichtsdiener sie in den Zeugenstand rief.

Aber sie erhob sich, setzte sich in den Zeugenstand und wartete auf Mr. Parsons, der langsam zu ihr ging. Die Blicke der Geschworenen glitten von Miss Channings Gesicht zu ihren weißen, reglosen Fingern und schienen Blutflecken zu suchen.

Stets werde ich mich entsinnen, wie liebevoll mein Vater sie betrachtete. Verständnis und Versöhnungsbereitschaft waren wohl die tiefsten Leidenschaften, die er kannte.

Natürlich schaute meine Mutter streng und unnachgiebig drein. Durch ihren Sinn gingen keine barmherzigen Gedanken – aber Erinnerungen an Menschen, die sie gekannt hatte, die gefährdete Karriere ihres Mannes, eine Schule am Rand des Ruins. Mit unverhohlener Verachtung musterte sie die Frau, der sie an alldem die Schuld gab.

Und ich selbst? Während Miss Channing zum Zeugenstand ging, schaute ich weg, ertrug ihren Anblick nicht – so einsam und isoliert, daß sie mir wie eine Gestalt aus antiken Dramen erschien, Antigone oder Medea, eine Frau, die geopfert werden sollte. Und ich fühlte mich wie ein Schatten, der in einer Ecke lauerte, der geheime Drahtzieher ihres Verderbens.

An jenem Tag trug sie ein langes, schwarzes Kleid. Rüschen schmückten den Kragen und die Manschetten, das Haar war straff im Nacken zusammengebunden, mit einer dünnen schwarzen Schnur. Wie sich die junge Frau verändert hatte, die vor einem knappen Jahr aus dem Boston-Bus gestiegen war … Sie wirkte gealtert – so als hätte sie in den letzten Wochen unentwegt an die Ereignisse gedacht, die sie dem Gericht schildern mußte.

Trotzdem empfand ich ein Echo jener wilden Romantik, die mich am Black Pond überwältigt und zu jener zerstörerischen, sorgsam verheimlichten Tat getrieben hatte. Immer noch wünschte ich, Miss Channing würde kühn von ihrer Liebe und ihrem Recht auf Liebe sprechen, die gleichen tapferen, kompromißlosen Worte benutzen wie ihr Vater in seinem Buch. Sie sollte aufspringen, den Bewohnern Chathams trotzen wie Hyptia dem Mob von Alexandria, kerzengerade in ihrem Streitwagen stehen und eine lange schwarze Peitsche schwingen. Inständig hoffte ich, sie würde Mr. Parsons und allem, was er repräsentierte, ebenso entschlossen und skrupellos gegenübertreten wie ich meinem Opfer – Mrs. Reed. Wenigstens für einen kurzen Augenblick sollte Miss Channing die Wahrheit verkünden und rechtfertigen, was ich dieser Frau und Sarah Doyle angetan hatte. Ein solcher Moment wäre alles, was aus dem Wrack des Black Pond gerettet werden konnte. Ansonsten gab es nur Tod und Vernichtung.

Aber Miss Channing tat nichts dergleichen. Fügsam beantwortete sie Mr. Parsons' Fragen nach der »Beziehung« zu Mr. Reed. Der Staatsanwalt war felsenfest überzeugt, die gemeinsamen Fahrten vom Milford Cottage zur Schule und wieder zurück, die Wanderungen durchs Dorf und zur Klippe hinauf hätten die »Mordfälle« am Black Pond eingeleitet.

Sittsam und züchtig saß Miss Channing da, die Hände im Schoß, und schockierte mich zutiefst mit ihren Lügen. Denn sie behauptete entschieden, ihre freundschaftlichen Kontakte mit Mr. Reed seien niemals über das »akzeptable Maß« hinausgegangen.

Während ich entsetzt zuhörte, sah ich wieder ihre zitternden Finger an Mr. Reeds Wange, die Verzweiflung in ihren Augen, als sie mir gestanden hatte, sie würde es nicht mehr ertragen. Jetzt leugnete sie die Intensität ihrer Leidenschaft, und ich betrachtete sie mit kalter Verachtung. Die grausame Maßnahme, die ich ihretwegen ergriffen hatte, erschien mir plötzlich wie ein alberner, pubertärer Streich mit fatalen Folgen.

Sanft und höflich beantwortete sie Mr. Parsons' drängende Fragen, und ihr Verrat tat mir in der Seele weh. Nun wußte ich, wie sich Mrs. Reed gefühlt haben mußte. Denn auch meine Liebe und Hingabe wurden mit Lug und Trug belohnt.

Haß stieg in mir auf, und ich glaubte am Galgen meines eigenen Gewissens zu baumeln. Unterdessen versuchte Miss Channing die romantische Liebe, die ich so deutlich gesehen hatte, als reine Phantasie abzutun – obwohl es ihre Pflicht gewesen wäre, dieses Gefühl zu verteidigen, Mr. Reed und mir und vielleicht sogar ihrem Vater zuliebe.

In dieser Stimmung begann ich, Mr. Parsons die Daumen zu drücken. Systematisch zerpflückte er Miss

Channings Aussage, unterbrach sie immer wieder mit harten, anklagenden Fragen. *Als Sie sich von Mr. Reed zur Schule und wieder nach Hause fahren ließen, wußten Sie doch, daß er ein Familienvater war, nicht wahr?*

Wie oft hatte ich sie in Mr. Reeds Auto gesehen, mit jedem Tag glücklicher ... Und ihr Lächeln bei den gemeinsamen Spaziergängen durchs Dorf, am Strand entlang ... Wäre dies alles niemals über das »akzeptable Maß« einer Freundschaft hinausgegegangen, hätte ich meine fatale Trumpfkarte umsonst ausgespielt und an einem Liebesaltar gebetet, der nur in meiner blühenden Phantasie existierte.

Aber Miss Channings Erklärungen klangen irgendwie plausibel. Allmählich fragte ich mich, ob ich mir die sehnsüchtigen Blicke, die bebenden Finger, das romantische Herzeleid tatsächlich nur eingebildet hatte.

Und so empfand ich maßlose Erleichterung, als Mr. Parsons plötzlich fragte: »Behaupten Sie, daß Sie Leland Reed *niemals* geliebt haben, Miss Channing?«

Ohne auch nur eine Sekunde lang zu zögern, antwortete sie.

*

Zeugin: Nein, das behaupte ich keineswegs. Ich habe Leland wirklich geliebt, so wie keinen anderen Menschen in meinem Leben.

*

Mit einer Stimme, die vom Berg Sinai herabzudonnern schien, fragte Mr. Parsons: »Aber Sie wußten, daß er verheiratet war und ein Kind hatte, nicht wahr, Miss Channing?«

*

Zeugin: Ja, natürlich wußte ich das.

Mr. Parsons: Und jedesmal, wenn er Sie verließ – nach einer Zusammenkunft im Cottage oder auf einem Friedhof oder einer Wanderung an abgeschiedenen Stränden – kehrte er zu seiner Familie zurück, nicht wahr?

Zeugin: Ja.

Mr. Parsons: Und was bedeutete Ihnen die Existenz der Ehefrau und des Kindes?

*

Miss Channings Antwort trug mich wie eine Sturmbö zum Himmel empor.

*

Zeugin: Gar nichts, Mr. Parsons. Wenn man einen Menschen so liebt, wie ich Leland Reed geliebt habe, zählt einzig und allein die Liebe.

*

So heroisch diese Aussage in meinen Ohren auch klang – sie war die Chance, von der Mr. Parsons zweifellos geträumt hatte, und er nutzte sie.

*

Mr. Parsons: Aber Mrs. Reed und die kleine Mary existierten, nicht wahr?

Zeugin: Ja.

Mr. Parsons: Hat Mr. Reed Ihnen von den schrecklichen Streitigkeiten mit seiner Frau erzählt, die seine kleine Tochter während der letzten beiden Wochen mit anhören mußte?

Zeugin: Nein.

Mr. Parsons: Erwähnte er Mrs. Reeds Verdacht, er würde ihren Mord planen?

Zeugin: Nein.

Mr. Parsons: Stimmt es etwa nicht, daß Mr. Reed seine Frau loswerden wollte?

*

In jenem Augenblick erinnerte ich mich an das letzte Mal, wo Mr. Reed mit mir über seine Frau gesprochen hatte.

Wir beide in seinem Auto, gelbe Scheinwerfer auf der Straße, sein Haus in der Ferne, sein Blick, auf die kleinen Fenster gerichtet, seine eiskalte Stimme: *Manchmal wünschte ich, sie wäre tot.*

Deshalb verblüffte mich Miss Channings Antwort, die nicht zu ihrer neuen, heldenhaften Haltung paßte.

*

Zeugin: Nein, er wollte seine Frau nicht loswerden, Mr. Parsons.

Mr. Parsons: Hat er niemals schlecht über Mrs. Reed gesprochen?

Zeugin: Kein einziges Mal.

Mr. Parsons: Und er hegte auch nicht die Absicht, seine Frau zu ermorden?

Zeugin: Natürlich nicht.

Mr. Parsons: Nun, viele Zeugen sagten aus, Mr. Reed sei während der letzten Tage des Schuljahrs sehr erregt gewesen. Bestreiten Sie das?

Zeugin: Nein.

Mr. Parsons: Und in jenem Zustand tat er seltsame Dinge. Er nannte sein Boot nach Ihnen, Miss Channing, nicht nach seiner Frau oder seiner Tochter.

Zeugin: Ja.

Mr. Parsons: Außerdem kaufte er verdächtige Dinge, einen Strick und ein Messer und Gift. Allem Anschein nach wollte er jemanden loswerden. Glauben Sie das nicht auch, Miss Channing?

*

Mit dieser rhetorischen Frage wollte er die Geschworenen beeinflussen, denn er konnte nicht beweisen, daß Mr. Reed diese Gegenstände gekauft hatte, um seine Frau zu ermorden.

Und so erwartete ich, Miss Channing würde mit einem entschiedenen Nein antworten.

Aber sie verblüffte mich.

*

Zeugin: Ja, er wollte jemanden loswerden, Mr. Parsons. Aber nicht Mrs. Reed.

Mr. Parsons: Wen sonst, Miss Channing?

Mr. Parsons: Mich.

Mr. Parsons: Sie? Sie behaupten allen Ernstes, er wollte Sie loswerden?

Zeugin: Ja. Er forderte mich ganz unmißverständlich auf, ihn in Ruhe zu lassen und von hier wegzugehen.

Mr. Parsons: Wann hat er das gesagt?

Zeugin: Als ich ihn zum letztenmal sah. Wir trafen uns im Leuchtturm. Dort erklärte er mir, er wolle mich loswerden und wünschte, ich wäre tot.

*

Als ich den Gerichtssaal verließ, dröhnte Miss Channings Zeugenaussage immer noch in meinen Ohren.

*

Mr. Parsons: Also wünschte Leland Reed, Sie wären tot, Miss Channing?

Zeugin: Ja.

Mr. Parsons: Und Sie behaupten, er habe Sie niemals wirklich geliebt?

Zeugin: Vielleicht liebte er mich, Mr. Parsons, aber nicht genug.

Mr. Parsons: Nicht genug? Wozu?

Zeugin: Nicht genug, um eine andere Liebe aufzugeben – die Liebe zu seiner Frau und seiner Tochter.

Mr. Parsons: Also hat er schon vor Mrs. Reeds Tod beschlossen, zu seiner Familie zurückzukehren?

Zeugin: Im Grunde hat er sie niemals verlassen. Solche Entscheidungen mußte er gar nicht fällen. Die beiden waren die einzigen, die ihm wirklich etwas bedeu-

teten, Mr. Parsons. Und sie waren ihm viel wichtiger als ich.

*

In Gedanken sah ich Mrs. Reed an jenem letzten Tag die Verandastufen hinaufsteigen, nach Mary rufen und wenig später mit dem Kind zum alten Schuppen gehen. Dann der mörderische Angriff des schwarzen Autos, Sarahs verkrümmter Körper in der Luft, Mrs. Reeds Augen in grünen Wassertiefen … Und Mr. Reed, der seinen Stock ins Segelboot gelegt hatte und lautlos in dunklen Meereswellen untergetaucht war …

War dies alles nur wegen einer einzigen mißverstandenen Bemerkung geschehen? *Manchmal wünschte ich, sie wäre tot.* Hatte Mr. Reed, erschüttert von seinem inneren Unglück, Miss Channings Tod gewünscht? Konnte ich das alles falsch verstanden und in meinem romantischen Leichtsinn ein schweres Unrecht begangen haben? Ich dachte an jene Zeile in Mr. Channings Buch, die ich so bewundert hatte. *Denn dem Wahnsinn nahe lebt sich's am besten.* Und plötzlich erkannte ich, was für eine zerstörerische Lüge das war.

31

Nach Miss Channings Aussage schloß die Anklage ihr Plädoyer ab. Die Geschworenen begannen zu diskutieren. In den nächsten beiden Tagen lag eine sonderbare Stille über Chatham. Vor dem Gerichtsgebäude versammelten sich keine Leute mehr, niemand stand an den Straßenecken oder beim Rathaus.

Daheim, an der Myrtle Street, warteten wir die Ereignisse in düsterem Schweigen ab. Geistesabwesend arbeitete meine Mutter im Garten, mein Vater verbrachte sinnlose Stunden in seinem Direktionsbüro. Ich saß in meinem Zimmer und las, oder ich ging am Strand spazieren.

Am nächsten Montag um neun Uhr kehrten die Geschworenen in den Gerichtssaal zurück. Der Sprecher reichte das schriftliche Urteil dem Gerichtsdiener, der es Richter Crenshaw übergab. Mir ruhiger Stimme verkündete er, Miss Channing sei im ersten Punkt der Anklage – Mittäterschaft an Abigail Reeds Ermordung – für nicht schuldig befunden worden. Ich sah meinen Vater erleichtert aufseufzen. Dann herrschte atemlose Stille, als das Urteil zum zweiten Punkt verlesen wurde.

*

Richter: Wie lautet das Urteil hinsichtlich der Anklage des Ehebruchs?

*

Grimmige Genugtuung verzog die Lippen meiner Mutter zu einem Lächeln, als der Sprecher das Urteil bekanntgab. *Schuldig.*

Ich schaute zur Anklagebank hinüber, wo Miss Channing stand, zum Richter gewandt, mit ausdrucksloser Miene. Für ein paar Sekunden schlossen sich ihre Augen, und sie rang erschöpft nach Luft.

Dann wurde sie zum Streifenwagen hinausgeführt, durch die drängelnde, gaffende Menschenmasse. Ich beobachtete, wie sie meinem Vater zunickte, und er lüftete seinen Hut – eine ehrfürchtige Geste, die ich nicht verstand. Immerhin war sie im Gerichtssaal als wollüstige Verführerin entlarvt worden. Ich glaube, sie bemerkte mich gar nicht. Denn ich stand etwas abseits, und die Menge hüllte mich ein wie ein dicker Wollmantel. Aber ich sah sie ganz deutlich, jene ruhige, distanzierte Miene, die mir vor Monaten zum erstenmal aufgefallen war, den starren Blick, die zusammengepreßten Lippen.

Vielleicht wollte sie, ebenso wie die stolze Hypatia, einen Schrei unterdrücken.

*

Sie wurde zu drei Jahren Gefängnis verurteilt, nach dem Massachusetts-Gesetz die Höchststrafe für ein solches Vergehen. Angesichts dieser strengen Strafe schüttelte mein Vater fassungslos den Kopf. Und meine Mutter strahlte vor Freude, als hätte sie ein Himmelsgeschenk erhalten. »Endlich ist es vorbei«, seufzte sie erleichtert.

Während der restlichen Woche erwähnte sie den Prozeß nicht mehr. Aber sie besuchte Sarahs und Mrs. Reeds Gräber und stellte Vasen mit frischen Blumen darauf. In der Nähe war Mr. Reed beerdigt worden, doch ich sah meine Mutter keinen einzigen Blick auf seinen Grabstein werfen.

Natürlich irrte sie sich. Es war noch nicht vorbei. Zumindest nicht für meinen Vater. Nun mußte geklärt werden, was mit der Chatham School geschehen sollte.

Einige Wochen lang hing ihr Schicksal in der Schwebe. Verzweifelt bemühte sich mein Vater, das Prestige der Schule und seines eigenen Namens wiederherzustellen, das die Tragödie am Black Pond erheblich beschädigt hatte. Man beauftragte eine Kommission, die Angelegenheit zu untersuchen und über die Zukunft der Chatham School zu entscheiden. Im Lauf des Sommers zog sich ein Sponsor nach dem anderen zurück, und mehrere Väter kündigten brieflich an, ihre Söhne würden im Herbst nicht an die Schule zurückkehren.

Schließlich mußte mein Vater seine letzte Hoffnung begraben, die Chatham School zu erhalten. Bei einer Sitzung gegen Ende September wurde sie offiziell geschlossen. Als Abfindung erhielt er ein Gehalt für zwei Wochen. Bald danach fand er eine Stellung an einer staatlichen Schule im benachbarten Harwichport. In diesem langen, regnerischen Herbst stand er allmorgendlich zeitig auf, zog seinen alten, grauen Trenchcoat an und stieg vor unserem neuen, viel kleineren Haus im Osten von Chatham ins Auto.

Auch die Lehrer der Chatham School mußten sich den veränderten Umständen anpassen. Mrs. Bennett wurde Verkäuferin in Warrens Laden, Mrs. Abercrombie arbeitete als Sekretärin für Mr. Lloyd, einen prominenten ortsansässigen Banker. Aber die meisten verließen Chatham und zogen nach Boston, Fall River oder in andere Städte entlang des Cape.

Erst nachdem man die dörflichen Weihnachtsdekorationen wieder in ihre Kisten und in den Keller des Rathauses verfrachtet hatte, begann es zu schneien. Im

Februar hingen die dunkelsten Schneewolken am Himmel. Mittlerweile war das Schulgebäude in eine kleine Textilfabrik umfunktioniert worden. Stoffballen und Kartons mit Garn und Knöpfen stapelten sich im Oberstock, unentwegt hallte das Surren der Nähmaschinen durchs Erdgeschoß.

Ansonsten normalisierten sich die Dinge. Kaum jemand schien an Miss Channing zu denken. Nur der Anblick Mary Reeds, die im Quilty's zwischen Dr. und Mrs. Craddock saß oder im Vorgarten ihrer Adoptiveltern einen Schneemann baute, erinnerte mich an das Schicksal meiner einstigen Kunstlehrerin.

Wie immer verstrichen die Jahre, viel schneller, als daß wir fassen könnten, wo wir waren, wohin wir gehen würden. Neue Häuser ersetzten die alten, Straßen wurden gepflastert, moderne Lampen installiert. Hoch über dem Meer zerbröckelte die große Klippe, langsam und unmerklich – so wie auch unsere Körper vor der Zeit verfallen, unsere Träume entschwinden, ehe wir sie verwirklichen, und unser ersehntes Leben vor jenem kapituliert, das wir gefunden haben.

Und dann, im Dezember des letzten Jahres, das Miss Channing im Gefängnis verbringen mußte, bekam mein Vater einen Brief. Ich war gerade nach meinen ersten Studienwochen in Princeton heimgekehrt, um die Weihnachtsferien bei den Eltern zu verleben. Später wurde das Schreiben in die kleine braune Mappe gelegt, die das Archiv der Chatham-School-Affäre enthielt.

»Lieber Mr. Griswald«, lautete der Brief, »ich möchte Ihnen mitteilen, daß eine meiner Gefangenen, Elizabeth Rockbridge Channing, erkrankt ist. In ihrer Akte finde ich keine Namen von Verwandten oder Freunden, die ich verständigen könnte. Aber bei meinen Gesprächen mit Miss Channing sprach sie sehr oft von Ihnen und der Zeit, wo sie in Ihren Diensten stand. Deshalb dachte ich, Sie wären vielleicht in der Lage, die Namen und Adressen ihrer Verwandten oder anderer nahestehender Personen anzugeben, da ich sie über Miss Channings Zustand informieren müßte. Hochachtungsvoll, Mortimer Bly, Direktor des Frauengefängnisses Hardwick.«

Mein Vater antwortete postwendend, nannte den Namen und die Adresse von Miss Channings Onkel in British East Africa. Doch er tat noch mehr, mit offenem Herzen und gegen den Willen meiner Mutter. Entsetzt starrte sie ihn an, als er am selben Abend beim Dinner erklärte: *Ich werde Miss Channing besuchen und Henry mitnehmen.*

*

Vier Tage später, an einem kalten, regnerischen Samstag, erreichten wir das Gefängnis, in dem Miss Channing seit fast drei Jahren festgehalten wurde. Mr. Bly, ein eulenhafter kleiner Mann mit aristokratischen Manieren, begrüßte uns. Dann beteuerte er, man würde Miss Channing ins Gefängnishospital bringen, sobald ein Bett verfügbar sei, und dankte für unseren Besuch. »Dieses Wiedersehen wird sie sicher aufmuntern.«

Beflissen führte uns der Wärter durch einen langen

Korridor. Zu beiden Seiten erhoben sich Eisenstäbe, und wir hörten das dumpfe Gemurmel der Frauen, die dahinter lebten, sahen ungepflegte Gestalten in grauen Kitteln. Leise tappten nackte Füße über den Betonboden, als die Gefangenen heraneilten, um uns anzustarren, die Gesichter ans Gitter gepreßt. In ihren Augen las ich hoffnungslose Leere.

»Da hinten ist sie, ganz allein«, bemerkte der Wärter. An seinem Gürtel hing ein klirrender Metallring voller Schlüssel. »Offenbar hält sie nichts von menschlicher Gesellschaft.«

Wir gingen weiter, den Eindrücken ausgeliefert, die auf uns einstürmten, dem Gestank, den verwüsteten Frauengesichtern hinter den Gitterstäben.

Endlich kamen wir zum Ende des Korridors. Der Wärter wandte sich nach links, und seine breiten Schultern versperrten uns die Sicht in die Zelle. Während wir warteten, schloß er die Tür auf. »Bitte, Gentlemen, treten Sie ein.«

Dann entfernte er sich, und wir sahen sie zum erstenmal seit der Gerichtsverhandlung wieder – viel kleiner, als ich sie in Erinnerung hatte, eine gebeugte Gestalt, die auf einem schmalen Eisenbett saß. Jetzt war das Haar kurz geschnitten, aber immer noch dunkler als die Schatten ringsum, und die Augen glichen zwei kleinen, blauen Lichtern.

»Miss Channing«, hörte ich meinen Vater murmeln.

Seite an Seite standen wir da und beobachteten erschüttert, wie sie in ihrem grauen Kittel aufstand und zu uns ging. Erst schüttelte sie meinem Vater die Hand, dann mir. Als ich ihre kalten Finger losließ, waren sie nicht wärmer geworden.

»Wie nett von Ihnen, mich zu besuchen, Mr. Griswald.« Ihre Stimme klang unerwartet freundlich, die Augen leuchteten klar wie eh und je, aber seltsam eingesunken, von der bleiernen Gefängnisluft in die Höhlen gedrückt. »Und ich freue mich, auch dich wiederzusehen, Henry ...«

»Tut mir leid, daß ich nicht früher gekommen bin«, antwortete mein Vater, und ich spürte sein aufrichtiges Bedauern.

Sekundenlang wandte sie den Kopf ab. Ein grauer Lichtstrahl glitt über ihr Gesicht, enthüllte bläuliche Lippen, dünne Linien unter den Lidern. »Ich wollte Ihnen natürlich keine Unannehmlichkeiten bereiten«, versicherte sie und schaute uns wieder an.

»Miss Channing, Sie haben mir nie irgendwelche Unannehmlichkeiten bereitet«, erwiderte mein Vater lächelnd.

»Und wie läuft's an der Chatham School?«

»Alles normal«, behauptete mein Vater und warf mir einen warnenden Blick zu. »Vielleicht werden wir im nächsten Frühling New Bedford besiegen. Ein paar neue Jungs spielen ausgezeichnet Lacrosse.«

Während er weitersprach, betrachtete ich sie, das fettige, ungewaschene Haar, ein Nest aus feuchtem, schwarzem Stroh. Ich erinnerte mich, wie sie in der Schule ausgesehen hatte, und versuchte mir einzureden, sie würde zumindest einen Teil dieses Schicksals verdienen.

Ein paar Minuten lang unterhielten sie sich, und mein Vater erwähnte mit keinem Wort die wahre Situation der Chatham School. Statt dessen erzählte er von der Vergangenheit, einer Schule, die früher existiert hatte. Und er gab vor, seine Ehe wäre nicht in einem Eisblock erstarrt, kein Dorfbewohner würde jemals über seine schlechte Menschenkenntnis tuscheln.

Schließlich hörten wir die Stimme des Wärters, der uns mitteilte, die Besuchszeit sei beendet.

»Hat mich gefreut, Sie wiederzusehen, Miss Channing«, sagte ich in möglichst unbefangenem Ton.

»Oh, das Vergnügen war ganz auf meiner Seite, Henry.«

Mein Vater umfaßte meine Schultern. »Übrigens, Henry hat ein Stipendium für Princeton bekommen. Dort studiert er jetzt.«

Da lächelte sie mich an, als hätte sich seit unserer ersten Begegnung nichts verändert. »Sei ein guter Junge, Henry.«

»Das will ich versuchen, Miss Channing«, gelobte ich, obwohl ich wußte, daß es zu spät war. Niemals würde mich ein so ehrenwertes Wort wie Güte auszeichnen.

Sie nickte, dann wandte sie sich wieder zu meinem Vater. »Wirklich, Mr. Griswald, ich bereue zutiefst, was die Chatham School meinetwegen ...«

Hastig hob er eine Hand und brachte sie zum Schweigen. »Miss Channing, Sie haben kein Unrecht begangen. Daran habe ich nie gezweifelt.

»Trotzdem bedaure ich ...«

Plötzlich trat er vor, und ich werde seine unerwartete, tapfere Geste niemals vergessen. »Mein liebes, liebes Kind«, flüsterte er und nahm sie sanft in die Arme.

Ich stand daneben und sah, wie sie sich an ihn klammerte, ganz fest. Und es dauerte sehr lange, bis sie ihn losließ.

»Danke, Mr. Griswald«, wisperte sie und wich zurück.

»Bald kommen wir wieder. Das verspreche ich Ihnen.«

»Vielen Dank.«

Wir gingen hinaus, und mein Vater folgte mit schnellen Schritten dem langen Korridor. Aber ich blieb stehen und beobachtete, wie sie sich in den Hintergrund der Zelle zurückzog, zu dem schmalen Eisenbett. Einige Sekunden lang starrte sie ihre Hände an, dann hob sie den Kopf. »Bitte, Henry, geh jetzt.«

Genau das wollte ich tun. Es drängte mich sogar, davonzulaufen wie mein Vater, weil ich diese Tragödie nicht mehr ertrug. Doch ich konnte meinen Blick nicht von Miss Channing losreißen, sah ihre einstige Schönheit, erinnerte mich an den Tag, wo sie Cape Cod zum erstenmal gesehen und mit einer Welt voller leidender Märtyrer verglichen hatte.

Und da zerbrach etwas in mir, der kleine Wall, der meine Alpträume von Sarah und Mrs. Reed ferngehalten hatte, von Frauen in dunklem Wasser. Ich entsann mich meiner schrecklichen Tat, und ich wußte, daß ich mir selbst nicht mehr trauen konnte. Deshalb durfte ich niemanden allzunahe an mich heranlassen, mußte mich mit der Gesellschaft von Büchern begnügen, ein blutleeres, leidenschaftsloses Leben akzeptieren, die unerschütterliche Klarheit der Gesetze dem tödlichen Chaos des Herzens vorziehen.

Schweigend wandte ich mich von der Zelle ab und eilte zu meinem Vater, der vor der Eisentür wartete und mir düster entgegenstarrte. Unter einem Sternenhimmel fuhren wir nach Chatham zurück.

Erst als wir die Brücke vom Festland zum Kai überquerten und das alte Auto auf den Planken dahinpolterte, begann er zu sprechen. »Was bedrückt dich, Henry?«

»Man kann nichts ungeschehen machen.« In diesem Augenblick verspürte ich den brennenden Wunsch, ein Geständnis abzulegen, zu erzählen, was wirklich am Black Pond geschehen war.

Besorgt schaute er mich an. »Was meinst du, Henry?«

Da zuckte ich die Schultern und zog mich in meine eigene Gefängniszelle zurück, so wie Miss Channing in ihre dunklen Schatten. »Nichts.«

Und er würde auch in Zukunft nichts erfahren.

*

Sicher hatte er die Absicht, Miss Channing wieder zu besuchen, obwohl meine Mutter energisch protestierte. Aber zunächst mußte er das Schuljahr absolvieren, und so plante er, erst im Sommer nach Hardwick zu fahren.

Inzwischen war ich vom College zurückgekehrt und hatte einen Job als Schreiber in einer dörflichen Anwaltskanzlei übernommen. Die herzliche Atmosphäre, die dort herrschte, half mir, die düstere Stimmung meines Elternhauses zu ertragen. Unentwegt stritten mein Vater und meine Mutter über belanglose Dinge und verdrängten, was sie vor so langer Zeit entzweit hatte.

Um diese Zeit traf ein weiterer Brief aus dem Hardwick-Gefängnis ein, mit einer traurigen Nachricht.

Mein Vater suchte sein winziges Arbeitszimmer auf und sank in den großen Lehnstuhl, der früher im Salon an der Myrtle Street gestanden hatte und jetzt den ganzen Raum auszufüllen schien.

»Hier, Henry.« Seufzend reichte er mir den Brief, nachdem er ihn gelesen hatte.

Während ich neben seinem Sessel stand, überflog ich die wenigen Zeilen. In knappen, förmlichen Worten teilte Mr. Bly uns mit, Miss Channings Zustand habe sich zusehends verschlechtert. Schließlich sei sie ins Gefängnishospital gebracht worden und dann in eine andere Klinik, wo sie zwei Tage später den Tod gefunden habe. Derzeit liege sie in der Leichenhalle von Hardwick. Schließlich fügte der Gefängnisdirektor hinzu, er wisse nicht, was mit ihr geschehen solle, und bat um Anweisungen.

Nach der Lektüre dieses Briefes wirkte mein Vater seltsam erschöpft. Kraftlos sanken seine Hände in den Schoß. »Armes Kind«, flüsterte er, stand auf und ging in sein Schlafzimmer. Dort blieb er den ganzen Nachmittag.

Am nächsten Morgen schickte er Miss Channings Onkel ein Telegramm, informierte ihn über den Tod seiner Nichte und fragte, in welcher Form sie bestattet werden solle. Zwei Tage später erhielt er ein Telegramm von Edward Channing, der ihn ersuchte, alle nötigen Arrangements zu treffen und ihm die Rechnung zu schicken. »Natürlich werde ich das Begräbnis meiner unglücklichen Nichte bezahlen.«

Und so wurde Miss Channing vier Tage später auf dem kleinen Friedhof an der Brewster Road beerdigt. Vier uniformierte Wachtposten hoben den schlichten Holzsarg aus dem Gefängniswagen und trugen ihn auf ihren Schultern zum Grab.

»Möchten Sie, daß wir hierbleiben«, fragte einer der Männer meinen Vater, weil sonst kaum jemand erschienen war, um »ihr das letzte Geleit zu geben«, wie er es formulierte.

»Nein«, antwortete mein Vater. »Sie haben Miss Channing nicht gekannt. Aber ich danke Ihnen trotzdem.«

Und so entfernten sich die Wachtposten. Der Gefängniswagen polterte zum anderen Ende des Friedhofs, vorbei an dem kleinen Teich, dann verschwand er auf der Brewster Road.

Reglos stand ich neben meinem Vater, der seine alte, schwarze Bibel hervorzog und Verse aus dem Hohenlied Salomon deklamierte. »›Denn siehe, der Winter ist vergangen, der Regen ist weg und dahin ...‹«

Als wir den Friedhof verließen, bemerkte er: »Nun müssen wir nur noch die Sachen an Miss Channings Onkel schicken.«

Er hatte die Erlaubnis erhalten, ihre Habseligkeiten im Milford Cottage zu verwahren, und angenommen, eines Tages würde sie nach Chatham zurückkehren und ihr Eigentum beanspruchen. Kurz nach dem Begräbnis betraten wir das fast unveränderte Wohnzimmer. Am Fenster stand immer noch der Tisch, auf den Stühlen lagen die roten Kissen. Alles andere war eingepackt worden. Im Schlafzimmer stapelten sich drei Kartons neben den beiden Lederkoffern aus Afrika. Nur das schwarze Kleid, das Miss Channing bei ihrer Zeugenaussage getragen hatte, hing noch im Schrank. Mein Vater nahm es heraus, öffnete einen der großen Kartons und steckte es hinein.

Dann schaute er mich mit ernsten Augen an. »Irgend jemand sollte die Wahrheit erfahren, Henry. Wenn ich plötzlich sterbe, wird niemand Bescheid wissen.«

Von kalter Angst erfaßt, schwieg ich.

»Die Wahrheit über Miss Channing«, fügte er hinzu, »was wirklich geschehen ist.«

Beinahe blieb mir das Herz stehen. »Am Black Pond?« fragte ich und versuchte, mein Grauen zu verbergen.

»Nein. Vorher. Im Leuchtturm.« Er setzte sich aufs Bett. »Erinnerst du dich an den Tag des – Unfalls?«

Ich nickte.

»Damals gingen Miss Channing und ich ins Cottage, um ungestört miteinander zu reden. Und da hat sie mir die Wahrheit erzählt.«

*

An jenem Nachmittag hätte sie sich am liebsten geweigert, zum Leuchtturm zu gehen und Mr. Reed zu treffen, erklärte sie meinem Vater. Denn jedesmal, wenn sie allein waren, schien etwas in seinem Inneren zu zerbrechen. Aber während dieser Wochen bat er sie in mehreren Briefen um eine letzte Zusammenkunft, und schließlich stimmte sie zu.

Als sie den Leuchtturm betrat, lehnte er an der Wand gegenüber der Tür, das alte braune Jackett über den Schultern, das schwarze Haar zerzaust.

»Elizabeth«, flüsterte er, »ich habe dich vermißt.«

Zögernd schloß sie die Tür hinter sich, aber sie ging nicht zu ihm. »Auch ich habe dich vermißt, Leland«, erwiderte sie und versuchte, in kühlem Ton zu sprechen.

Da lächelte er – so schwach und unbehaglich wie bei der ersten Begegnung. »Seltsam, wieder mit dir allein zu sein …«

Sie erinnerte sich an die wenigen Stunden, wo sie allein gewesen waren, wo sie seine Arme und seinen Atem an ihrem Hals und seine warme Haut an ihrer gespürt hatte.

»Hast du's vergessen?« fragte er.

»Nein«, gab sie zu.

Langsam ging er zu ihr. Die schwache Lampe, die in einem Drahtkäfig brannte, warf düstere Schatten auf sein Gesicht. »Wie war's für dich, Elizabeth? Ohne mich?«

Sie schaute ihn traurig an und wußte, daß sie's ihm nicht wieder erlauben würde, sie zu umarmen. »Jetzt sollten wir gehen, Leland.«

»Wohin?« entgegnete er, und sie fürchtete, er würde sich auf sie stürzen. »Ins Nichts?«

»Allzulange kann ich nicht bleiben«, erklärte sie

hastig und schaute durch das kleine Fenster in der Tür zum Sportplatz, wo die Jungs von der Chatham School Football spielten.

»Fällt es dir neuerdings so schwer, meine Gesellschaft zu ertragen?« fragte er mit scharfer Stimme.

Müde schüttelte sie den Kopf und bereute, daß sie überhaupt hierhergekommen war. »Leland, das hat doch keinen Sinn. Für mich gibt es nur eine einzige Lösung – ich muß dieses Dorf verlassen.«

»Und was soll ich dann tun, Elizabeth?«

»Was du immer getan hast.«

Sein Blick verdunkelte sich, als hätte sie ihn beleidigt. »Nein. Niemals. In mein früheres Leben kann ich nicht zurückkehren.« Er begann umherzuwandern. Laut klopfte der Stock auf den Zementboden. »Unmöglich, Elizabeth.« Abrupt blieb er stehen und starrte sie an. »Weist du mich zurück? Willst du das wirklich?«

Von plötzlichem Zorn gegen sich selbst erfaßt, bereute sie, daß sie diese Liebe jemals zugelassen und vorgegeben hatte, sie würden in einer Welt leben, wo sonst niemand lebte, wo ihre Herzen die einzigen wären, die zerbrechen konnten.

»Gehen wir weg, Elizabeth, und führen wir durch, was ich von Anfang an geplant habe.«

Dieser Vorschlag führte sie in die Kindheit zurück, zu einem Vater, der seinen grandiosen Freiheitsdrang niemals verwirklicht hatte, aus Liebe zu ihr. Wie einsam und verzweifelt wäre sie gewesen, hätte ihn eine andere Macht von ihr entfernt als der Tod … »Das würde ich nicht tun. Und dir erlaube ich's auch nicht.«

Die Arme ausgebreitet, kam er einen Schritt näher. »Elizabeth, bitte!« Doch sie hob abwehrend eine Hand. »Nun muß ich gehen, Leland.«

»Nein, noch nicht.«

Flehend schaute sie ihn an. »Bitte, Leland, laß mich gehen, solange ich dich noch liebe!«

Voller Verlangen schaute er sie an, aber sie las auch eine schreckliche Grausamkeit in seinen Augen. »Manchmal wünschte ich, wir wären uns nie begegnet. Manchmal wünschte ich, du wärst tot.«

»Hör auf.« Seine Hände griffen nach ihren Schultern, und sie wandte sich zur Tür, ergriff die Klinke. Doch er packte sie und riß sie zu sich herum.

»Hör auf!«, wiederholte sie. »Laß mich gehen!«

Mit aller Kraft preßte er sie an sich.

»Leland, hör auf – Leland ...«

Er drückte sie gegen die Wand, und sie spürte den harten, rauhen Stein am Rücken. »Nein, ich kann dich nicht gehen lassen.« In seinen Augen erschien ein unheimlicher Glanz.

Verzweifelt versuchte sie, sich zu befreien. »Hör auf!«

Seine Finger krochen unter ihren Rock, zerknitterten ihn, und sie wand sich atemlos umher. Aber ihr heftiger Widerstand schien ihn noch anzuspornen. Dann erstarrte sie plötzlich, holte tief Atem und fragte eisig: »Möchtest du mich vergewaltigen, Leland? *Das* ist aus dir geworden?«

Sofort ließ er sie los und wich zurück. »Tut mir leid«, flüsterte er und schaute sie an, erschrocken und ungläubig. »Elizabeth, ich wollte nur ...« Aber er sagte nichts mehr, als sie aus dem Leuchtturm floh und der rote Schal hinter ihr herflatterte wie ein blutgetränktes Leichentuch.

*

Mein Vater musterte mich schweigend, bevor er aufstand und ans Fenster trat. Die Hände hinter dem Rücken verschränkt, starrte er in den Garten.

Ich blieb neben der Tür stehen und betrachtete die beiden Lederkoffer, während ich den Rhythmus meiner Atemzüge zu beruhigen suchte, um meinen inneren Aufruhr zu verbergen. »Also hat Miss Channing im Zeugenstand gelogen. Die beiden waren tatsächlich ein Liebespaar – obwohl sie behauptete, die Beziehung sei nicht über freundschaftliche Kontakte hinausgegangen.«

»Ja, Henry. Sie log, weil sie Mary die Wahrheit ersparen wollte.« In meiner Phantasie segelte die *Elizabeth* aufs offene Meer hinaus, ein Geisterschiff in dichtem Nebel. »Und sie hat niemals ernsthaft erwogen, mit ihm zu fliehen?«

»Niemals«, bestätigte mein Vater. »Dazu konnte sie sich einfach nicht durchringen.« Seufzend kam er zu mir und legte eine Hand auf meine Schulter. »Sie besaß ein gutes Herz, Henry.« Und dann fügte er die zentrale Wahrheit seines Lebens hinzu: »Und vergiß nicht – nur das Herz zählt.«

Wenige Minuten später verließen wir das Milford Cottage, brachten Miss Channings Sachen aufs Postamt und fuhren nach Hause. Meine Mutter bereitete das

Abendessen vor, und ich folgte meinem Vater ins Arbeitszimmer. In seinem Sessel zurückgelehnt, zog er seine Pfeife hervor. Ich nahm ihm gegenüber Platz und dachte immer noch an Miss Channings Geständnis. Wie rückhaltlos mußte sie ihm vertraut haben, um ihm das alles zu erzählen …

Mein Blick wanderte zu dem Porträt, das von ihr stammte. Nein, dieses Bild zeigte nicht den seriösen Schulmeister, den ich damals so verachtet hatte, sondern einen rastlosen, von unstillbarer Sehnsucht erfüllten Mann.

Träumerisch schaute er in die Ferne, zu einem verlockenden blauen See. Miss Channing hatte nicht nur meinen Vater gemalt, sondern in gewisser Weise auch sich selbst, vielleicht uns alle – gestrandete Menschen, gequält vom Konflikt zwischen Liebe und Pflicht. Die Versuchung unser Bestes zu tun, einen Platz zu finden zwischen Leidenschaft und Langeweile, zwischen Ekstase und Verzweiflung, zwischen dem Leben, das wir uns wünschen und jenem anderen, das wir kaum ertragen.

»Ich bin froh, daß ich dir heute nachmittag alles erzählt habe«, sagte er, »denn du verdienst es, die Wahrheit zu kennen. Vor allem, weil du damals am Black Pond warst.« Betrübt schüttelte er den Kopf. »Weißt du, was am traurigsten ist? An jenem Tag war die Beziehung zwischen Miss Channing und Mr. Reed bereits beendet. Sie wollte weggehen, und er hätte sein gewohntes Leben fortgesetzt.« Sekundenlang schien ihn ein Mysterium zu fesseln. Wie dunkel und unverzeihlich können die Netze sein, in die wir uns manchmal verstricken. »Nichts wäre geschehen, hätte Mrs. Reed das Auto nicht in den Black Pond gesteuert.«

»Nein«, flüsterte ich. »Nichts.«

»Das ist also die ganze Geschichte, Henry«, fügte er hinzu und klemmte die Pfeife zwischen seine Lippen. »Mehr gibt es nicht über die Chatham-School-Affäre zu sagen.«

Da täuschte er sich. Aber ich schwieg.

32

Seither sind viele Jahre verstrichen und die meisten Menschen gestorben, die damals in Chatham gelebt haben. Einer nach dem anderen nahm kleine Einzelheiten der Chatham-School-Affäre ins Grab mit, meine Eltern, Mr. Parsons und Captain Hamilton, die Lehrer, sogar ein Teil der Schüler. Und wenn sie noch nicht tot sind, leben sie an irgendeinem fernen Ort, von Altersschwäche geplagt und haben jenes seltsame, glücklose Schuljahr längst vergessen.

Nur Alice Craddock erinnert mich immer noch an die Ereignisse am Black Pond – erst ein kleines Mädchen mit melancholischen Augen, dann ein Teenager, übergewichtig und ungepflegt, ohne Freunde, ganz allein, die Dorfnärrin, verfolgt von spöttischen kleinen Jungs. Und schließlich eine alte Frau, die auf ihrer Veranda im Schaukelstuhl saß und Dr. Craddocks Erbe allmählich verbrauchte …

Hin und wieder ging ich an ihr vorbei und wunderte

mich über ihre seltsame äußere Erscheinung. Als ich einmal mit Mrs. Benton auf dem Rathausplatz stand, sah ich Alice vorbeiwanken, in einen zerlumpten Schal gehüllt, die Füße in Gummisandalen.

»Was für eine verrückte alte Hexe!« meinte Mrs. Benton. Und ihre nächsten Worte klangen so leichtfertig, daß ich schockiert die Stirn runzelte. »Wahrscheinlich wird sie genauso enden wie ihre Mutter.«

Aber wie sich herausstellte, »endete« Alice keineswegs so wie Mrs. Reed. Nachdem ich Clement Boggs' Auftrag ausgeführt und die Genehmigung der Stadtverwaltung erwirkt hatte, das Gebiet am Black Pond in Parzellen aufzuteilen, verkaufte er das Grundstück.

Das Geld in der Tasche, brach ich zu dem alten Haus auf, das Alice immer noch bewohnte. Meistens wanderte sie ziellos durch die verstaubten Räume, eine Kerze in der Hand, obwohl alle Lampen brannten.

Zunächst hatte ich mich geweigert, diese Aufgabe zu erfüllen, denn ich wollte Alice nicht aus der Nähe sehen, nicht registrieren, was die Zeit im Verein mit Mord und Selbstmord angerichtet hatte. Aber Clement war fest entschlossen, den anonymen Spender zu spielen. Und so fügte ich mich notgedrungen in mein Schicksal. »Es ist gut und richtig, daß du ihr das Geld bringst, Henry«, meinte er. »Immerhin hast du ihren Vater gekannt und warst am Teich, als ihre Mutter ertrank.«

Dieses Argument konnte ich nicht widerlegen. Also fuhr ich an einem klaren Dezemberabend zu dem Haus an der Bucht, Dr. Craddocks ehemaliger Klinik, wo Sarah Doyle vor so vielen Jahren gestorben war.

Trotz der Kälte saß Alice auf ihrer Veranda, in eine dicke Decke gewickelt. Sanft schwang sie in ihrem hochlehnigen Schaukelstuhl vor und zurück. Sie hörte meine Schritte auf den Stufen und blinzelte ins Dunkel, so erwartungsvoll, als würde sie schon seit langer Zeit auf einen wichtigen Gast warten.

»Hallo, Alice«, grüßte ich und ging zu ihr. »Erinnerst du dich an mich?«

Schweigend musterte sie mich von oben bis unten.

»Ich bin Henry – Henry Griswald.«

Doch sie starrte mich immer noch verständnislos an.

»Ich kannte dich schon, als du noch Mary Reed geheißen und am Black Pond gelebt hast.«

Da leuchteten ihre Augen auf. »Mit Mama.«

»Ja.«

Plötzlich lächelte sie wie ein kleines Mädchen. Schwerfällig erhob sie sich und schlurfte zum anderen Ende der Veranda, zu einer breiten Bank, die einen Ausblick aufs Meer bot. »Setzen wir uns.«

Ich nahm neben ihr Platz, zögernd und unbehaglich, und mußte mich zwingen, sie anzuschauen. »Hier habe ich was für dich«, erklärte ich und zog das Kuvert aus meiner Manteltasche. »Ein Geschenk von einem Freund, ein Scheck. Morgen lasse ich das Geld auf dein Konto überweisen. Mr. Jamison, der Bankbeamte, wird alles Weitere für dich erledigen.«

»Okay«, erwiderte sie, warf einen kurzen Blick auf den Umschlag, nahm ihn aber nicht entgegen. Statt dessen schaute sie wieder aufs Meer. »Boote fahren vorbei. Segelboote.«

»Ja.«

Nun sah ich sie wieder als kleines Mädchen, das lachend die Verandastufen hinaufgelaufen war, um der Mutter zu gehorchen – und später am Strand, wo wir den rotgestreiften Papierdrachen hatten steigen lassen.

»Erinnerst du dich an den Drachen?« fragte ich.

Sie sah mich nicht an, gab keine Antwort.

Und während ich das nächtliche Meer betrachtete, brach plötzlich der Panzer auseinander, in dem ich mein Leben verbracht hatte. Ringsum erwärmte sich die Luft, trübes Wasser lag vor mir, und ich sprang vom Landesteg hinein. Sofort verwandelte sich die Welt in dichtes Grün, während ich hinabtauchte, die suchenden Augen geöffnet, erst zum Heck des Autos. Dann schwamm ich an der Seite entlang.

Alles schien in tödlicher Stille zu versteinern. Verzweifelt starrte ich in einen scheinbar undurchdringlichen grünlichen Wall – bis ihr Gesicht aus dem schlammigen Dunkel auftauchte, von rotem Haar umschwebt. Hilflos schauten mich die weit aufgerissenen Augen an, Blut quoll aus dem Mund, während sie nach Atem rang. Ich zerrte an dem Türgriff, wollte Mrs. Reed aus dem nassen Grab befreien. Doch da drang eine Stimme aus den kalten, grausamen Tiefen herauf, und der düstere Schlund des Black Pond flüsterte in mein Ohr: *Manchmal wünschte ich, sie wäre tot.*

Meine Finger umklammerten den Metallgriff noch fester. In wilder Todesangst starrte Mrs. Reed mich an, das Gesicht ans Autofenster gepreßt. Die grünen Augen spähten durch eine Blutwolke, lautlos bewegten sich die Lippen – unfähig einen Schrei auszustoßen. Und dann beobachtete sie verständnislos, wie ich den Griff festhielt. Aber anstatt die Tür aufzuziehen, stemmte ich mich dagegen.

Da las Mrs. Reed die Wahrheit in meinem Gesicht und erkannte, was geschah. Ihre Lippen formten die letzten Worte. *Bitte, nein.* Dann strömte blutiges Wasser aus ihrer Kehle, ihre Finger glitten über das Glas, während die Sekunden auf sie herabfielen, wie bleierne Gewichte. Ein paar Luftblasen stiegen empor, Mrs. Reeds Augen trübten sich, ihr Körper sank rückwärts und erhob sich langsam, von der Erdenschwere verlassen. Wie im Zeitlupentempo drehte er sich und blieb schließlich über dem verbogenen Lenkrad liegen. Ehe sie starb, schaute sie himmelwärts, zur Oberfläche des Teichs, über dem die helle Sommerluft schimmerte.

Als ich die Augen schloß, spürte ich wieder die winterliche Kälte, nahm den süßlichen Geruch wahr, der von Alice Craddocks Wolldecke zu mir herüberwehte. Mit zitternden Fingern steckte ich das Kuvert in meine Tasche und lauschte der Stimme meines Vaters, der seinen Schülern eingetrichtert hatte: *Das Böse fällt stets auf den Urheber zurück.* Und dann gellte mir der letzte Vers eines Spottlieds in den Ohren, das ich mein Leben lang gehört hatte, und das ihn Lügen strafte.

Für das grausige Gemetzel
im dunkelgrünen Wasser
büßt nur Miss Channing allein.

Ich stand auf, wollte fliehen, in mein Haus, zu meinen Büchern, und mich wieder in meine Isolation verschanzen. Aber Alices weiche, fleischige Hand packte meinen Mantel. »Bleib noch ein bißchen bei mir.« Es klang wie der Befehl eines Kindes.

»Also gut.« Ich sank auf die Bank zurück. »Noch eine kleine Weile.«

Lächelnd wickelte sie ihre Decke um uns beide. Eine Zeitlang saßen wir schweigend da, dann schob sie ihre Finger in meine Hand. »Eine schöne Nacht.«

Ich nickte und zögerte. Und weil ich die Worte nicht zurückhalten konnte, brachen sie aus mir hervor. »Es tut mir leid, Mary.«

»Schon gut«, erwiderte sie leichthin und drückte meine Hand – ein Kind, das mir ein kleines Vergehen verzieh.

Aber dann schaute sie zum Himmel hinauf, und ich las einen seltsamen Ernst in ihren Augen. Für einen kurzen Moment schien sie eine gewaltige Bürde zu tragen, eine ganze Welt voller zerschmetterter Körper und zerbrochener Herzen. Ihr Blick suchte in der endlosen Weite nach einem Grund, der den Ruin erklären könnte, wanderte an den Sternen vorbei, in unbegrenzte Tiefen, zum allerletzten Licht, das ihr *Warum* noch immer nicht beantwortete.

Beklommen legte ich meinen Arm um ihre Schultern und zog sie an mich. So wenig konnte ich ihr geben. »Du hast recht, Alice. Eine schöne Nacht.«

Die Kukatja-Aborigines leben mitten in der Großen Sandwüste Australiens in völligem Einklang mit der Natur. Sie verehren den Eisvogel, der ihre Vorfahren der Sage nach zu den Wasserlöchern führte und ihrem Gebiet den Namen *Wirrumanu* (»Flug des Eisvogels«) gab. Für die Kukatja ist die geheimnisvolle, endlos rote Erde, auf der sie leben, heilig und die Atmosphäre von einer spirituellen, magischen Kraft durchdrungen.
Auch Monica Furlong, eine junge Jurnalistin, ist fasziniert von dem Zauber, der von der roten Erde ausgeht – und dem Leben der Kukatja. Sie lernt die Gefühle der Aborigines kennen, ihre Hoffnungen, Ängste und vor allem ihre Religion. Ergriffen von der unermeßlichen und unberührten Seele Australiens, begibt sich die Autorin auch auf eine innere Reise. Sie beginnt, ihre Einstellungen zu Zeit, Tod und Stille zu überdenken und das Leben in der zivilisierten Welt mit anderen Augen zu sehen.

ISBN 3-404-12907-5

BASTEI LÜBBE

PATRICIA SHAW
BRENNENDER
TRAUM
BASTEI LÜBBE
ROMAN